The Best of Greg Egan

快乐的理由

格雷格·伊根经典科幻三重奏

2

[澳]格雷格·伊根 著
鲁冬旭 余曦赟 萧傲然 于佰川 陈 岩 译

新 星 出 版 社 NEW STAR PRESS

著作版权合同登记号：01-2022-2529

图书在版编目（CIP）数据

快乐的理由 /（澳）格雷格 · 伊根著 ；鲁冬旭等译
. -- 北京 ：新星出版社，2023.1
（格雷格 · 伊根经典科幻三重奏 ；Ⅱ）
ISBN 978-7-5133-5083-9
Ⅰ. ①快… Ⅱ. ①格… ②鲁… Ⅲ. ①幻想小说－小说集－澳大利亚－现代
Ⅳ. ① I611.45
中国版本图书馆 CIP 数据核字 (2022) 第 213379 号

光分科幻文库

快乐的理由

[澳] 格雷格·伊根 著；鲁冬旭　余曦赟　萧傲然　于佰川　陈　岩　译

责任编辑：杨　猛
监　　制：黄　艳
特约编辑：余曦赟　田兴海　姚　雪
责任印制：李珊珊

出版发行：新星出版社
出 版 人：马汝军
社　　址：北京市西城区车公庄大街丙 3 号楼　100044
网　　址：www.newstarpress.com
电　　话：010-88310888
传　　真：010-65270449
法律顾问：北京市岳成律师事务所

读者服务：010-88310811　service@newstarpress.com
邮购地址：北京市西城区车公庄大街丙 3 号楼　100044

印　　刷：北京天恒嘉业印刷有限公司
开　　本：910mm × 1230mm　1/32
印　　张：7.75
字　　数：194 千字
版　　次：2023 年 1 月第一版　2023 年 1 月第一次印刷
书　　号：ISBN 978-7-5133-5083-9
定　　价：58.00 元

两个宇宙的探索者

陆秋槎

澳大利亚科幻作家格雷格·伊根生于1961年，拥有西澳大学的数学学位，毕业后曾短暂进修过电影制作，之后进入医院从事编程工作。这些专业背景为其日后的创作提供了素材，也奠定了硬核的风格。早在1980年代，伊根就已经发表过一些作品，成为专职作家则是在1992年，笔耕至今，已产出了十余部长篇和百余部中短篇。不仅数量惊人，质量也足以代表当代硬科幻的最高水平。

伊根的创作方向大抵有二，不妨概括为“内在宇宙”与“外在宇宙”。前者大多是在展现技术或科学假说对人性与主流价值观的冲击，以及个人面对冲击时的反应。后者则往往牵涉到宇宙论层面上的基本原理，或是假设与地球生物迥异的外星生命形态。在中短篇领域，两类题材可谓平分秋色，都有足以成为代表作的名篇。其长篇创作则更多着眼于“外在宇宙”，如以物理法则截然不同的世界为舞台的“正交”三部曲，以及号称科幻史上最硬核的《修尔得的阶梯》，皆是如此。

如今放在读者面前的这部自选集中，“内在宇宙”题材的中短篇占到了压倒性的多数，或许是因为伊根认为长篇作品更能体现自己在“外在宇宙”领域的成就，割舍了一些这方面的代表性作品（如《科幻世界·译文版》曾刊载过的《普朗克深潜》）。不过，入选的几篇也足以让读者一窥其堂奥了。

若要用一个词来归纳格雷格·伊根的创作风格，相信绝大多数读者都会选择“硬核”。这种硬核不仅体现在点子方面，也关乎其写作手法。伊根的作品大多牵扯到数学、物理、生物、医学、认知科学、人工智能等领域，对于大多数读者来说题材本身就极具专业性。为了包装这些点子，伊根又不断抛出大量术语，使人目不暇接、始终处于似懂非懂之间。

另一方面，在这些硬核的部分之外，伊根的行文精准而细腻，任何人都能流畅阅读，这是许多硬科幻作家所不及的。他的中短篇大多采用第一人称叙事，往往会有详尽的心理描写，这部分内容又极具代入感和感染力。大段的技术细节与心理描写交替出现，效果非但不割裂，反而形成了一种独特的张力，让人对主角面对技术时的恐惧、怀疑与动摇感同身受，其主旨与表现手法之间达成了完美的和谐统一。

不过也必须承认，伊根作为一位硬科幻作家，很多时候并不是很在意故事层面的起承转合，也不会像很多同行那样在结尾处给读者制造意外，读他的作品时常有一种戛然而止、意犹未尽的感觉。或许对于伊根来说，中短篇的主要意义仍在于承载一个科幻点子，当这个点子被完整地呈现在读者面前时，小说也就完成了它的使命。

本卷收录的五篇小说，是格雷格·伊根在1992年至2007年间发表的作品。

《暗整数》发表于2007年，是收录在第一卷的《闪光》的续作。两篇小说无疑是伊根描述“外在宇宙”作品中的佼佼者，放眼整个科幻史，怕是也很难找出比这更优秀的数学科幻中篇了。在《闪光》里，主角与数学规则全然不同的另一个世界建立了联系，乃至擦枪走火，与对方展开一场以数学定理为武器的前哨战。而在《暗整数》

中，两个世界的冲突升级，几乎要演化为全面战争，故事则围绕主角们如何化解危机、重整边界展开。作品中科幻点子的灵感可能来源于数学界的非主流思想“超有限主义”(Ultrafinitism)，所描述的宇宙结构则不难让人想到斯坦尼斯拉夫·莱姆的短篇《宇宙创始新论》，相信能满足每一位硬科幻爱好者的期待。

《黑暗狂奔》发表于1992年，描绘了一个虫洞灾害频发的世界，以及主角参与的一次救援行动。从《月海沉船》到《挽救计划》，危机与救援一直是科幻小说的重要题材。虚构符合科学原理的灾难，并在救援中展示更多的技术细节，同时描述主角在此过程中的种种心境，在这个一万余字的短篇里，伊根向读者展现了此类题材的全部魅力。

《人生选择题》发表于2002年，将量子计算机、“多世界解释”与人工智能等要素熔于一炉。作品的时间跨度将近五十年，在描绘未来图景的同时，也展现了主角心态的变化。值得一提的是，原标题“*Singleton*”有多重含义，不易翻译，在《科幻世界·译文版》(2017年第5期）刊登时被直译为“单例”，日译本则采用了“独生子”的义项。

《神谕》发表于2000年，主角是平行世界中的艾伦·图灵与《纳尼亚传奇》的作者C.S.刘易斯（在那个世界线里改变了名字），两人在作品中展开了一场围绕人工智能的世纪大辩论。格雷格·伊根的作品，大多将故事的舞台放在当下或未来，而很少将时代设置在过去，《神谕》是个例外。将两位大师的生平、作品与逸闻融入小说的写法，既颇具幽默感，又不乏悲壮之处，这在伊根的作品里也实属罕见。标题的原文“*Oracle*”，在这篇小说里无疑指的是艾伦·图灵构想的“神谕机”(Oracle Machine)，即一种能解决“停机问题”等不可判定问题的特殊图灵机，从《人生选择题》中来此客串的某个角色恰恰发挥了这一功能。

《快乐的理由》发表于1997年，主角因脑病而感到源源不断的快乐，又因治疗而无法再感觉到任何快乐，一种全新的技术或许能让他找回应有的感觉……这是伊根擅长的医疗题材，与收录于第一卷的《祈祷之海》类似，也可以视作对常识与固有观念的一种解构。

就我所知，《快乐的理由》是伊根最早被译介到国内的作品。早在2007年，《科幻世界·译文版》就刊载了其中文版。只可惜当时国内的科幻读者，兴趣大多集中于“外在宇宙”，像《快乐的理由》这种将“内在宇宙”题材写到极致的作品，并没有得到应有的重视。而在日本，它一直被视为格雷格·伊根无可争议的代表作。2004年，早川书房旗下的《科幻杂志》曾举行票选，由专业人士与普通读者一起选出史上最优秀的科幻作品，结果被整理成了几份榜单。在“海外短篇部门”的榜单上，《快乐的理由》力压特德·姜的名作《你一生的故事》而荣登榜首。

格雷格·伊根的创作不仅在西方世界得到了肯定，对日本科幻界也产生了难以估量的影响。因《寄生前夜》而蜚声文坛的濑名秀明，不仅曾为伊根的日译本撰写解说，其短篇集《希望》也可以视作对伊根作品的遥相呼应。长谷敏司的长篇《为你而作的故事》，则以伊根式的设定和写法探讨了“死亡”这一主题。日本科幻作家中受伊根影响最深的或许要数伊藤计划，其长篇《和谐》、短篇《无差别引擎》等作品，都是探索“内在宇宙”的杰作。科幻界近年最受瞩目的新星伴名练，其短篇《献给美亚羽的手枪》同时致敬了伊根和伊藤计划。甚至不妨断言，倘若伊根的作品没有被译介到日本，如今日本的科幻界恐怕就是另外一番截然不同的面貌了。

此前，伊根已有作品被零星翻译成中文，却迟迟未见单行本出版。此次由八光分文化引进到国内的这套三卷本自选集，收录了伊根各个时期的中短篇共二十篇，也涵盖了各类题材与风格。诚然，在其浩繁的著作中这只是一小部分，却也是质量最高、最具代表性的一小部分。相信一切才刚刚开始，在此之后他还会有更多作品被译介。伊根的长篇与未翻译的中短篇之中也不乏精心雕琢的奇想，理应让更多读者看到。我相信，通过阅读、消化这位硬科幻大师的作品，中国的作者们也一定能有所收获，从而更加游刃有余地探索“内在宇宙”与“外在宇宙”。

目 录　Contents

暗整数

The Best of Greg Egan

鲁冬旭 译

这一次，拯救世界的不是超级英雄，而是数学家。

Awards
所获荣誉

2008 年 提名雨果奖最佳短中篇小说

2008 年 提名轨迹奖最佳短中篇小说

2008 年 获得阿西莫夫读者投票奖最佳短中篇小说

2010 年 获得日本星云赏最佳翻译类短篇小说

本篇为格雷格·伊根短篇《闪光》续作，建议在阅读《闪光》之后阅读本作。

“早上好，布鲁诺，荒原那边天气如何？”

在我面前的屏幕上，对方的头像是一个用很多细碎的三角形拼成的三孔环面。那图标无休无止地转动，不断把内部翻到外部。向我问好的是一个人工合成的优美男声，没有特殊口音，但仍让人觉得他的母语不是英语。

我望向窗外，看到一角蓝天，还有莱德市[1]西郊一条背阴的死胡同里郁郁葱葱的花园。这就是我居家办公时窗外的景色。不管几点，萨姆一律用“早上好”作为问候语，其实现在已经过了上午十点。宁静的悉尼市郊沉浸在阳光和鸟语之中。

“天气好极了。”我答道，“可惜我却被绑在这张办公桌前。”

接着是一阵长长的沉默。我开始怀疑翻译软件出了毛病，让对方误以为某位无情的刺客正把我铐在办公桌前，却又允许我随意使用即时通信软件。接着，萨姆说道：“我很高兴你今天没出去跑步，我已尝试过联系艾莉森和袁庭甫，但都联系不上。要是再找不到你，我就快阻拦不住我的某些同事了。”

我心里一阵焦虑，同时还夹杂着几丝怨恨。我一直拒绝佩戴iWatch，因为不愿意二十四小时待命。我又不是产科医生。我是个数学家，也许还身兼业余外交家的职能。艾莉森、袁庭甫和我在三个不同的时区，虽然我们醒着的时间不能覆盖全天所有时段，但对萨姆来说，三人都联系不上的时间每天最多也就几个小时吧。

“你的同事都这么性急吗？这我倒不知道。”我答道，“到底是什么不得了的紧急情况？”真希望翻译能如实传达我尖刻的语气。萨姆的

1. 澳大利亚新南威尔士州悉尼的城区。

同事手握所有火力、所有资源，应该不会为一点小事大惊小怪。是的，我们确实一度想要消灭他们，但那只是一次毫无恶意的无心之举，而且那已经是十多年前的事了。

萨姆说道："你那边似乎有人越界了。"

"越界？"

"据我们观察，目前没有连通边界两侧的壕沟。可几小时前，一簇我们这边的命题却开始服从你们那边的公理。"

我惊呆了，"一个孤立的命题簇？不经任何推导就连到了我们这边？"

"至少我们没找到推导的痕迹。"

我思考了一会儿，"也许是个自然事件吧。背景噪音突然增强，涌过了边界，退潮后留下一些我们这边的命题，就像海水退潮后留下潮池一样。"

萨姆毫不买账，"可是命题簇太大了。你说的那种情况，留下这么大的命题簇的概率接近于零。"他通过数据通道发来几个数字。他说得对。

我用指尖揉了揉眼皮，突然觉得异常疲惫。我本以为我们的老对手工业代数早已放弃追击。他们不再妄图贿赂我，也不再派雇佣兵骚扰我，于是，我以为他们终于把"缺陷"视作某种骗局或妄想，决定不再理会，重新把精力移回自己的核心业务上去了——去帮助世界各地的军队以越来越复杂的科技手段致人死亡或伤残。

或许这不是工业代数所为。所谓"缺陷"，是一组数学上自相矛盾的结果，它们划出一条边界，把我们的数学和支撑萨姆世界的另类数学分隔开来。最先找到"缺陷"的人是我和艾莉森。我们把大量计算任务派发到互联网上，数千名志愿者捐出处理器闲置的计算能力，帮我们完成计算任务。通过这种方法，我们找到了"缺陷"。后来我们突然叫停整个项目，并对发现"缺陷"一事严格保密，以免其落入工业代数手中，成为他们的武器。当时，有些参与者对项目终止非常不满，说要继续寻找。他们只需对我和艾莉森当初公布的开源框架稍做修改，就能轻松写出自己的软件，继续寻找“缺陷”。但在不向公众呼吁的前提下，想要募集足够多的志愿者并不容易，我看他们不可能做得到。

我对萨姆说：“我无法立刻解释此事，只能保证我们会展开调查。”

“我明白。”萨姆答道。

“你一点线索都没有吗？我是说你个人？”十年前，我、艾莉森和袁庭甫在上海利用一台名叫“闪光”的超级计算机鲁莽地对“缺陷”发起持续进攻，想不到远侧的数学家很快就摸清了这轮进攻的细节，把一波另类数学通过羽状结构推过边界。那次反攻如手术刀般精准，中招的只有我们三人。

萨姆说道：“如果这个命题簇和其他东西相连通，我们就能循迹追踪。但它是完全孤立的，什么线索也提供不了，所以我的同事才这么焦急。”

“好。”我心里仍盼着这一切只是一场乌龙。有时，雷达会把一群飞鸟产生的回波误判为更加可怕的东西，数学上想必也可能出现类似情况。但我的心越来越沉，因为我渐渐意识到实际情况有多严重。

远侧的居民相当热爱和平，任何人都不能指望遇上比他们更好的邻居了。可是，如果他们的数学基础受到威胁，就实实在在地面临灭绝的风险了。上次，他们成功击退威胁，但当时是因为他们知道威胁的来源，理解威胁的性质，所以表现得非常宽容克制：既没有杀死入侵者，也没有夷平上海，更没有把我们的宇宙整个掀翻。

可是现在，虽然这波新的进攻暂时停止了，但谁也不清楚它来自哪里、预示着什么。我相信，我们的邻居只想确保自己能安全地生存下去，可一旦被逼无奈，开始盲目反击，他们也许只能把我们的世界轰成齑粉，除此之外别无选择。

上海时间只比悉尼晚两个小时，但袁庭甫的即时通信软件始终处于“无法接通”状态。我给他发了邮件，也给艾莉森发了。不过现在是苏黎世的半夜，估计艾莉森至少还要再过四五个小时才会起床。我们三人都有和萨姆联系的程序，程序通过不断监控并修改“缺陷”的一小部分来传递信息：改动几条摇摆不定的数学真理，来回摇晃近侧和远侧之间的界限，这样就能加密我们互相传送的每一比特的信息。同在近侧的我们三人其实也可以用这种方式通信，但我们考虑后认为传统密码学的保密效果更好。仅通信数据来源不明这一点就足以招致怀疑，为了给我们与萨姆的对话找个合理的解释，我甚至不辞辛劳地专门编写软件在因特网上发送假数据包。除了最勤奋、最机智的窃听专家，其他人都会认为萨姆发给我们的信息来自立陶宛的一家网吧。

我一边等袁庭甫回信，一边把知识挖掘软件存放搜索结果的日志翻了个遍。但凡稍微沾边的结果，一定会存在这里。我琢磨着会不会是我设定的检索标准有问题，造成了搜索盲点？否则我怎么可能完全不知情？不管是谁，不管在什么地方，只要有人进行可能发现“缺陷”的计算，几秒钟之内，消息就会传到我这儿，在我的电脑桌面上铺满闪着红字的警报。定位“缺陷”需要巨大的计算能力，诚然，具备这种能力的机构一般不会公开行动，但同时这类机构也不太可能把资源浪费在这种华而不实的疯狂项目上。曾经帮过我们大忙的“闪光”已于2012年退役。从原则上讲，目前不少国家的安全机构甚至几家主营IT业务的企业都有足够的计算能力。如果他们铁了心要把“缺陷”找出来，是能办到的。但据我所知，目前整个地球上确知“缺陷”存在的人仍然只有三个：我、艾莉森和袁庭甫。就算是最挥霍无度的政府，也不会用小金库投资这种虚无缥缈的计划。就算是最财大气粗的财阀，也不肯花自己的钱搞这种异想天开的项目。

突然，我的电脑上弹出一个即时通信窗口。艾莉森的脸看起来疲惫不堪。“你那边现在几点？”我问道。

“还很早。劳拉得了肠绞痛。”

“啊。那你现在方便说话吗？”

“嗯，她现在睡着了。”

我之前只给她发了封很简短的邮件，因此现在又向她补充了一些细节。她沉默地思考了一会儿，同时毫不掩饰地猛打哈欠。

“我只能想到一个原因。几个月前，我在罗马开会时听到一些小道消息。传到我这儿已经是第四手消息了。据说，新西兰有个人认为自己找到一种新的方法，可以通过数论计算的方法检验基本物理定律。”

“又有不知哪儿来的疯子在异想天开了？还是……别的什么？”

艾莉森揉着太阳穴，仿佛在努力增加脑供血，“我也不知道。我听到的传言太模糊了，没法判断。我看他还不准备把结果发表在任何地方，就连他的个人博客也是只字未提。估计只是私下里告诉过几个人，而其中之一觉得这个想法实在太好笑，必须当作笑话传播出去。”

“你知道这人叫什么名字吗？”

她离开摄像头，翻找了一会儿。“蒂姆·坎贝尔。”她说道，然后通过数据通道发来一份笔记，“他在组合数学、计算复杂性理论和最优化领域都出过很优秀的成果。我在网上搜过，他以前似乎从没搞过什么异想天开的怪东西。我本来想给他发个邮件问问这事儿，但后来一直忙别的，就忘了。”

我理解，那段时间应该正是劳拉出生的时候。我说道：“能亲自去参加那么多会议真是太好了。住在欧洲确实容易些，各地之间都很近。”

“哈！你可别指望以后还这样什么都靠我，布鲁诺。以后麻烦您老也偶尔挪挪屁股、亲自坐趟飞机吧。”

“那袁庭甫呢？”

艾莉森皱了皱眉头，“我没跟你说过吗？他住院好几天了，肺炎。我跟他女儿联系过，情况不太好。”

“很抱歉。”艾莉森跟袁庭甫的关系比我跟他亲近得多，袁庭甫曾是她的博士导师，所以早在那件事情把我们三人绑在一起之前，他们就已经认识了。

袁庭甫已经快八十岁了。在中国，他这样的高收入人群能负担很好的医疗服务，所以八十岁还不算太老。但他总有一天会离开我们。

我说道：“那我们俩试着自己动手？这样会不会太疯狂？”她知道我指什么：跟萨姆联手管理边界，既要让两侧的世界保持沟通，又要让两边界限分明、安全、完整。

艾莉森答道：“不然呢？你觉得哪国政府值得信赖，既不会把事情搞砸，又不会利用‘缺陷’做武器？”

“哪国政府都不可信。但是又能怎么办？你以后把这个任务传给劳拉？凯特不想生孩子，所以我怎么办？随便挑个年轻的数学家，叫他继承我的衣钵？”

“既然要挑，我不建议你‘随便’挑一个。”

“你想让我登广告招聘？应聘要求：精通数论，熟悉马基雅维利[1]式政治权谋，拥有《白宫风云》全套DVD？”

她耸了耸肩，“到时候，找个既有能力，又值得信任的人。我们得权衡两个因素：知道的人越少越好，但同时必须有几个人知道。不然，万一关于‘缺陷’的知识完全失传了可不行。”

“就这样一代一代地传下去？像秘密社团似的？我们是什么？算术不一致骑士团？”

---

1. 马基雅维利（1469—1527），意大利政治家和历史学家，以主张为达目的可以不择手段而著称于世，马基雅维利主义（Machiavellianism）也因此成为权术和谋略的代名词。

“社团徽章我会尽快开始设计的。”

我们需要一个更好的计划，但现在不是争论这个的时候。我说道：“我负责联系那个叫坎贝尔的家伙，一有消息就通知你。”

“好的。祝你好运。”她眼皮直耷拉，仿佛要睡着了。

“好好照顾自己。”

艾莉森挤出一个疲惫的笑容，“你这么说是因为真的关心我，还是因为不想最后只剩你一个人保卫圣杯？”

“当然，两个原因都有。”

“明天我得飞去惠灵顿。”

凯特放下举到半空中的叉子，上面卷着正要送进嘴里的意大利面。她疑惑地皱眉看向我，“怎么这么突然？”

“嗯，是件叫人头痛的麻烦事儿。新西兰银行要我去现场操作他们的安保机器，他们不允许任何人联网去弄那玩意儿。”

她的眉头锁得更紧了，“你什么时候回来？”

“我也不确定。周一之前大概回不来。大部分工作我估计明天就能完成，但有些操作他们只允许周末进行，因为分行只有周末不联网。所以也许我这个周末不得不待在那边，现在还说不准。”

我讨厌对妻子撒谎，可却已经习惯这么做。上海事件一年后，我遇见了凯特，那时我手臂上的伤疤还没好透。工业代数曾雇用一名刺客，想从那里割开我的手臂、挖出数据内存。我和凯特的关系越来越深入，但我在某一刻下定决心：不管我们多亲密，不管我多信任她，我永远都不会向她透露关于“缺陷”的任何信息。这样对她比较安全。

“他们就不能在当地雇个专家吗？”她说道。我不觉得她起了疑心，但显然是不太高兴的。她在医院工作，总是加班，两周才能休一次周末。这周末好不容易赶上她休息。我们还没定具体计划，但是凯特休息时，我们照例是要一起过周末的。

我说道："本地肯定也有专家，但在这么短的时间内很难找到合适的人。我不能叫他们'滚蛋'，那样他们就再也不会雇我了。就一个周末而已，又不是世界末日。"

"对，又不是世界末日。"她终于再次举起叉子。

"酱料尝着还行吗？"

"非常美味，布鲁诺。"她的语气非常明确地表明，烹饪上的任何努力都不能弥补我周末爽约的过失，所以我的努力讨好全是白费力气。

我看着她吃意大利面，自己的胃里却仿佛拧出一个奇怪的结。间谍对家人说谎的时候，是不是就是这种感觉？可我的秘密听起来更像一个精神病人的妄想。谁也不知道，一个看不见的幽灵世界一直与我们的世界共存。我和两个朋友与那个世界签订了契约，肩负着保证契约顺畅执行的责任。那是人类历史上最重要的契约，因为尽管幽灵世界非常友好，但两个世界都有能力完全摧毁对方。与那种恐怖的打击相比，核爆大屠杀简直只是不痛不痒的小游戏。

维多利亚大学坐落在郊区的一片山顶，俯瞰着山下的惠灵顿。我乘缆车上山，刚好赶上周五下午的研讨会。受邀到这里宣讲自己的论文并不容易，但混入台下当听众还不算太难。我离开学术界已有近二十年，但一个古早的博士学位加上几篇和研讨会主题不大扯得上关系的论文仍足以帮我骗到一张邀请函。

其实我并不确定坎贝尔会不会到场。不管从官方角度，还是私下角度看，这次研讨会的主题和他的研究领域都只能说勉强相关。因此，我在听众席中找到他时大大地松了一口气。我事先在大学的网站上查过他的照片，所以知道他长什么样。上次和艾莉森通话后，我立刻给坎贝尔发了邮件。但他回信礼貌地拒绝了我：他承认正在进行我通过小道消息听说的研究，也承认那个项目与我和艾莉森以前搞的那个臭名昭著的搜索项目有点关系，但他目前不打算公布具体算法。

台上的嘉宾在讲“幺半群与控制论”。我在台下坐了一个小时，努力集中精神听讲。万一等会儿主持人问我这个讲座有什么吸引力，竟让我在“度假”期间放弃“观光”前来听讲，我可不想当场出丑。研讨会结束后，听众分成两拨：一拨直接离开，另一拨拥进隔壁房间吃点心。我看到坎贝尔跟着第一拨人向教学楼外走去。再不想办法叫住他，就没法在不引人注目的情况下和他搭上话了。

“坎贝尔博士?”

他转身扫了一眼会议室，大概以为叫他的是某个想申请延期交作业的学生。我一边举手示意，一边向他走去。

“是我，布鲁诺·康斯坦佐，昨天给你发过邮件。”

“我记得。”坎贝尔三十出头，是个苍白瘦弱的男人。他和我握了手，但显然很吃惊，“邮件里可没提你在惠灵顿。”

我挥手想搪塞过去，“本来想提，但又觉得太唐突了。”我没有说出真实来意，因为我知道他对数学不一致的那一整套奇想还半信半疑，希望他以为我也和他一样不怎么上心。

如果是命运让我们相逢，那我怎能不好好利用这个机会?

“那边有大名鼎鼎的司康饼，我去拿两块。”我说道，研讨会的网络公告里对这种美食大加称赞，“你现在有事要忙吗?”

“呃，也没什么事，有点文件要处理，我可以等会儿再做。”

我和他一起走向茶点室。一路上，我假装随意地说着自己的度假计划，东拉西扯一通胡诌。我从没来过新西兰，所以特意明确强调大部分观光计划还未实施，以免露馅。对于当地的地理和野生动物，坎贝尔似乎并不比我更感兴趣。我说得越起劲，他的目光就越冷漠疏离。看来，他并不打算就徒步旅行路线的细枝末节对我展开审问。心里的这块石头一落地，我便一边抓起抹了黄油的司康饼，一边突兀地转移了话题。

“是这样的，我听说你发明了一种新策略，可以更高效地搜寻‘某个’缺陷。”我差点用了定冠词——“那个”缺陷。“某个”缺陷，仿佛其存在只是一种假说，上次这么说已经是很久以前的事了。“你知道我和蒂尔尼博士当年为了找它，搜罗了多大的计算力吧？”

“当然知道。那时我还在读本科，听说过你们的搜寻项目。”

“那时我们在网上招募了很多志愿者，你是不是其中之一？”我已经查过记录，名单上没有他，不过当时我们允许志愿者匿名注册。

“不是。我对那个想法不怎么感兴趣——当时还不怎么感兴趣。”他说这话时神情尴尬，似乎不仅是因为十二年前没把自己的计算资源捐给我们。当年，有些人觉得我和艾莉森提出的那个半开玩笑的猜想愚蠢透顶，坎贝尔搞不好也是其中之一。一开始，我们并没有要求人们认真对待那个猜想。我们甚至在网页上特别显眼的地方列出医疗生物方面更有价值的计算项目，好让访问者明白，如果想捐献计算能力的话，有的是更好的途径。尽管如此，仍有一些满脑子数学或哲学的老古董对我们的假说大为光火，认为其鲁莽而幼稚。那些激烈的批判充满娱乐价值。在我们开始认真寻找“缺陷”之前，这个假说的主要价值就是娱乐大众。

“但你现在找到更好的搜寻算法了吧？”我鼓励他继续往下说，同时表明我对被他超越一点意见都没有。事实上，假说是艾莉森提出的，所以就算我自尊心再强、心胸再狭窄，也不会因为坎贝尔超过了我们而嫉恨他。至于我们以前的搜索算法，那只是我花一个周日下午匆忙拼凑出来的玩笑。我本想借此证明艾莉森的想法根本站不住脚，结果反而帮了她的忙。她不仅用我的算法证明了我的错误，还坚持将搜索结果公之于众。

坎贝尔朝四周扫了一圈，看有没有人能听见我们的谈话。但接着他应该意识到了，如果消息已经从罗马和苏黎世传到了悉尼，那他就没必要在惠灵顿继续捍卫自己的清誉了。

他说道："你和蒂尔尼博士提出，早期宇宙的随机过程也许证明过一些关于整数的自相矛盾的定理，但要暴露矛盾必须进行大量计算，宇宙暂时还没来得及完成那些计算。我这样总结你们的假说，你看还可以吗？"

"你说得没错。"

"对此我有一个疑问。我不理解，你们的理论如何说明存在一个能在此时此刻被侦测到的矛盾。假设物理系统A证明了定理A，物理系统B证明了定理B，那么宇宙里可能存在两个不同的区域，分别服从不同的公理。可是，宇宙里并不存在这样一本飘浮在时空之外，列出了所有已被证明的定理的数学教科书啊。我们的计算机更不可能先去查证这本书，再决定自己的行为。一个经典系统的行为由其自身的具体因果历史而决定。我们是一小块宇宙的后裔，如果这块宇宙曾经证明过定理A，我们的计算机就应该完全有能力证伪定理B，不管一百四十亿年前宇宙的其他部分发生过什么。"

我沉思着点点头，"我明白你的意思。"只有热血上头的纯柏拉图主义者才会认为真的存在一本罗列了所有永恒数学真理的幽灵之书。而对柏拉图主义半信半疑的人来说，似乎只能勉强接受这样一种观点了：真理之书一开始是空白的，随着各种定理被检验，书上会逐字逐句地显现出内容——我想不出比这更烂的折中解释了。事实上，十年前在上海，远侧曾让我、艾莉森和袁庭甫一瞥他们的数学，虽然只有短短几分钟，但当时袁庭甫就宣称，数学信息的流动符合爱因斯坦的定域性原理[1]：不存在什么全宇宙通用的真理之书，只有关于过去的各种记录以小于等于光速的速度奔涌冲撞、互相融合、互相竞争。

---

1. 该理论认为，一个特定物体只能被它周围的力量影响。在某一点发生的事件，不可能立即影响到另一点。也就是说，信息的传播速度不可能比光速更快。这个观点保持了事件之间的因果性。

然而，我不可能告诉坎贝尔：我不仅知道只需要一台计算机就能同时证明和证伪同一个命题；还知道一组公理失效、另一组公理起效的地方有一条清晰的边界，只要设计好计算顺序，有时只需一台计算机就能移动这条边界。

所以，我只是问道："即便如此，你仍然相信寻找矛盾是一件值得做的事情吗?"

"是的。"他承认道,"只不过我得到这个结论的途径跟你们很不一样。"他犹豫了片刻，然后从旁边的桌上拿起一块司康饼。

"一块石头，一颗苹果，一块司康饼。我们很清楚这些短语指代的对象，但以上提到的每一个对象都可能包含大概十的十次方的三十次方种不同的物质构成形式。我的'司康饼'和你的'司康饼'根本就不是同一个东西。"

"没错。"

"你知道银行怎么清点数量极大的纸币吗?"

"靠称重量?"其实我知道除了称重，银行还会用另外几种方法验算结果，但我大致明白他想说什么，因此不愿在此时吹毛求疵、让他分心。

"完全正确。现在假设我们用同样的方法数司康饼：先称出一批饼的重量，然后除以每块饼的名义重量，最后四舍五入取最近整数。每块司康饼的重量相差颇大，所以很容易在这个过程中搞出一套和我们平时用的算术不同的另类算术。假设先用上述方法对两批饼分别计数，再把这两批饼混在一起重新计数，你没法保证这样算的结果和普通整数加法的结果一致。"

我说道："显然无法保证。但是数字计算机并不靠司康饼运行，也不会用称重的方法来度量信息。"

"请听我说完。"坎贝尔说道，"我的比喻不完全贴切，但我还没听上去那么疯。现在，假如'一样东西'有许多种可能的构成方式。

因为方式太多，我们要么故意忽略了构成方式间的不同，要么根本就没有能力去区分其差异。在特定量子态下制备的电子就是极简单的东西，但即使如此简单的东西也可以有不同的构型。”

我问道：“你是指隐变量[1]吗？”

“对，差不多是那个意思。你知道杰拉德·特·胡夫特[2]的确定量子力学模型吗？”

“只知道点儿皮毛。”我承认自己所知不多。

“胡夫特假定自由度在普朗克尺度[3]上完全确定，每一个量子态对应一个包含许多不同构型的等价类。此外，在原子尺度上制备的所有常规量子态都是那些原初态的复杂叠加。这样，胡夫特就能绕过贝尔不等式[4]了。”我微微皱了皱眉头，大意我基本能听懂，但要想理解细节，就得去读胡夫特的论文了。

坎贝尔继续说道：“在这个意义上看，物理细节没那么重要，只要你接受一个前提：不管是哪种东西，‘一样东西’与另一个‘一样东西’永远不可能完全相同。在这个假设下，虽然物理过程看起来应该严格等价于各种算术运算，但实际上，两者之间的对等性也许并没有想象中那么可靠。在称司康饼的例子里，这个问题很明显。但现在我谈的是，这可能导致一些更微妙的结果，我们或许对物质的基本性质

1. 隐变量理论又称隐变数理论，是由物理学家质疑量子力学完备性而提出的替代理论。一些物理学家如爱因斯坦认为，量子力学并未完整地描述物理系统的状态。因此量子力学的背后应该隐藏了一个尚未发现的理论，可以完整解释物理系统所有可观测的演化行为，而避免掉任何不确定性或随机性。

2. 杰拉德·特·胡夫特（1946—　），荷兰理论物理学家，1999年因为“阐明物理学中弱电相互作用的量子结构”，与其导师马丁纽斯·韦尔特曼一同获得诺贝尔物理学奖。

3. 普朗克尺度是我们这个宇宙中有意义的最小尺度，包括普朗克长度、普朗克时间、普朗克温度等。

4. 贝尔不等式又名贝尔定理，在物理学和科学哲学里异常重要，因为该定理意味着量子物理必需违背定域性原理或反事实确定性。在经典力学中，此不等式成立。在量子力学中，此不等式却不成立。

有所误解。”

“呃。”我相信，在所有听坎贝尔谈过这套理论的人中，我已经是最把他的想法当回事儿的人了。但我仍然无法热烈地认可他的说法，一来因为我不想显得耳根太软，二来我实在没听出他的话与现实有丝毫联系。

我说道：“你的想法很有趣，但我还是不理解怎么用它提高寻找矛盾的速度。”

“我发明了一系列模型，”他说道，“但要想让这些模型成立，首先必须同意胡夫特对物理的一些观点，其次必须使算术对很大范围内的对象都几乎自洽。从中微子到星系团，在这个很大的范围内，由我们在通常情况下遇到的数字构成的算术都应该以常规方式成立。”他说到这里笑了起来，“我是说，毕竟我们都得活在现实世界里，对不对？”

“对。”我嘴上这么答，心里却想：我看你就没有活在现实世界里。

“有趣的是，我怎么也没法让那套物理成立，除非让算术最终出现矛盾。必须要有超天文级别的大数，大到物理表示和算术已经不完全相符，否则就不能成立。我的每一个模型都能或多或少地预测这些效应何时开始出现。我可以从基本的物理定律出发，推导出一系列针对大整数的计算，几乎任何计算机都能运行。只要完成这些计算，应该就可以找到某个‘缺陷’。”

“用这个方法可以直接找到‘那个’缺陷，根本不用做任何搜索。”我这次直接用上了特指，因为如今已经没必要继续捉迷藏了。

“理论上是这样。”坎贝尔说这句话时居然微微红了脸，“嗯，但所谓‘不需要搜索’，其实只是能把搜索范围缩小很多。我的模型里仍有自由参数，需要测试的可能性也许仍有几十亿种。”

我咧开嘴强颜欢笑，不知道那笑容是不是和我感觉的一样假，“到目前为止，你还没找到‘缺陷’吧？”

“还没有。”他又紧张起来，开始四处张望，看有没有人偷听。

他会不会在骗我？他是不是想把结果保密，反复检验上百万次，然后再考虑向难以置信的同事和目瞪口呆的大众解释？或者，他不是有意骗我，而是根本不知情：他的工作虽然把一颗小“手榴弹”扔进了萨姆的世界，但在坎贝尔自己的计算机上只显示为正常的算术，完全看不出已越过边界？毕竟，侵入远侧的命题簇服从我们的公理。也许，坎贝尔虽征服了这簇命题，却从未意识到它们曾经服从另一套数学。他的想法显然已非常接近真相，我无法相信一切只是巧合。但他似乎还未发现我已确知的事实：算术非但不自洽，而且是动态的——可以将矛盾推到不同的地方，就像移动地毯下面的物件，使地毯上的凸起四处游走。

坎贝尔说道：“计算过程里有些部分不太容易自动化，必须手动完成，比如对每一大类模型需要分别设定不同的搜索方式。我目前只用业余时间做这事儿，所以要检验完所有可能性，可能还得等上一阵子。”

“我明白。”如果他目前的所有计算只对远侧造成了一次进攻，那么剩下的计算很可能不会再越界。也许他最后只会发布一份“阴性”报告，证明某一类高深莫测的物理理论可被排除。而“缺陷”两侧的居民会继续相安无事地正常生活。

可我不能允许自己相信这乐观的假设。要是这么天真，我算哪门子数学武器核查员？

坎贝尔坐立不安，一副想走的样子，似乎待处理的行政文书正在召唤他。我说道：“和你见面的机会难得，我很想多谈谈此事。你今晚有空吗？我就住在城里的一个背包客之家。不过，也许你可以推荐一家附近的好餐馆，我们一起吃顿饭？”

他犹豫了一会儿，但好客的本能似乎终于战胜了保守的性格。他说道："我问问我太太。我们不常出去吃饭，晚上我本来也要做饭的，欢迎你来我们家做客。"

从学校走到坎贝尔家只要十五分钟。路上我要求绕道去了一家酒水店，好买几瓶葡萄酒带去他家当作佐餐的礼物。进门时，我的手在门框上流连了一小会儿。装好这个小装置，以后如需不请自来就方便多了。

坎贝尔的太太布里奇特是位有机化学家，也在维多利亚大学任教。晚餐的话题一直围绕系主任、预算和经费申请打转。我虽然早已离开学术界，仍能感同身受地对坎贝尔夫妇的抱怨表示同情和理解。主人一直给我倒酒，我的酒杯一晚上都没空过。

吃完饭，布里奇特借口要给母亲打电话走开了，她母亲住在南岛的一个小镇上。坎贝尔领我走进他的书房，打开一台笔记本电脑。那台电脑肯定得有二十年历史，键盘都褪色了。许多家庭里都有一台这样的电脑：虽然不能运行时髦而庞大的最新软件，但使用原始操作系统仍非常顺畅。

坎贝尔背过身去输入密码。我非常小心，绝对不能让他看出我有一丝偷看密码的意图。然后，他用编辑器打开一些C++文件，滑着鼠标翻过部分搜索算法。

我头晕脑涨，但并不是因为醉酒。我事先已在胃里灌满了一种非处方解酒剂，它能把酒精快速分解为葡萄糖和水，任何人类都不可能在服了这种药的情况下吸收酒精。此刻，我热切地希望工业代数已经彻底放弃寻找"缺陷"。要是连我都能在半天内接触到坎贝尔的秘密，工业代数只要愿意动手，想必月底前就能用另类算术操纵股市，再过不久就要向五角大楼兜售数学武器了。

我并没有过目不忘的本领，坎贝尔也只是给我看了算法的一些片段而已。我想他并不是在有意戏弄我，只是想展示自己已经做了一些扎实的工作，以证明关于普朗克尺度物理和定向搜索策略的想法并非毫无基础的异想天开。

“等等！那是什么？”我喊道。坎贝尔停下了不断按“翻页”键的手。我指着屏幕中间的一串变量：

```
long int i1, i2, i3;
dark d1, d2, d3;
```

“*long int*”是“长整数”，所占比特数比普通整数多一倍。在这台古董机上，一个长整数大概占六十四个比特。我大声质问道：“‘*dark*’是什么鬼东西？”我平时绝不会对刚认识的人这样大喊大叫，但在当时的情况下，指望我保持冷静未免太强人所难了。

坎贝尔笑了起来，“‘*dark*’是暗整数，一种我定义出来的整数。一个暗整数占四千零九十六个比特。”

“可为什么叫‘暗整数’？”

“暗物质、暗能量……暗整数。这些东西包围着我们，无处不在，但我们通常看不见它们，因为它们不遵守我们的规则。”

我只觉得脖子后面汗毛倒竖。这说的不就是萨姆的世界吗？就算让我来总结，也无法更简洁准确地描述远侧了。

坎贝尔关上了笔记本电脑。我本来想找机会在不引起他怀疑的前提下，对那台机器做点儿手脚，只要很短的时间就能得手。但现在看来，那显然不可能了。我们一起走出书房的同时，我决定执行B计划。

“我觉得有点……”我突然一屁股坐在走廊的地上。过了一会儿，我从口袋里掏出手机，举起来递给坎贝尔，“能麻烦你帮我叫辆出租车吗？”

“当然可以。”他接过手机。我两手抱头，不等他拨号就轻轻呻吟起来。接下来是一阵漫长的寂静。他大概在权衡各种应对方案，评估哪种最不尴尬。

最后他终于开了口：“如果你愿意，今晚可以在我家沙发将就一宿。”我的心一阵刺痛，他太善良、太好骗了。我发自内心地同情他。要是某个我几乎不认识的小丑在我面前玩这么低劣的把戏，我至少会逼他承诺：如果半夜吐脏我家地毯，他得出清洁费。

我半夜确实去了一趟卫生间，但全程注意控制音量。半路上，我偷偷溜进书房，在黑暗中穿过房间。那台笔记本电脑上有张维修公司的贴纸，应该已经贴在上面几年了。我在贴纸上加了张薄薄的透明贴片，这贴片肉眼不可见，不用手术刀撕不下来。贴片能发射信号，但还得装个能接收信号的继电器。继电器比贴片稍大，约有一颗大衣纽扣那么大，我把它贴在了书架背后。除非坎贝尔打算粉刷房间或者铺新地毯，不然他大概几年都不会发现书房里有这么个玩意儿。我事先已经在本地的一家无线网供应商那里开了账户，预付了两年的费用。

天亮不久我就醒了。醉酒的人第二天早醒很正常，不会让人起疑。昨晚坎贝尔没有拉上窗帘，因此早晨的阳光火力全开地打在我脸上。我想他一定是故意制造的这种效果，好催我早点儿滚蛋。我故意花十分钟在屋里蹑手蹑脚地走来走去，因为干脆利落地直接离开显得不够自然——万一有人在听着我的一举一动呢？我在沙发前面的茶几上留下一张字迹潦草的字条，向主人道歉并表示感谢。然后我开门离开，向缆车站走去。

我下山回到城里，在背包客之家对面找了间咖啡馆坐下，把设备和安装在坎贝尔家的继电器连上。继电器已与贴在他笔记本电脑上的高分子电路贴片成功连接。一直到中午，坎贝尔仍没有登录那台电脑。我便给凯特发了条信息，说银行里的活儿还没做完，自己至少还得再耽搁一天。

为了打发时间，我看了不少推送的新闻，买了一堆定价高得离谱的零食。咖啡馆里有一半的顾客在做和我一样的事情。就这样耗到三点多，坎贝尔终于启动了那台笔记本。

我偷偷贴上的贴片虽不能读取硬盘，却可以接收键盘和显示器输入和输出的电流，据此推算出对方在键盘上输入的，以及在显示器上看到的所有内容。我轻而易举地截获了他的密码。更妙的是，他登录后开始编辑一份文件，想把搜索程序拓展到一类新模型上。他的鼠标上下滚动，没过多久，我就通过贴片传过来的截屏数据拼出了那份文件的全貌。

他费尽心思地调试写好的语句，足足搞了两个多小时才开始运行程序。那台吱嘎作响的机器还是二十世纪的老旧机型，制造它的时候，利用因特网计算力寻找“缺陷”的想法尚未诞生。想不到这样一台老古董竟已直接攻击远侧一次。我只希望坎贝尔现在测试的所有新模型都和前几天成功攻入远侧的模型不兼容。

没过多久，贴片上的红外线传感器显示坎贝尔离开了书房。贴片能通过电磁感应让键盘产生电流，因此我可以远程操作他的机器。我打开一个新进程窗口。那台笔记本原本不联网，但现在有了我植入的间谍软件就不一样了。我只花了十五分钟就打开并记录下电脑里的所有内容：主程序依赖的一些库文件和头文件；还有一些数据，列出了迄今为止的所有搜索记录。如果侵入操作系统，我就可以随意改动以后的每次搜索。那并不难，但我决定先等一等，了解全局后再动手。即使回到悉尼，只要坎贝尔的笔记本开机，我仍可以随时监控，还能趁他走开时操作机器。我之所以还留在惠灵顿，只是以防万一需要亲自潜回他家里。

夜幕降临时，我已经没什么紧急的事情需要处理了。我没给凯特打电话，让她以为我正在一间没有窗户的机房里卖命工作似乎更为明智。我离开咖啡馆，回到旅店的房间，在床上躺下。旅店空无一人，其他人都到城里玩儿去了。

我给远在苏黎世的艾莉森打了电话，向她汇报了最新情况。我听见背景音里她的丈夫菲利普正在另一个房间哄劳拉。他平静地用法语说着一些咿咿呀呀的哄孩子的话，而他们的女儿正在放声大哭。

艾莉森对我汇报的情况很感兴趣，“坎贝尔的理论虽不完美，但离真相肯定已经很近了。也许我们可以设法用他的理论解释我们观察到的动态变化。”十年前，我们偶然发现了“缺陷”。此后我们虽一直在研究“缺陷”，却只能做实证性的工作：运行计算并观察其效应。“缺陷”背后的深层次原理我们始终连边都没摸着，这一直让我们很沮丧。

“你觉得这些情况萨姆都了解吗？”艾莉森问道。

“我不清楚。即使知道，估计也不会承认。”十年前在上海，萨姆给了我们一窥远侧数学的机会，那不过是一次小小的惩戒，好让我们明白，我们想用“闪光”摧毁的东西是一个文明，而不是一片无人的荒野。尽管两侧的初次交锋几乎是一场灾难，但此后，萨姆一直努力与我们建立沟通。他不仅学习了我们的语言，还兴致勃勃地听我们主动描述这边的世界。不过，他从未像我们那样积极地描述那边的世界。对远侧的数学、天文、生物、历史等文化，我们几乎一无所知。但我们知道，有另一种生物一直在和我们的地球分享空间，这说明我们的宇宙和他们的宇宙以某种方式紧密交缠，只是两侧的居民都看不见对方的世界罢了。萨姆曾向我暗示，远侧生命体的分布比近侧更稠密。有一次我告诉他，近侧的我们似乎很孤独，至少太阳系里非常冷清，周围许多光年都是完全没有生命的真空。从那以后，他便把我们这一侧称为“荒原”。

艾莉森说道：“不管萨姆知不知道，我们都最好对他保密。和远侧签订的契约规定：若对方通知我们，他们的领土受到侵犯，我方应尽一切努力予以处理。我们现在确实是这样做的，但没有义务向他们披露坎贝尔的活动细节。”

“的确如此。”我嘴上这样回答，心里却不完全认同。我明白萨姆和他的同事一直有所防备。他们认为，我方会利用他们给出的任何信息对其不利，所以向我们透露越多，就越容易招致打击。尽管对方态度如此，我心里却始终在想，也许我们可以通过某种方式摆明善意的姿态，让双方建立互信。和坎贝尔谈过之后，这种微弱的希望又在我的心里燃起：也许坎贝尔的发现能为我们提供一个向远侧证明自己的机会。我希望能一举让远侧永远打消疑虑，相信我们确实没有进犯他们的恶意。

这些话我并没有说出口，可艾莉森仿佛会读心术一般，说道：“布鲁诺，到目前为止，他们没给过我们任何信息。他们在上海的举动情有可原，可以算必要的防备。但上海事件还说明，他们可以轻而易举地干掉‘闪光’，就跟拍死一只蚊子一样轻松。以他们的计算能力，一秒扫平我们根本不费力气。而且，他们至今紧握着所有战略优势，一点都没放松。所以我们必须采取同样的策略，否则就是愚蠢和不负责任。”

“所以，你希望我们保留这个秘密武器？”我感到一阵剧烈的头痛。我知道我们三人肩上背负着超现实的责任，但通常来说，我应对这项责任的方式就是假装它不存在。过去三天，我不得不时刻进行权衡考虑，这给我造成的压力已经超过了过去十年的总和。“所以这就是结论吗？我们得搞一个新版冷战？你为什么不干脆下周一直接冲进北约总部，把我们知道的一切都告诉他们？”

艾莉森干巴巴地应道：“瑞士不是北约成员国。要是我冲进北约，瑞士政府很可能以叛国罪起诉我。”

我不想跟她吵架，“这个我们以后再谈吧。现在，我们甚至不知道我们到底掌握了什么东西。我得好好看看坎贝尔的文件，确认他是不是真的做了我们以为的事情。”

“好吧。”

“我回悉尼再给你打电话。”

一开始，我不太理解从坎贝尔那儿偷来的东西。研究一段时间后，我终于理清了日志文件里的每条记录，看懂了他都进行了什么计算。我调出一张“缺陷”的粗略静态地图，与坎贝尔测试过的命题进行比较。边界会随着时间推移发生一些微小波动，但既然萨姆报告的那次进攻是深入到远侧内部的，这些小波动可以不予考虑。

如果我的分析没错，那么坎贝尔在周三深夜的那次计算确实命中了远侧数学内部。但他没有存心骗我，在他看来，并未发生任何反常的事情。其实那天他已找到想要寻找的东西，只是那东西消失得太快，他根本没来得及看见。

我和艾莉森做过的所有计算只能在边界上迫使远侧命题叛变，投靠我们近侧的公理。而坎贝尔的动作就厉害多了：他仿佛从高维直接空降入远侧，用一根水管把我们熟悉和热爱的数学喷洒在远侧的所有东西上。

对于萨姆和他的同事来说，我和艾莉森的攻击仿佛洲际弹道导弹，他们知道怎么追踪和拦截；而坎贝尔的攻击则仿佛一个人突然提着手提箱冲进来，箱子里居然装着核弹。现在艾莉森的意思是，既不给他们看这种新型武器，也不告诉他们武器的原理，更不让他们有机会研发针对新武器的防御措施，而只是干巴巴地告诉他们：“请信任我们，我们已经解决了问题。”

对远侧而言，“荒原”这个挥之不去的幽灵世界始终是一种威胁。万一鹰派接管远侧，认为没必要再容忍我们存在，那么艾莉森希望我们至少能留下这个撒手锏防身。

周六夜晚的狂欢者开始陆续回到旅店，有人唱着走调的歌曲，有人充满激情地呕吐不止。是不是因为我昨天在坎贝尔家装醉，老天才以这种诗意的方式惩罚我？如果是这样，那我真是遭到了一千倍的报应。我开始后悔自己没有选择更高级的住宿环境，可是这次出行根本没有雇主报销旅费，花钱越多，就越难在凯特那里圆过这个谎。

忘掉司康饼和另类数学吧。我知道怎么让数字货币一个变两个，就像巫师的学徒能把扫帚一柄变两柄一样。说不定我不仅能捞到好处，还能瞒过萨姆：为了和他进行日常通信，我需要操纵边界，这正好可以掩护我偷偷摸摸进行的交易。

但这样做一定会产生副作用，我也不知道怎么控制副作用。搞这些小动作会扰乱什么？会让多少人死亡或受伤？我一点儿也不清楚。

我把头埋进枕头里，努力在噪音中入睡。为了催眠自己，我开始算七的幂数，童年以后我就没用过这招了。我在心算方面没有过人的天赋，除了一开始的几个幂数容易算，后面的数都需要特别集中精力才算得出来，这很快就能让我筋疲力尽，比任何体力劳动都管用。两亿八千二百四十七万五千二百四十九。越来越大的数字像杰克的魔豆茎[1]，一直长进平流层里。后来它长得太高，支撑不住，就自己碎了，只剩下一团数字，在我的脑海里像黑色的碎纸般到处乱飘。

“问题已经解决了。”我对萨姆说，“我已经找到问题的源头，并已采取措施防止同类问题再次发生。”

“你确定吗？”萨姆的声音响起，三孔环面在我的屏幕上烦乱不安地扭转着。其实萨姆的头像不是他设的，而是我自己挑的，可我没法不把自己的情绪投射上去。这图案转啊转，让我心烦意乱。

我说道：“我已经确定地知道周三的入侵是谁造成的。这次进攻没有恶意；事实上，进攻者根本不知道自己越过了边界。我已经修改了此人电脑上的操作系统，确保电脑没法再造成这种事故。如果他再次做那类计算，电脑会自动显示和上次一样的结果，但实际上并不运行

1. 出自英国童话故事《杰克与豆茎》。杰克撒在地上的豆子很快就发芽并一直长上了天空。他顺着豆茎爬上去，发现了巨人统治的城堡。

计算程序。”

“听起来不错。”萨姆说，“你能描述一下他进行的是什么计算吗？”

我知道萨姆看不见我，就像我看不见他一样，但我还是下意识地努力摆出镇定的表情。“我认为契约并未规定我们有这项义务。”我答道。

萨姆沉默了几秒钟，“你说得没错，布鲁诺。但是，如果能知道这次侵犯一开始是怎么发生的，我们可能会更加安心。”

我答道：“这我理解。但我们已经决定不披露这次进攻的源头。”我说的“我们”是我和艾莉森。袁庭甫还在住院，什么忙也帮不上。我和艾莉森替我们的世界做了决定。

“我会把你的话转达给同事。”他说道，“我们不是你们的敌人，布鲁诺。”他说这话时语气很遗憾，但我知道他可以随心所欲地控制语气上的细微差别。

“我知道。”我说，“我们也不是你们的敌人。但你们却决定把远侧世界的大部分细节对我们保密，我们并没有因此觉得你们有敌意，所以现在我们保守几个秘密，你们也没有立场抱怨。”

“我很快会再联系你的。”萨姆说道。

通信窗口随即关闭了。我把加密的聊天记录用电邮发给艾莉森，然后趴在桌子上。我的头一阵阵刺痛，不过刚才的对话其实不算太糟。萨姆和他的同事希望知道一切，被拒绝后当然会失望地责备我。但这并不意味着他们会就此抛弃已经执行了十年的友好双边政策。重要的是，他们会发现我的保证确实可信：不会再发生越界入侵事件了。

我还有工作要做，能帮我赚钱养家的那类工作。我也不知道自己怎么这么有定力，居然能把关于“缺陷”的项目完全放到一边，开始为一家新加坡公司写报告。报告的内容是解决分布式编程瓶颈的随机算法。

四小时后，门铃响了。我恰好在厨房里找吃的，不在办公桌前，所以没看门口的监控就径直穿过走廊，开了门。

坎贝尔说道："你好吗，布鲁诺？"

"我很好。你来悉尼怎么不告诉我？"

"你不想问问我是怎么找到你家的？"

"怎么找到的？"

他举起自己的手机给我看。上面有一条我给他发的短信——其实不是我发的，但确实是从我的手机上发的。那条短信直接把我家的GPS坐标发给了他。

"干得不错嘛。"我说。

"据我所知，最近澳大利亚在恐怖主义罪行清单上新添了'破坏通信设备'一条，要是你去告我的话，大概能把我关进警戒级别最高的单人牢房。"

"那也得你会的阿拉伯语单词超过十个才行。"

"事实上，我曾在埃及待过一个月，所以万事皆有可能。但我看你不像是真要去警察局告我的样子。"

"要不我们进屋谈？"我提议。

我一边把他领进客厅，一边让头脑飞速运转：也许坎贝尔已经发现我贴在书架背后的继电器了？但至少我离开他家前肯定还没发现。难道他远程攻击了我的手机，在里面植入了病毒？我觉得自己的安保措施做得也没那么差吧。

坎贝尔说："我希望你解释一下为什么要窃听我的电脑。"

"我为什么窃听你的电脑？现在连我自己也越来越不确定了。也许正确的答案是：因为你故意设计，引诱我窃听。"

他哼了一声，"真有意思！我承认，我故意散播谣言，说我在做搜索工作，因为我很好奇你和艾莉森·蒂尔尼为什么突然叫停了搜索项目。我想看看谣言传出去后，你们会不会探头探脑地跑来刺探。而你果然上了门。但这并不表示我欢迎你偷走我所有的工作成果。”

“那你费这么多周章，又是为了什么？还不是想从我和艾莉森这儿偷点什么。”

“我的做法和你的做法根本不能相提并论。我不过是想证实一下自己的怀疑：你们已经找到了某种东西。”

“你现在可以确认这个怀疑了？”

他摇了摇头，不是否认，而是一副“这真有意思”的态度。我说道：“你为什么来这儿？难道你以为我会剽窃你那套疯疯癫癫的理论，当作我自己的成果发表？我太老了，已经不能得菲尔兹奖[1]了。还是说，你觉得那玩意能让我得诺贝尔奖？”

“哦，我知道你对名利没兴趣。我已经说了，要是为了得奖，你早就遥遥领先于我了。”

我猛地站起身来，能感到自己此刻眉头紧皱，拳头也握得很紧。“那你到底想要什么？告我窃听你的电脑？好啊，去告啊。你告我，我也告你，最后我们俩都不出庭，一人交一笔罚款，有意思吗？”

坎贝尔答道：“我想要明明白白地知道，是什么事情如此重要，让你大费周章地跨过塔斯曼海，一路撒谎都要进到我家里，利用我热情好客的天性，偷走我的文件。我看这不是简单的好奇心或嫉妒心的驱使。我认为，你们十年前找到了某种东西，现在担心我的工作会让那种东西受到威胁。”

我又坐了下来。刚才我被逼到绝境，难免肾上腺素飙升，现在冷静了下来，不再那么冲动。我几乎能听见艾莉森的声音在耳边低语：“布鲁诺，你要么杀了他，要么把他招进来，变成自己人。”我不想杀任何人，可是真的只有这两个选择吗？我不是特别确定。

我说道：“要是我叫你少管闲事呢？”

---

1. 数学领域的最高奖项，只授予四十岁以下的年轻数学家。

他耸耸肩，“那我会更努力地继续我的搜索工作。我知道你把那台笔记本电脑搞坏了，可能我家的其他电脑也被你动了手脚。不过我还没穷到那个地步，一台新电脑我还是买得起的。”

一台新电脑会比原来那台古董快一百倍。他会重新运行所有搜索，也许还会扩大参数范围。这场混乱皆因来自“荒原”的手提箱式核弹所起，现在核弹会再次引爆，而且我知道下次爆炸的威力会比上次大十倍，甚至一百倍。

“你是否考虑过加入秘密社团？”我问道。

坎贝尔难以置信地大笑一声，“没有。”

“我也没有。可我别无选择，现在你也一样了。”

我把一切和盘托出：我们如何发现“缺陷”；工业代数如何试图窃取我们的成果；上海的那次神迹；我们如何与萨姆接上头；我们与萨姆的契约；之后风平浪静的十年。然后，他的工作仿佛平地惊雷，突然打破了这一切，余波仍在不断发酵。

坎贝尔显然受了很大的震动。尽管我只是证实了他当初的怀疑，但他还是没有做好心理准备，不太敢相信我吐露的整个故事。

我明智地没有请他进我的办公室。要是在我的电脑上向他展示“缺陷”，他想做手脚实在太容易。我们一起去了本地的购物中心。我给他二百澳元，让他买了一台新笔记本电脑。然后，我告诉他该下载哪类软件，请他自行选择具体使用哪种软件包，又给他若干进一步的指导。不到半小时，他已经在新电脑上看到了“缺陷”，还亲手把边界朝两个方向分别推动了一小段距离。

我们坐在商场的美食区里，一群刚放学的青少年在周围吵吵嚷嚷的。坎贝尔目瞪口呆地望着我，仿佛我刚从他手里夺过一把玩具枪，用魔术把它变成了真枪，然后当头来了一发。

我说道：“振作点儿。上海事件后也没爆发宇宙大战啊，这次我们也能挺过去的。”这么多年过去了，终于有机会让新人分担肩上的重担，所以我的情绪反而比过去乐观了许多。

“‘缺陷’是动态的。”他喃喃自语道，“这就让一切都不同了。”

“还用你说。”

坎贝尔眉头紧锁，“我说的不仅是政治、风险之类的东西。我说的是，这让支撑这一切的物理模型完全不一样了。”

“是吗？”我还没来得及仔细研究这个问题，理解并接受他的初始计算结果已经够费劲的了。

“我一直假设普朗克尺度上的物理是完全对称的，因为宏观的算术应该有稳定的边界。这个限制条件是我人为加上的，但我一直以为这是理所当然的，因为任何其他情况似乎都……”

“都根本无法置信？”

“是的。”他眨了眨眼睛，移开视线，望着周围的食客，仿佛根本不理解自己为何突然置身于这群人之中，“再过几小时我就要飞回惠灵顿了。”

“布里奇特知道你为什么来悉尼吗？”

“不知道。”

“我告诉你的事情，不能让任何人知道。至少现在不行。风险太大，一切都太不稳定。”我嘱咐道。

“好。”他与我目光相接。我知道他不是为了应付我而随口答应，他确实明白工业代数之流能干出什么事来。

我又说道：“我们的长期目标是设法保证这边的安全，设法保证所有人的安全。”这是我第一次说出这个目标，因为我直到这一刻才开始真正明白，坎贝尔的工作会产生什么后果。

“如何保证？”他问道，“我们是想建一堵墙，还是想拆掉一堵墙？”

“我也不知道。但首先，我们需要画一张更精确的地图，好对整个领土情况有更深的了解。”

为了来见我，他在机场租了辆车，一路开到我家。那辆车就停在我家附近的一条小路上。我把他送到车边。

我们握手道别。我说道："欢迎加入我们的秘密组织——不情不愿小组。"

坎贝尔仿佛被针扎了似的皱了一下眉，"让我们一起想办法，让不情不愿小组不必继续存在。"

接下来的几周，坎贝尔不断努力完善他的理论，每隔几天就发邮件向我和艾莉森汇报进展。我自作主张地把坎贝尔拉进我们的队伍，本来担心艾莉森会做何反应，结果她比我想象的冷静得多。她只是说道："这么优秀的人，作队友总比作敌人强。"

事实证明，坎贝尔比我以为的更加优秀。虽然在技术方面，我和艾莉森很快就追上了他，但他能取得现在这样惊人的进展，显然关键是靠过人的直觉——这种直觉是他通过多年的试错和摸索积累起来的秘宝。如果仅靠偷取他的笔记和算法，然后自己摸索，我们绝对不可能走到现在这么远。

我们逐渐形成了一套动态版本的理论模型。柏拉图式的数学对所有宏观对象均不再适用，这里说的"宏观对象"可小到亚原子粒子的量子态。与整数有关的数学"证明"只是一类物理过程，你既不能从一本全宇宙通用的真理之书中读取证明结果，也不能把证明结果写入真理之书。如果不同的物理过程可被视作对同一个对象的证明，那么这些证明互不矛盾仅仅意味着，不同物理过程之间存在强烈但不完美的相关性。之所以会有这种相关性，是因为普朗克尺度上的原初态被我们强行划分为不同的子系统。我们把这些子系统视作不同对象，但这种划分从本质上看就是不完美的。

在我们看来，数学真理似乎是永恒的、全宇宙通用的，这只是因为它们以极高的效率在物质和时空中长期存在。人类将数量极大的原初态划分成不同的对象，但这个理想化的过程天生具有瑕疵。我和艾莉森在志愿者提交的数据里找到“缺陷”的那一刻，这个瑕疵终于被暴露出来。从宏观检验的角度看，“缺陷”表现为两个互相矛盾的数学系统之间的边界。

我们推导出一个粗略的经验法则：被检验的命题周围有多个命题与之相邻，如果这些相邻命题通过投票否决掉被检验的命题，边界就会发生移动。假如你能证明$x+1=y+1$且$x-1=y-1$，那么$x=y$就是囊中之物了，即使命题$x=y$以前从不成立也没关系。坎贝尔的搜索攻入了远侧，这说明现实情况比上述经验法则更复杂。在他的新模型中，旧的边界法则只是一种近似的概括，实际过程更加微妙，这个过程立足于原初态的动态变化，而原初态并不懂电子或苹果应该服从什么数学定理。坎贝尔之所以能把近侧数学打入远侧，不是靠逻辑推理围攻远侧的目标命题，而是直击“整数”概念的深层瑕疵。我和艾莉森做梦也没有想过，还可以在这么深的层次上攻击远侧。

那么，萨姆这样想过吗？我等待他再次联系我们，可几个星期过去了，远侧没有传来任何消息。主动联系他是我此刻最不想做的事情。要骗的人已经够多了，我实在不愿在那份足够长的名单上再加上萨姆。

凯特问我工作进展得怎么样。我最近恰好和雇主签了三份毫无新意的合同，于是搬出合同里的细节，絮絮叨叨地胡扯了一番。待我说完，她默默地看着我的脸，仿佛我刚结结巴巴地否认了一项不可说的罪行，却因演技拙劣而完全没法说服任何人。看到我身上那些掩饰不住的狂喜和恐惧，凯特到底会怎么想呢？那些最多情、内心最矛盾的通奸者是不是就像我现在这个样子？目前我还能很好地控制自己，不向凯特泄露秘密，但我会在脑海中幻想自己不断滑向失控坦白的边缘。我当初决心瞒着她，是怕她知情后有危险，现在这个理由已经不太成立了。可是，假如我今天向她坦白一切，会不会明天就有人绑架、拷打坎贝尔？也许我们所有人都在被监视，只是监视我们的人水平太高，等到发现时一切都已无法挽回。

坎贝尔有一阵子没发邮件过来了，他大概是遇到了什么瓶颈。萨姆也没再联系过我。我想，也许这就是新常态，或许下一个平静的十年就这样开始了。我可以接受这样的生活。

但坎贝尔很快就扔出了第二颗“手榴弹”。他用通信软件找到我，说：“我开始绘制地图了。”

“‘缺陷’的地图？”我问道。

“不，行星的地图。”

我盯着他的头像，不懂他在说什么。

“远侧的行星。”他答道，“物理世界的地图。”

坎贝尔从散落在世界各地的处理器群上购买了一批计算时间。他当然没用那批资源重复此前的危险入侵，而是通过探索边界地带的自然潮汐发现了惊人的东西。

我和艾莉森早就发现，自然世界里的随机“证明”会对边界产生影响。但坎贝尔的理论能更加精细地描绘这个过程。他动用位于世界各地的几十台计算机，观测边界上的命题发生变化的精确时间点。通过这种方式，他构建了一套……怎么形容呢？雷达？CT扫描仪？不论你管这套东西叫什么，反正坎贝尔可以通过它推算相关自然过程发生的地点。他的模型还能区分发生地是在近侧还是远侧，是在物质中还是真空中。利用这种方法，他能探知距离我们几光时的远侧物质的密度，并粗略绘出我们附近的远侧行星的图像。

“我不仅画了远侧的行星。”他说道，“为了证明这种技术确实可行，我还画了我们近侧的行星。”他发来一份数据记录，把他的结果和网上的天文历做了对比。他绘出的最远的近侧行星是木星，其位置和实际相差十万公里之巨。坎贝尔的定位算法虽达不到GPS的精确度，但这没什么可抱怨的，因为抱怨它不够精确就好比抱怨算盘不能区分“正北”和“西北”一样荒谬。

“也许萨姆就是靠这个发现我们在上海的？”我说道，“他们的算法和你的类似，只是更精细、成熟。”

“有这个可能。”坎贝尔答道。

“那对于远侧的行星，你发现什么了吗？”

“嗯，我发现的第一件有趣的事情是：他们的行星和我们的行星无一重合，他们的太阳和我们的太阳也不重合。”他发来一幅远侧太阳系的图，一颗恒星带着六颗行星，这幅图叠加在近侧太阳系的图像上。

“可是，在我们通信的时候，萨姆和我们的时间差——”我立刻提出反对。

“时间差说明他离我们不可能太远。你说得完全正确。因此他不在这些行星中的任何一颗上，他甚至根本不在绕他们的恒星公转的自然轨道上。他在某种动力飞行器上，和地球一起移动。这说明他早就知道我们的存在，在上海事件发生很久以前就知道了。”

“也许他们知道我们存在，”我说道，“但没有预料到会发生像上海事件那样的情况。”我们下令让“闪光”消灭“缺陷”的时候——当时并不知道这会威胁其他生命——远侧过了好几分钟才做出反应。如果他们在飞行器上跟着地球运动，那么舰载计算机应该很快就能侦测到“闪光”的攻击。但要反击“闪光”可能得动用更大的计算机，那些机器也许在行星上。所以即使受到攻击的消息以光速传播，也需要过几分钟才能开始反击。

在接触坎贝尔的理论之前，我曾经这样假设：萨姆的世界可能就在地球上，但这个世界仿佛一段隐藏的编码。因为他们的数学和我们的不同，所以我们周围的空气、水和岩石在他们看来也是完全不同的东西。他们的物质未必就是我们的物质，他们不需要我们的尘埃或空气分子来表达暗整数。我们的世界和他们的世界在比这低得多的层次上就分道扬镳了——他们的真空可以是我们的岩石，他们的岩石也可以是我们的真空。

我说道："那你是想得诺贝尔物理学奖还是诺贝尔和平奖？"

坎贝尔羞怯地笑道："两个都要，可以吗？"

"我就想听这个答案。"冷战——这个愚蠢的比喻在我脑海里挥之不去。我们已经把"间谍机"开进了远侧的领空，萨姆那些冲动易怒的同事要是知道这个消息会怎么想？就算是大叫着"弄死他们，是他们先动手的！"也是合情合理的反应吧，只不过这对解决问题并无帮助。

我说道："要想与他们匹敌，除非你恰好认识一个值得信赖的亿万富翁，愿意出钱帮我们发射一个轨道极为奇怪的太空探测器。否则不管我们做什么，都只能在地球上做。"

"给理查德·布兰森[1]的信我本来已经写好了。既然你这么说，我还是把信撕了吧？"

我盯着远侧太阳系的地图，"他们的恒星和我们的恒星之间一定有相对运动吧，不可能这么长时间一直离我们这么近。"

"我的测量精度不够，所以估算速度没什么意义。"坎贝尔说道，"但我粗略估计了他们的恒星之间的距离，比我们的恒星间距小得多。因此要找一颗和我们这么接近的恒星没那么难，只不过一千年前离我们最近的恒星和现在离我们最近的恒星不大可能是同一颗。而且，还存在一个选择偏差的问题：萨姆的文明之所以会发现我们，正是因为我们离他们近——假如我们以接近光速的速度从他们身边飞驰而过，也许他们就不会发现我们了。"

"好吧。这也许就是他们的母星系统，但也可能只是他们的远征基地，他们已经利用这个基地追着我们的太阳跑了好几千年了。"

---

1. 理查德·布兰森（1950—　），英国传奇企业家、亿万富翁。他是维珍集团的董事长，企业王国触角遍及婚纱、化妆品、航空、铁路、唱片、电子消费品等领域。2021年7月，布兰森乘坐旗下太空旅游公司维珍银河的飞船，成功完成亚轨道载人飞行后返回地面。

“是的。”

“接下来我们怎么办？”我问道。

“我得在比现在多得多的处理器群上买机时，”坎贝尔答道，“不然根本没法大幅提高地图的分辨率。”虽说坎贝尔的计算并不需要动用太多计算力，但毕竟做任何事情都得付出起码的代价。要绘出更清楚的图像，就得增加计算机的数量，只在现有的计算机上增加机时并不管用。

我说道：“这次不能再像以前那样把计算任务分派给志愿者了，那太冒险。要解释为什么叫他们下载这些，我们肯定得编谎话，绝对会有人追根溯源揭我们的底。”

“完全正确。”

我带着问题上床睡觉。凌晨四点，我醒了，觉得头脑里有了答案。我走进办公室，想在坎贝尔回复邮件之前把具体细节理清楚。屏幕上弹出一个通信窗口，里面是坎贝尔睡眼蒙眬的脸。惠灵顿时间比悉尼晚，但他似乎和我一样没怎么睡觉。

我说道：“还是得用因特网。”

“我们昨天不是已经判定那太冒险了吗？”

“不是用志愿者的闲置机时，我的意思是，用互联网本身。我们设计一种方法，只用数据包和网络路由器来完成计算，其他一概不用。把流量分散到世界各地，免费提高地图的分辨率。”

“你是在跟我开玩笑吧，布鲁诺？”

“为什么不行？只要能把足够数量的与非门[1]串联起来，就可以建成任何计算电路。你还认为我们不能利用分组交换弄出与非门来吗？这只证明它确有可能，而我认为我们实际上可以把分辨率再提高一千倍。”

1. 数字电路的一种基本逻辑电路，是与门和非门的叠加，有多个输入和一个输出。

“你说得我头好痛，要不我去吃几片阿司匹林再来跟你谈?”坎贝尔说道。

我们把艾莉森也拉来帮忙，即使三人一起努力，还是花了六周才搞出一套可行的设计，而让它真正运行起来又花了一个月。这套设计利用了互联网不同层级内置的认证和纠错协议，因为是分散地、小规模地“偷”计算力，所以不仅能完成我们需要的所有计算，还不容易被检测或被误判为恶意攻击。实际上，我们从路由器和服务器上“偷”取的计算力非常少，还不如坐下来玩硬核3D多人网游所消耗的计算力多。但网络安全系统不完全以流量为标准，去区分合理使用和可疑行为。最重要的不是我们偷了多少计算力、给网络增加了多少负担，而是我们的行为特征。

依靠这样的遍布全球的“算术望远镜”，我们得到了远比过去清晰的图像。现在我们能以千米级的分辨率看十亿公里以外的情况。我们绘出了远侧行星的粗略3D地形图，发现四颗远侧行星上有山脉，其中还有两颗可能存在海洋。虽然还没发现人造结构，但也不能完全排除其存在的可能性。也许他们的人造结构规模太小或太不易察觉，所以我们还不能观测到。

他们的行星围绕一颗恒星公转，这颗恒星与我们的太阳的相对速度约为六千米每秒。

在上海事件发生后的十年间，远侧太阳系和近侧太阳系的相对位置大约改变了二十亿千米。

我们无法判断他们当初用来和“闪光”争夺边界控制权的计算机现在位于何处，但上海事件发生时，它肯定不在任何一颗远侧行星上。也许他们有两艘飞船：一艘跟着地球跑；另一艘质量更大，为了节约燃料只跟着太阳跑。

袁庭甫终于康复出院，秘密社团的全体成员开了一次即时通信会议，讨论目前得到的结果。

“我们应该把这些拿给地质学家看，拿给异源生物学[1]家看，拿给所有人看。”袁庭甫感叹道。他说这话只是在宣泄情绪，但我理解他的挫败感，因为我也深有同感。

艾莉森说道：“我最遗憾的是，不能把这些图片甩到萨姆脸上，让他知道我们没他想得那么蠢。”

“我估计他们的图片比我们的更清楚。”坎贝尔说道。

“那又有什么了不起？”艾莉森反驳道，“他们比我们早动手好几个世纪，要是远侧真那么厉害，怎么还需要我们解释你是怎么越过边界的？”

“也许他们已经精准地猜到了我的做法，”坎贝尔回应道，“只是为了确认才来问问。也许他们担心，万一我们发现了什么不一样的东西，某种他们从没想到的东西，所以他们的真实意图是排除这种可能性。”

我凝视着一颗远侧星球，上面用假彩色[2]绘着等高线。我想象那里有灰蓝色的海洋，有外星森林覆盖的雪山，有奇异的城市和机器。也许这一切只是我的幻想，也许这颗暂时与我们相邻的星球上只有寸草不生的荒漠，但既然有外星生物发射飞船专门追踪我们，飞船总得有个发射基地，他们一定来自某个充满生机的世界。

上海事件发生后的这十年，萨姆和他的同事选择把我们蒙在鼓里。但现在，我们决定对意外发现的武器保密，所以巩固双方间互不信任状态的是我们。假如他们已经猜到我们手中秘密武器的性质，那么或许已经有了防御它的方法。果真如此的话，隐瞒其实对我们有百害而无一利，只有坦白才能减轻由坎贝尔的攻击给远侧造成的疑虑。

---

1. 合成生物学的分支，描述的是科学对其不熟悉，或尚未熟悉，或在自然界中不存在的生物学形式。

2. 通过假彩色处理的图像，可以获得人眼所分辨不出、无法准确获得的信息，便于地物识别，提取更加有用的信息。

可是，如果上述假设不成立呢？那么，交出坎贝尔的研究细节会正中远侧鹰派的下怀。他们就等着我们缴械，好拿起武器碾平我们。

我说道："我们得做些预案。我希望保持乐观，希望继续寻找最好的出路，但是万一最差的情况发生，我们必须有所准备。"

话说起来容易，真要制定出具体的计划，工作量比我想象中大得多。三个月后，我们的计划才开始逐渐成形。我终于把目光移回日常世界，觉得自己有资格稍微休息一下。凯特周末放假，我提议一起去蓝山玩儿一天。

她的第一反应是对我一通冷嘲热讽。但面对我的坚持，她态度稍微软化，最后终于同意出游。

开车出城的路上，我俩之间的坚冰渐渐融化。我们在车里放着JJJ的歌曲。真不敢相信，今天的新潮音乐几乎都是我们二十多岁时的金曲的翻唱或重制版。这个发现让我们哈哈大笑起来。我们还重温了两人之间的老笑话，从认识到现在，这些笑话已经翻来覆去讲过无数遍了。

但毕竟时光不能倒流，沿着蜿蜒的山路向上行驶时，我终于认识到这一点。凯特问道："不管最近几个月你在为谁工作，能把这个雇主拉进黑名单吗？"

我哈哈大笑道："那会把他们吓死的。"然后，我尽量模仿着马龙·白兰度的语气说道："你已经上了布鲁诺·康斯坦佐的黑名单。在这座城市里，你再也别想高效地运行分布式软件了！"

"我是认真的。虽然不清楚这个工作为什么会给你这么大压力，或者那些人为什么给你这么大压力，但是这个工作真的让你很不对劲。"

我可以给她一个虚假的承诺，但我知道自己很难用真诚的语气说谎，更不可能真的兑现那些承诺。所以我只是说道："我就是个打工的，哪里轮得到我来选呢?”

她摇了摇头，嘴唇因沮丧而绷得紧紧的，“要是你非得把自己搞到心脏病发作，那我也拦不住你。但别假装是为了赚钱好吗？我们虽然不富裕，但也没穷到那个地步。除非，你是为了把自己赚的钱都送到苏黎世去。”

我花了几秒钟才说服自己她没有别的意思，“苏黎世”只是代指瑞士的银行账户而已。凯特知道艾莉森，也知道我和她过去关系很亲近，现在也还有联系。凯特自己过去也有很多男性朋友，而且他们还住在悉尼。而我和艾莉森至少有五年没踏上过同一片大陆。

我们停好车，在一条风景如画的小径上走了一个小时，其间几乎没说过话。我们在一条小溪边看到一层层岩石被古老的河流冲刷得十分光滑，觉得这里很适合野餐，就拿出事先准备好的午饭一起享用。

我俯视着脚下的山谷，浓密的森林罩着一层蓝色的雾霭。我没法不去想象远侧那拥挤的天空。异星世界、异星生命、异星文化——这些令人头晕目眩的东西丰富而拥挤，一直包围着我们。我们一定有办法结束相互间的猜疑，真诚地交换彼此所知。

我们回头往停车场方向走时，我突然转身面对凯特。“我知道自己最近忽略了你，”我说道，“这段时间对我来说很艰难，但是一切都会变好的。我会让一切好起来的。”

我以为她又要毫不留情地嘲讽我一顿，但她什么也没说。久久的沉默后，她轻轻地点了点头，说道：“好的。”

她伸手来牵我的手，可恰在这时我的手表震动了一下。因为没顶住压力，我终于买了块二十四小时联网的手表。

我挣开凯特的手，把手表举到面前看了看。这里地处偏远，网速不佳，播放不了视频，屏幕上显示的是已存储的快照——是艾莉森的脸。

“没有紧急情况别找我。”我生气地吼道。

“快看新闻。”她答道。艾莉森的声音集中在我的耳鼓上，凯特应该只能听到一阵噪音，就像佩戴助听器的人身处吵嚷的派对中一样。在火车上，邻座用耳机打电话时也会产生这种烦人的噪音，很多人因此有了教训旁边乘客的冲动。

“我到底需要知道什么？你能不能直接给我总结一下？”

金融计算系统全乱套了，情况很严重，已经被定性为恐怖袭击。现在是周末，大部分交易活动暂时关闭，但已有专家预测，周一会发生一百年来最严重的股灾。

我心里马上怀疑，会不会是我们这个秘密组织闯的祸：我们的操作使互联网行为与“缺陷”挂上了钩，所以不小心破坏了整个互联网？但这绝不可能。受攻击的交易有一半是在银行之间的安全网络上进行的，这些网络不与全球电脑共享任何硬件。所以这显然是来自远侧的攻击。

“你联系萨姆了吗？”我问她。

“联系不上。”

“你去哪儿？”凯特愤怒地叫道。原来我已经下意识地跑了起来。我想赶紧跑回车里，回城里，回我的办公室。

我停下脚步，转身对凯特说道：“你能跟我一起跑吗？拜托了！真的是很重要的事。”

“你开玩笑吧！我已经花了半天爬山，现在可不想跑步去任何地方！”

我犹豫了。有那么一会儿，我幻想自己能坐在一棵桉树下，用我的迪克·特雷西[1]手表指挥一切，直到电池耗尽。

我说道：“那你自己走到路边，然后叫辆出租车回去吧。”

1. 美国长篇连载漫画《侦探特雷西》里的神探，拥有一块具有通话等多种功能的高科技手表。

“你要把车开走？”凯特瞪着我，脸上露出难以置信的表情，“你这个人渣！”

“很抱歉。”我把背包往地上一扔，飞奔起来。

“我们得开始部署。”我对艾莉森说。

“我知道。”她应道，“已经开始了。”

这无疑是正确的决定，但我听她这么说，却比听说远侧开始攻击我们还要紧张。不管远侧的动机是什么，至少他们造成的伤害不大可能超过他们想造成的伤害。而我们的执行能力有没有那么精准，我可就没那么有信心了。

“继续尝试联系萨姆。”我坚持道，“让他们知道我们会反攻，这比反攻本身管用一千倍。”

艾莉森说道：“我觉得现在不是讲《奇爱博士》[1]的笑话的时候。”

过去三个月，我们设计了一套方案：如果远侧进犯我们的数学，我方可以增强因特网“望远镜”软件，对远侧数学命题发起大规模的坎贝尔式攻击。我们的软件虽不能保护整条边界，却可以产生数百万个触发点，共同组成一个随机移动的地雷阵。我们原本只想把这种武器当作筹码，提高我方的安全系数，并不打算真的动手报复远侧。目前最后一轮测试还没完成，当前版本尚未放到网上。但如果真想发布并运行这个软件，只要几分钟就能搞定。

“除了金融，其他领域受到攻击了吗？”我问道。

“目前尚未发现。”

如果远侧的攻击只针对金融市场，那就太好了。另一种可能性比这恐怖得多：他们的进攻范围更广，只不过金融系统最脆弱，所以第一个沦陷。大部分现代工程系统和航空系统都有后备系统，一旦发生

---

1. 美国著名导演斯坦利·库布里克执导的一部喜剧电影。故事中，美国向苏联扔了一枚核弹，苏联大使打电话知会美国总统：“若核弹爆炸，则苏方也会向美方扔核弹。”

故障，会先启用后备系统，所以不会立刻全面失灵。而银行的系统则不同，只要发现某些数字对不上，计算机就可能立刻宣布受到不可挽回的破坏，并瞬间关闭整个系统。但化工厂或民航客机用的计算机在系统完全失灵前，会尽量挽回败局：先尝试简单的替代方案，并调动所有可用人力参与修复，实在不行才优雅地宣布失败。

我问道："那么袁庭甫和坎贝尔——"

"都已投入战斗。"艾莉森确认道，"他们正在监控部署状况，必要时随时准备调整软件。"

"非常好。这么说来，你根本就不需要找我嘛，是不是？"

艾莉森的回答化作一团数字噪音，网断了。我强迫自己不要多想：在这种深山老林里，网断了很正常，刚才居然有信号实属幸运。我一边加快脚步，一边努力不去想当年发生在上海的事：萨姆那时直接用一把数学手术刀切开了我们的大脑。当时"闪光"发出的信号如黑暗中灯塔的光柱，向全宇宙昭告我们的位置；这次要定位我们可没那么容易了。不过，如果鹰派真想动粗，抡起"大斧"砍向我们每个人的脑袋肯定不成问题。但他们真会做到那个地步吗？也许这次攻击根本不是为了威逼我们交出坎贝尔的算法。也许这就是终局之战：没有警告，没有谈判，他们只想把"荒原"从地图上一劳永逸地抹除。

接到艾莉森来电的十五分钟后，我已经跑到了车边。除了车载娱乐系统以外，这辆车上一块微芯片都没有。买车时我对这一点确认了两次。记得当时推销员大笑着说："你在怕什么？是担心穿越到3000年吗？"引擎立刻发动了。

后备厢里有一台二手古董笔记本电脑。我把它拿出来放在副驾驶座上，按下开机键，一边等它启动，一边开上出山的路，然后直奔高速。我和艾莉森花了两个星期设计出这个能在老式电脑上运行的极简操作系统，这是我们能想到的最简单、最稳健的系统了。如果远侧不断从高处对我们进行数学攻击，那么较为现代的机型都会像玻璃摩天楼一样脆弱；相比之下，装这种操作系统的老式电脑则像混凝土掩体一样坚固。我们四人使用该操作系统的不同版本，我们的CPU还用不同的指令集，这样能让我们的混凝土掩体在数学上和地理位置上都尽量分散。

开上高速公路后，我的手表终于再次结结巴巴地发出声音。艾莉森说道："布鲁诺？能听见我说话吗？"

"说！"

"三架客机坠毁了。"她说道，"分别在波兰、印度尼西亚、南非。"

我惊得说不出话来。十年前，我们曾试着用推土机把远侧的数学世界整个推进海里。当时萨姆饶了我们一命，而现在，远侧正在屠杀无辜的人。

"我们的地雷阵布好了吗？"

"十分钟前刚布上，但目前还没有东西踩上地雷。"

"你觉得他们是不是用什么方法绕过了地雷阵？"

艾莉森犹豫了，"我看不出怎么能绕过去。应该没有办法预判出一条安全路径。"我们用的是量子噪声服务器，这能保证我们检测的命题是随机的。

我说道："我们应该手动触发地雷。先来一波反击，让他们对这边的武器心里有点儿数。"我仍希望三架客机的坠毁并不是远侧故意造成的，但如今除了反制已经没有其他选择了。

"嗯。"艾莉森的影像现在动了起来，我看到她伸手去摸鼠标，"无响应。网不行了。"路由器使用各种花哨的算法，我们曾成功利用这些算法测绘出远侧的行星，可是现在，正是这些算法把路由器变成了一个个推都推不动的镇纸。我们的因特网非常稳健，不怕高水平的传输噪音，不怕成千上万的接口失灵。但如果数学本身开始瓦解，它就实在扛不住了。

我的手表也失灵了，看了看副驾驶座，那台笔记本还在运行。我伸手按下一个快捷键，启动备用通信程序。以前我们靠调制边界来与萨姆通信，现在这个程序用同样的方式试着联系艾莉森和另外两人。从理论上看，也许远侧的鹰派已经把边界整个移动了，如果是那样，我们就完蛋了。但是边界非常长，他们现在应该会将计算资源集中用于攻击本身。

此时，笔记本屏幕上出现一个小小的图标：一个黑白反转色的字母A。我问道："能用吗？"

"能用。"艾莉森答道。图标突然熄灭了，然后又再次亮起。我们在边界上的一连串预定点上高速跳跃，这种海蒂·拉玛[1]式的把戏能将被发现的可能性降至最低。其中有些点会丢失，不过目前看来顺利传过来的点足够多了。

屏幕上又出现了另外两个图标：袁庭甫和坎贝尔也上线了。不管怎样，好歹我们的秘密社团全员到齐了。我们现在急需联系上萨姆，可是萨姆毫无反应。

坎贝尔阴沉严肃地说道："飞机的事情我听说了。我已经发动了一次攻击。"我们事先商定的战术是这样的：坎贝尔的越界算法有多种不同形式，我们轮流利用世界各地的机器发动各种形式的袭击。

我说道："他们居然只是用老式投票算法一步步地把部分边界往我们这边推，而没用我们攻击他们的那种方式，这真是奇迹。还好当初没把坎贝尔的算法交给他们，不然我们现在已经死了。"

"那倒未必。"袁庭甫答道，"坎贝尔的方法是非对称的。虽然具体证明我才做了一半，但我有百分之九十的把握，他的方法只在一个方向上有效。就算我们把算法交给远侧，他们也不能用它攻击我们。"

---

1. 海蒂·拉玛（1914—2000），美国著名女影星、无线电发明家。她发明的"跳频技术"，具有很强的抗搜索、抗截获和抗干扰能力。

我张嘴想要争辩，但转念一想，也许袁庭甫说得没错。他的说法能很好地解释我们观察到的情况。坎贝尔研究的数学分支恐怕远侧已经研究了好几个世纪，如果能用类似的武器攻击我们，远侧应该早就发现了。

我的电脑已与坎贝尔的同步，现在它自动接管了攻击任务。其实我们并不知道到底在攻击什么，只知道我们对远侧的攻击比他们对我们的攻击更深入：我们打击的远侧命题离边界更远，我们破坏的暗整数数学比他们破坏的近侧数学基础得多。我们也在破坏那边的机器吗？我们也在杀死那边的生命吗？一边是报复的快感和胜利的喜悦，另一边是“我们居然也走到了这一步”的羞耻感，这两种矛盾的情绪撕扯着我的心。

每过几百米，我就能碰上一辆停在高速路边动弹不得的汽车。仍在开动的车辆也不少，我的绝对不是唯一一辆，但我隐隐觉得凯特这会儿很难叫到出租车。她的背包里有饮用水，我们原先停车的地方有个小小的避难处。现在赶回办公室也没什么用，所有能做的事情都可以用这台笔记本电脑做。如有必要，可以用汽车的电池给笔记本供电。我现在可以回头去找凯特，但这样的话，要向她解释的事情实在太多，我会根本没时间干别的。

我打开车载收音机，却听不到广播。要么是收音机的电子信号处理器太高级，已不幸被攻陷，要么就是所有本地广播台都停播了。

“有人还能听到新闻吗？”我问道。

“广播还有。”坎贝尔答道，“不过没电视了，因特网断了，座机和手机也都不行了。” 艾莉森和袁庭甫的情况跟坎贝尔一样。广播里没有报道新的灾难，不过电台此刻应该和听众一样孤立，根本收不到新消息。业余无线电爱好者还可以用手头的设备相互呼叫，但记者和新闻演播室应该已经帮不上忙了。假如我们用过去十年备战，让民众都知道远侧攻击的风险，恐怕现在应急预案早就派上用场了吧？但我此刻不愿细想这个问题。

等我开到彭里斯的时候，因为路上弃车太多，交通几乎已经瘫痪。我彻底放弃了回家的念头，连试都不打算试。也许萨姆在上海就全面扫描了我的大脑，所以当时才能发动专门针对我头脑的攻击。也许他现在也可以用那时获得的神经解剖学信息对付我，所以不管我躲到哪里都没有用。我不确定是不是这样，但远离我常去的地方大概多少对我有些好处。

我找了个加油站。车还能开的顾客可以优先加油，还有一些拿着空罐子步行前来的人似乎打算囤积汽油备用。加油站的刷卡机不能用了，好在身上带的现金够我加完油后还能再买些巧克力棒。

黄昏时分，路灯亮起。交通信号灯一直没停止工作。我们四人的笔记本电脑也都在坚守职责，继续向远侧投掷“手榴弹”。远侧的攻击越深入、越接近简单算术定理，遇到的抵抗就越强，因为边界上的自然投票过程会更强力地支持近侧的结果。敌人虽然有超级计算机，但我们有地球上的每一个原子，它们遵从亘古不变的近侧真理，几十亿年来一直忠心耿耿地站在我们这边。

我们事先模拟过现在的情景。地球上的所有物质都有算术惯性，仅靠这个就能为我们争取不少时间。但如果对方持续进行前后一致的数学攻击，长远看来我们的边界必然会失守。

我们会如何死去？会先失去意识，然后全无痛苦地死掉吗？我们的大脑会不会比这更顽强？当体内的生化错误累积到无法修复的程度，全身的细胞会开始主动按程序自杀吗？也许我们的死法与辐射病人差不多吧？数学崩溃时激起的烈焰如核弹爆炸一般，而我们终将被活活烧死。

这时候，我的电脑发出一声蜂鸣。我驶离主路，在一家黑黢黢的店面前找了块水泥地把车停下。屏幕上出现了一个新的图标：字母S。

萨姆说道："布鲁诺，这并不是我做出的决定。"

"我相信你。"我回应道，"假如你只负责传话，那现在有什么话要传给我吗？"

"如果你们交出我们要求的东西，我们就停止攻击。"

"我们的攻击让你们吃不消了，是不是？"

"我们知道，我们的攻击让你们吃不消了。"萨姆答道。他说得没错，我们只是在瞎猜，只是漫无目的地盲目开火；而他们不用问、不用猜，他们确切地知道我们在经受多大的损失。

我强打起精神，按秘密社团事先商定好的剧本应答："我们可以把算法给你们，但你们必须退回原处，恢复旧的边界，而且必须把边界就此封死，以后不准再移动。"

然后是一阵久久的沉默，我数着自己的心跳，足足四次。

"封死边界？"

"我想你明白我的意思。"当年在上海，为了保证工业代数不能利用"缺陷"搞破坏，我们曾考虑用"闪光"封死边界，而不是彻底消除"缺陷"。边界是褶皱不平的，因此一侧的命题才可能在数量上压制另一侧的命题，才能通过投票效应移动边界。但是，可以人为地把边界烫平、压实，就像用熨斗熨衣服一样。如果有足够多的计算力和足够长的时间，这是有可能做到的。一旦边界上的每一点都彻底平滑，整条边界就再也不能动了。宇宙中的任何力量都永远不可能再移动它。

萨姆说道："那样我们手上就没有任何能对付你们的武器了，而你们却还有伤害我们的能力。你觉得我们会这么做？"

"我们很快也会失去伤害你们的能力。一旦你们确切掌握我们的算法，就能找到防御它的方法。"

又是一阵久久的沉默。然后，萨姆说道："你们停止攻击后，我们会考虑你们的提议。"

“你们先把边界往回撤，等到我方的生命不再受威胁时，我们才会停止攻击。”

“就算我们那样做了，你们有办法确认我们做了吗?”萨姆问道。这话听起来居高临下、充满蔑视，不知是遣词造句的缘故，还是语气的问题。但不管怎样，他的高傲态度反而让我高兴，因为远侧越是看低我方的能力，就越有理由接受我们的提议。

我说道：“那你最好先充分撤退，让我们的所有通信系统复原。等我能看到新闻，确认没有新增的坠机、电厂爆炸事故，我方就会停火。”

接着又是一阵沉默。这次沉默得太久，不是单纯的犹豫所能解释的。但他的图标还在，只是字母S不再闪烁。我揉揉肩膀，希望那火烧般的疼痛只是肌肉紧张所致。

最后，那边终于传来声音：“好吧。我方同意。我们马上开始移动边界。”

我开车四处寻找通宵便利店。也许某家店会在角落里放一台老式模拟电视，让收银员守夜时有点儿事做，不至于睡过去。我的电脑连上无线网估计还得等很久，要是能在那之前找到电视，也许就能早点开始工作。不过坎贝尔先我一步收到了消息：新西兰的电视台和广播电台报道，“电子攻击”似乎已经在逐步解除。十分钟后，艾莉森说她能联上网了。许多主要的服务器还没恢复，要么仍处于瘫痪状态，要么网站上歪七扭八地显示着奇怪的信息。但路透社已经开始报道此次危机的最新进展。

萨姆兑现了诺言。于是我们也停止了反攻。艾莉森把路透社网站上的最新消息一条条读给我们听：十七架飞机坠毁，四列火车脱轨。一处炼油厂和六家制造厂发生死亡事故。据一位分析师估计，全球死亡人数在五千左右，这个数字还会继续上升。

我把电脑的麦克风调到静音，然后花三十秒钟一边大声骂脏话，一边砸键盘。接着我重新打开麦克风，加入了会议。

袁庭甫说道："我刚才一直在回顾我的笔记。如果我的直觉还有点价值的话，之前说的那条规律应该是正确的：只要边界被封死，他们就再也不能攻击我们了。"

"那封死边界对他们有什么好处？"艾莉森问道，"一旦他们理解坎贝尔的算法，就能抵御那种算法的攻击了吗？你觉得是不是这样？"

袁庭甫犹豫了片刻，"是，也不是。不管近侧把一簇什么样的数学真理注入远侧，簇的边界肯定是不平滑的，所以只要他们有足够多的计算力，就能把簇消灭。从这个意义上看，他们永远不会对我们的攻击毫无防守之力。但在我看来，他们只能被动防御，不可能在我们动手之前阻止攻击。"

"更不可能完全消灭我们。"坎贝尔说道。

我听到婴儿的哭声。艾莉森说道："劳拉哭了。家里只有我一个人。你们等我五分钟。"

我用两臂抱住头。最好的做法是什么？我还是不知道。如果我们当初立刻交出坎贝尔的算法，远侧会因为信任我们而不发动战争吗？还是说，他们不仅会以完全一样的方式开战，还会更早动手？当初凭什么觉得只靠我们三人就能肩负起这么大的责任？这种自负是否已经让我们成了罪人？五千人死了。或许接管远侧的鹰派权衡我们的提议后，会认为他们别无选择，必须一战。

如果我们这个不情不愿地担起责任的秘密组织当初把担子交给堪培拉、苏黎世或北京，又会怎么样呢？那样真能换来和平吗？还是说，我只不过是希望沾上鲜血的手能再多几双，好有人来分担我们的罪责？

突然，一个新的念头毫无征兆地闯进我的脑海，其他想法一下子都被扫到了一边。我说道:“远侧是否非得保持连接呢?”

“跟什么连接?”坎贝尔问。

“跟它自己连接。拓扑上的连接。他们明明可以伸一个尖刺进来,然后撤退,只留一个包含另类真理的气泡在我们这边:这样他们在近侧内部就有了一个前哨,气泡的边界完美光滑,所以任何攻击都没法攻破它,对不对?”

袁庭甫说道:“也许吧。如果两侧合作,也许可能构建出这样一个气泡。”

“那么,现在的问题是,我们能不能找个地方搞出这样的气泡?这样既能彻底消除我们使用坎贝尔算法的可能,又不伤害任何一种我们赖以生存的进程。”

“靠,布鲁诺!”坎贝尔高兴地大叫了一声,“这样我们就给他们留了一小块阿喀琉斯之踵,他们再也不用害怕我们攻击了。”

“要搞出那样一个滴水不漏、光滑完美的证明,需要几周甚至几个月的时间。”袁庭甫说道。

“所以我们最好现在就动手。一旦得到一个可行的猜想,我们就告诉萨姆,这样他可以利用远侧的资源帮助我们推进证明。”

这时艾莉森重新上线了,她对这个提议表示谨慎的支持。我开着车到处转悠,终于找到一家安静的咖啡馆。电子支付系统仍未恢复,我身上的现金也用完了,但服务员同意记下我的信用卡号。我签字授权他以后扣我一百元。如果我吃喝的费用不到一百,余下的部分就当是付给他的小费。

我坐在咖啡馆里,沉入数学的汪洋,完全忘记了周围的世界。有时我们四人分头攻克不同的任务;有时我们组队互相帮助,从死胡同或泥潭里救出队友。坎贝尔的算法有无限种变体,但几个小时过去后,我们逐渐缩小范围,寻找所有变体都必须依赖的共性。

凌晨四点,我们推出了一个很强的猜想。我连上萨姆,向他解释我们希望取得什么结果。

他说道：“这个想法很好，我们会考虑的。”

咖啡馆关门了。我在车里坐了一会儿，只觉得浑身麻木、筋疲力尽。然后我给凯特打了电话，问她现在在哪儿。原来她搭一对夫妇的顺风车到了彭里斯附近，然后车开不动了，她就自己走回了家。

在近四天的时间里，除了睡觉，我整天坐在办公桌前，盯着“缺陷”的地图，看一股红色的浪潮一点一点向前推进。测绘软件不会轻率地随意修改色调：每一个像素变红前，必须有十二台计算机分别确认那块边界确实已被烫平。

第五天，萨姆关闭他们的电脑，允许我们从近侧发起攻击。现在，一块飞地包围着我方的阿喀琉斯之踵，一条窄窄的走廊将其与远侧的大部分领土连在一起。我们的攻击目标就是这条走廊。其实，即使保留这条细线，近侧的核心数学也不会遭受任何实质损失。但事实证明，不可能既让走廊保持细窄形态，又保证它坚不可摧。若想一劳永逸地解决问题，只能执行原计划——完美地封死边界，将远侧的主体和飞地彻底切断。

然后我们进入下一阶段，双方通力合作，彻底封死飞地。在剪断“脐带”的地方，所有“疤痕”都要打磨得十分光滑。这一步完成后，地图上的飞地成了一块光滑完美的红宝石。目前已知的任何方法都不可能改变它的形状。坎贝尔的算法能在不触碰边界的情况下破坏边界，因此能直接深入远侧，替近侧夺取领土，但这块宝石的功能正是确保我们不使用坎贝尔的算法。

在消失的脐带的另一侧，萨姆的计算机开始抚平所有不平滑的“伤疤”。那天傍晚，这项工作也完成了。

现在，边界上只剩下一个非常小的瑕疵：让双方保持通信的那一小簇命题。这部分命题到底该怎么处置，我们的秘密社团已经争论了好几个小时。只要这个微小的皱褶存在，原则上就可以用它推翻一切，再次移动整条边界。的确，与整条边界相比，这一小块地方相对容易监控和防守，但如果任一方持续集中计算力猛攻此处，还是可能压倒对侧、夺取领土。

最后，萨姆那边的政治家替我们做了决定。他们一向追求万无一失，就算计算实力远超我们，也不愿意冒这个险。

我说道："祝你们未来好运。"

"也祝'荒原'好运。"萨姆回应道。我相信他曾试着反对鹰派的决策，但我从未毫无保留地相信过他的友谊。当他的图标从屏幕上消失时，我心中的解脱感超过了遗憾。

没有什么东西是永恒的，我们付出了惨痛的代价才明白这一点。也许，再过一千年，会有人发现坎贝尔的模型不过是一种近似，在其之下还有更深层的机制。也许那个人能找到某种方法，打破这堵目前看来坚不可摧的墙。如果运气好的话，希望那时远侧和近侧能找到更好的共存之道。

我在厨房里找到了独自坐着的凯特。"现在我可以回答你的问题了，如果你还愿意问的话。"我说道。灾难后的那天早晨，我曾向她保证，我总有一天会原原本本地解释一切。我告诉她用不了几个月，那一天几周内就会到来。于是她同意继续陪伴我，和我一起等待那一天。

她思考了一会儿。

"上周发生的事情与你有关?"

"是的。"

"你是说，是你释放了病毒?你就是他们正在追捕的恐怖分子?"她的语气一点儿也不正经，假如我自称成吉思汗，她大概也会用同样的语气回应我。这让我大大地松了一口气。

"不，此事不是我引起的。但我有责任努力阻止它发生。我尝试了，可是失败了。那场灾害根本不是电脑病毒造成的。”

她认真地看着我的脸，“那是什么造成的？你能解释给我听吗？”

“说来话长。”

“怕什么？夜还不深，我们有的是时间。”

我说道：“那要从我上大学的时候说起。一切始于艾莉森的一个想法，一个非常天才、非常美丽、非常疯狂的想法。”

凯特移开视线，脸上泛起红晕，仿佛我刚刚的话是在故意羞辱她。她知道我不是大规模杀人狂，但我的某些其他方面，她并不那么了解。

“故事的开头始于艾莉森。”我说道，“但我保证结尾是在这里，在你这里。”

《暗整数》，首次发表于美国《阿西莫夫科幻杂志》，2007年10—11月。

The Best of Greg Egan

黑暗狂奔

余曦赟 译

在最深的黑暗中寻找光明。

Awards 所获荣誉

1993 年 提名雨果奖最佳短中篇小说

1993 年 提名轨迹奖最佳短中篇小说

1993 年 提名阿西莫夫读者投票奖最佳短中篇小说

报警器响得越久，音调就愈发刺耳，音量也会越高。所以我跳下床时，意识到自己不到一秒钟就醒了。我发誓自己是先梦到了警报声，早在它确实响起很早之前就梦到了。这种事儿已经发生好几次了，也许就是大脑要的一个小花招吧。或许，梦境只有在回忆起这些事的时候才会真正成形；又或许，我每晚都会梦见这一幕，睡梦中的每一刻都在为警报响起做准备。

报警器上方的灯是红色的，看来不是演习。

我一边穿衣服，一边来到房间另一头，猛地按下确认开关。警报一停，我就听见不断逼近的警笛声。系鞋带的工夫，我已经做好了准备。我从床边抓起背包，按下电源开关，自检程序随着闪烁的LED灯运行起来。

我刚到路边，就听见巡逻车发出刺耳的刹车声，后座门滑动着打开了。我认识司机安吉洛，但从没见过另外那个警察。汽车加速向前，这时候，车载终端屏上显示出一幅吸噬口的假彩色红外图像——一个漆黑色的圆圈出现在一团团彩色斑块之中。不一会儿，图像变成了这个区域的街道地图。这里是新开发的北部远郊，到处都是死胡同和形如月牙的弯路。吸噬口的边界和中心已经标记出来，还用虚线标出了可能是“核心”的位置。上面并未显示去那儿的最佳路径，因为信息太过繁杂的话，脑子就反应不过来了。我细细盯着地图，想尽量记住。虽然进去之后还能查看，但记在脑海里自然会让你反应更快。我闭上眼，试着回忆路线，可脑海中的图案混乱得就像解谜书上的迷宫。

我们上高速后，安吉洛就放飞自我了。他是个好司机，但我有时想，坐他的车或许就是整趟任务中最危险的一环了。我不认识的那名警察显然不这么想，他转头对我说：“老实讲，我挺佩服你做的事儿，但你他妈的肯定是疯了。就算给我一百万，我也绝不到那东西里头去。”安吉洛咧嘴一笑——我是从后视镜中看到的——然后说道：

“嘿，话说回来，诺贝尔奖又有多少奖金呢？能超过一百万吗？”

我不屑地哼了一声，“别想了，他们才不会给八百米障碍赛颁诺贝尔奖呢。”媒体似乎已经决定把我塑造成某种类型的专家，我并不知道为什么，或许是因为在某次采访中，我说了句“径向性各向异性[1]态”。我确实是最早一批了解吸噬口相关科学术语的人之一，但其他任何跑者也能做到。在这年月里，这些词汇早就司空见惯了。事实上，各国已经达成共识，但凡能对吸噬口理论做出哪怕是微乎其微贡献的人，都不允许冒险到它里面去。如果非要说我哪里与众不同，那就是我根本没有相关资质，而其他大多数的志愿者都有常规救援服务的工作背景。

我把腕表调到计时模式，与此刻终端屏显示的时间同步，又相应调整了背包上的计时器。六分十二秒。吸噬口的出现周期与半衰期为十八分钟的放射性核素完全相同。数据显示，百分之七十九的吸噬口能持续出现六分钟或更长时间——吸噬口持续出现N分钟的概率为0.962的N次方，你都无法想象它衰退得有多快。我记下了吸噬口持续出现一小时的概率（百分之十）。这或许挺明智的，但也可能愚蠢至极。有悖直觉的是，吸噬口并不会随着时间的推移变得更加危险，就跟放射性核素并不会变得“更不稳定”一样。任何时候，只要它还没消失，都可能再继续停留十八分钟。能稳定出现一小时或以上的吸噬口仅有百分之十——但在那百分之十当中，有一半能在原地继续待上十八分钟。危险并不会增加。

对于跑者而言，要想知道自己进入吸噬口内部后，每一刻幸存的概率有多少，首先得确保自己活着。概率曲线会在提问的那一刻重新开始计算。历史伤害不了你，你已经幸存了X秒的“可能性”是百分

1. 径向指沿直径或半径的直线方向；各向异性指物质的全部或部分化学、物理等性质随着方向的改变而有所变化，在不同的方向上呈现出差异的性质。

之百，因为已经做到了。当不可预知的未来成为不可改变的过去，风险必定会以某种形式坍缩成定局。

但有谁真是这么想的呢？这就不得而知了。你会不自觉地感到时光在匆匆流逝，生存的概率在不断减小。一旦吸噬口现身，所有人都紧盯着时间，尽管两者在理论上的关联微乎其微。事实就是，这些抽象的现实并不会对结果产生任何影响。无论如何，你只能尽力而为、尽快行事。

此刻是凌晨两点。尽管高速路上一片空旷，但我仍没想到能这么快就到达出口匝道。我紧张得胸口发紧，希望自己能淡定些，可就是做不到。我已历经十次实战、近两百次演练，可还是无法成竹于胸。我总是盼着能有更多时间平稳心绪，但并不知道自己想达到怎样的心理状态，更不知道该如何去实现。我心底仿佛住着一头发疯的怪兽，总希望能拖多久是多久。但如果我真心盼着在我们赶到之前，吸噬口就消失了，那我根本就不该来这儿。

协调员不厌其烦地告知："随时可以退出。没人会看轻你们。"道理确实如此，但到了某个节点，身体的自发反应已经让你无法退出了。而我并不需要这种理论上的自由。从此隐退是一回事，可一旦我接下任务，就不愿再浪费精力思前想后，去说服自己没有选错。我就快成功说服自己：不管别人多么善解人意，我就是无法忍受我自己。唯一的问题在于，我虽然能自我欺骗，却并不希望成为那样的人。

我闭上眼，地图浮现在眼前。无法否认的是，我的状态糟透了，但我仍可以执行任务、取得成果，这才是最重要的。

我无须往天边张望就知道我们快要到了。周围的住宅灯火通明，人们站在自家门前的院子里。很多人在我们经过时挥手致意，这样的场景总是让我莫名沮丧。然而，当一群站在街角喝啤酒的青少年朝我们破口大骂，还比着下流的手势，却反倒让我倍受鼓舞。

"白痴。"那名不相识的警察咕哝道。我默不作声。

转弯后，我注意到一个由三架直升机组成的阵列正在头顶右上方缓慢爬升，后面拖着块巨大的投影屏幕。突然间，屏幕一角被遮了起来，我的目光沿着边缘被遮住的微小圆弧，逐渐扫过那令人眼花缭乱的整体。

白天，吸噬口的外观十分引人注目：巨大的黑色穹顶完全不反射任何光线，遮挡住一大片天空，让人无法不相信这是一个宏伟的固体结构。不过到了晚上，这景象就截然不同了。虽然它的轮廓依旧清晰可辨，但那天鹅绒般的黑色质感让最深的夜都显得灰蒙蒙的，而那种宛如固体的错觉也消失了。你会意识到，那仅仅是另一种虚空罢了。

吸噬口已经出现了近十年。它的形状总是一个完美的球体，半径略大于一千米，球心通常靠近地面。极个别情况下，它会出现在海上；偶尔会出现在无人居住的陆地；但大多数时候，它会在人口聚居的区域现身。

目前最受推崇的假说是：某个未来文明想通过修建虫洞的方式从远古采样，将古生物标本带回自己的时代进行研究。但他们搞砸了。虫洞的两端都松动了。这一工程本来可能是某种宏大的、连接不同地质时代的时间高速通道，但在经历了缩水和变形后，变成了一扇跨越时间的大门，但出入口两端的时间差比以光速穿越一个原子核所需的时间都短。虫洞的一端，即吸噬口，半径约一千米。另一端的半径只有它的五分之一。在空间上，两者呈同心分布；但在时间上，后者却处于未来的某个时间点，而两者的时间差短得几乎无法衡量。我们将内球体（即虫洞的出口）称为“核心”。核心看似在吸噬口内部，实则不然。

很难确定这一萎缩破败的时间工程为何会终结在这个时代。或许，我们只是碰巧位于两个原始端口的中间，而那个虫洞正好对称地坍缩了。纯粹是运气不好罢了。但问题是，这东西并没有就此消停。它会不时出现在地球的某些地方，在那儿稳定地待上几分钟，接着就会失控，然后消失得无影无踪。一眨眼的工夫，它又会出现在一个新的区域。人们研究了十年以来的所有数据，但仍然无法预测它将会出现的地点。不过，这东西移动时里面肯定残留着某种导航系统，否则为何虫洞总是喜欢附着在地球表面（特别是人口聚集的干燥陆地），而非沿着随机的路线在星际空间恣意漫游呢？就好像有某种虔诚又疯狂的计算机，一直勇敢地尝试着，想把吸噬口固定在它博学善思的主人可能感兴趣的地区。它虽然找不到远古生物，但二十一世纪的城市也能凑合着用，毕竟眼下也找不到其他的了。它不断尝试建立永久的固定连接，却总是失败，只能一次又一次滑进超空间。可即便如此，它仍会尽职尽责且无比愚蠢地不断尝试。

被人打主意可不是什么好事。在虫洞内部，时间与某个空间维度交织在一起——不管是出于设计目的，还是物理必然性使然——任何从未来回到过去，或是与其同等性质的行为都是被禁止的。就虫洞目前的几何结构而言，这意味着，当吸噬口在你周围成形时，你就只能向着中心跑，往远离中心的方向移动是不可能的。在这样奇异的条件下，你有一段时间可以引导自己找到位于核心的安全区域，但这段时间是不确定的，可能是十八分钟，也可能更多或更少。更糟糕的是，光也受到同样的制约，只会往球心方向传播。任何更靠近中心的东西都隐藏在你看不见的未来，而你正向着黑暗狂奔。

我曾听人嘲笑说："这有什么困难的？"还好我并不是什么变态施虐狂，不会非要他们在实践中觅得真知。

实际上，远离中心点的运动并非完全不可能实现。如果真有那么极端，任何被困在吸噬口里的人都会当场丧命。毕竟心脏要进行血液循环，肺需要吸气排气，神经冲动的传导方向是四面八方。每一粒细胞都得靠化学物质的来回交换保持活力。假如电子云[1]可以往一个方

1. 一种微观粒子，用来描述电子在原子核外空间某处出现概率的大小。

向波动，而相反的方向却不行，我甚至不敢想象在分子层面会有什么影响。

不过，确实还有回旋的余地。因为在虫洞横跨八百米的范围内，时间上的间隔是微乎其微的，而人体所占空间的距离尺度与对应的时间差就更微不足道了——短到量子效应能发挥作用的地步，在局部时空内，经典定律的绝对限制变得不那么绝对了。

因此，人们并不会当场毙命，而是会血压升高，心脏受迫，呼吸困难，大脑机能也开始不稳定。酶、激素和其他生物分子都会发生轻微的变形，导致与目标结合的效率降低，在一定程度上干扰每一项生化过程。比如，血红蛋白会变得不易与氧气结合，水分也开始往体外扩散——因为随机热运动突然变得不那么随机了，从而使人逐渐脱水。

对于身体状况本就不好的人，这些影响足以致命。而其他人只会感到恶心、乏力、头昏——外加不可避免的惊慌失措。他们会做出糟糕的决定，从而陷入困境。

总之，每次吸噬口显形，都会夺走几百人的性命。跑者或许能救下十个或二十个人。我承认这成功率并不高，但在哪个天才想出办法让我们彻底摆脱虫洞前，有救援总比什么都不做要强。

屏幕高耸过头顶，此时，我们已经来到"南部指挥中心"——不过是停靠在某家人门前草坪上的几辆货车罢了，里面塞满了各种电子设备。熟悉的街道地图又出现了，图像是从第四架直升机投影来的。这四架飞机在一股向内刮的强风中不住地摇摆着，但画面竟清晰而稳定。当然了，里面的人是能看清楚外面的。这张地图以及在其他点位设置的地图将会挽救数十条性命。理论上讲，只要到了户外就很容易直达核心，毕竟方向和路径已经足够明确了。但问题是，沿着直线往里走很可能遇到阻碍。而当你没法往回追溯来路时，即便最平凡的障碍都可能要了你的命。

地图上布满了箭头，在确保行路安全的基础上，标明了前往核心的最佳路径。吸噬口上空还盘旋着另外两架装备更好的直升机：有通过计算机控制的高速喷漆枪，还有环式激光惯性制导系统，可不间断地向振动的计算机报告其精确位置和方向。他们用荧光或反光颜料在下方看不见的街道上画出了相同的箭头。虽然你看不到前方的箭头，但至少在回头时可以看到刚才经过的那些，这已经大有帮助了。

货车周围有几名协调员和一两位跑者。要是忽略天上的几架飞机，这画面在我看来简直堪称凄凉，比那些因雨取消的小型业余田径赛好不了多少。我跑下车时，安吉洛叫道："祝你好运！"我挥了挥手，没有回头。喇叭里循环播放着十几种语言的标准化建议。我从余光看见有个电视台的摄制组到了。我瞥了眼手表，九分钟，忍不住联想到"百分之七十一"。但再明显不过的是，吸噬口现在百分之百就在这里。有人拍了拍我的肩膀，是伊莲，她笑着说："约翰，核心见！"我还来不及回答，她就冲进了那堵黑暗之墙。

德洛莉丝正在分发存有任务信息的随机存储盘。世界各地跑者使用的软件大部分都是她写的，但她主要靠做电脑游戏为生。她甚至还做过一款以吸噬口为原型的游戏，可惜销量平平。一些评论家表示游戏的格调不高。"那该玩什么呢，空难游戏吗？"或许他们认为就该给飞行模拟器编写无风天气的程序吧。与此同时，电视上的福音传道者兜售着祝福，为人们远离虫洞而祈祷；只需把信用卡塞进你的家庭购物卡槽，就能立即获得保护。

"给我派的什么营救任务？"

"三个婴儿。"

"还有呢？"

"来迟了就别要求太多了。"

我把卡盘插进背包连接口，显示屏上出现一幅局部的街道地图，上面标有三个亮红色的圆点。我系上背带，调节好显示屏的移动支架，以便必要时从侧面查看。电子设备在虫洞内部是能稳定运行的，但需要经过特殊设计。

这都还没到十分钟呢。我从货车旁的桌上拿了杯水，那里还有一款复合碳水饮料，据说是满足新陈代谢所需的最佳搭档，我之前尝过，但那股糟心的味道实在让人终生难忘。以我现在的状态，是不是最佳搭档并不重要，反正也吸收不了多少。当然还有咖啡可供选择，可此刻的我最不需要的就是刺激了。我猛灌几口水后，听到电视台记者在说我的名字，不禁被这番不绝于耳的推介吸引了。

“……约翰·内特利——高中的科学课教师，让人意想不到的英雄，他即将踏上征途。这是他志愿成为吸噬口跑者以来的第十一次任务，如果今晚顺利归来，他将刷新一项全国纪录。当然，每次任务的成功率都比上一次更低，而现在……”

这白痴在胡言乱语些什么——成功率才不会变低呢，跑者经验丰富也不会产生额外风险——但现在不是纠正他的时候。我心不在焉地伸展着双臂，算是热热身，虽然并没多大意义。我身体的每一寸肌肉都紧绷着，而且不管我做什么，在接下来的八百米跑中依旧没法松弛下来。我试着放空，集中精力准备助跑。因为越快进入吸噬口，所受的冲击就会越小。而在今天这个夜晚，我还没来的及疑惑自己为什么来这儿，就已经把这个各向同性[1]的宇宙抛诸身后了，而那个还没问出口的问题就仅仅存在于理论范畴了。

黑暗并不会吞噬你，这或许正是最奇怪的地方。你曾亲眼看见它吞噬其他跑者，但为什么就没有吞掉你呢？实际上你每走一步，它都在往后退。边界不是绝对的，量子的模糊性会制造逐渐淡出的效果，可见范围大约就是一步之内。白天看来，这场景完全没有真实性可

1. 指物体的物理、化学等方面的性质不会因方向的不同而有所变化的特性，亦称均质性。所有的气体、液体（液晶除外）以及非晶质物体都显示各向同性。

言，有人见到眼前的虚空如此明显地后退，甚至因此而崩溃或精神失常。但在夜幕中，这景象就只是有些令人难以置信罢了，就像是在追逐一团智能迷雾。

刚开始，你会感觉一切再简单不过了，所有痛苦和疲惫的回忆似乎都很滑稽。多亏我演练时经常使用增压护具，对现在呼吸时感受到的阻力模式已经很熟悉了。有的跑者曾利用药物来降低血压，但只要经过充足的训练，就算没有外界帮助，身体自身的血管调节系统也可以灵活应对压力变化。每条腿往前挪动时都伴有奇怪的拉扯感，要不是我大概明白其中的缘由，肯定会发疯的：因为信息是向外传播的，当你去拉而不是去推时，向内的运动就会受到抑制。如果我身后系着一根十米长的引绳，就别再妄想能迈出一步了。拉绳子的动作会从我所在的位置向远端传递我的运动信息，而那在虫洞内是被禁止的，我之所以还能拽着步子挪动，全靠量子效应留出的余地。

街道缓缓向右侧蜿蜒，不再如射线般分布，但也没有出现便捷的岔路。我跨步走在马路中央的两条白线上，过去与未来的边界正逐渐向左侧移动。路面似乎总在往黑暗一方倾斜，但那只是另一种虫洞效应罢了。由缓慢脱水和内向风引起的分子热运动的偏差，在固体表面也产生了作用力或惯性力的影响，使得原本垂直的表面开始倾斜。

“——我！求求你！”

那是一个男人的声音，透着绝望和困惑——甚至近乎愤恨，仿佛他忍不住怀疑我其实一直都能听见，只是出于恶意或冷漠而充耳不闻。我转身时没有减速，因为早已驾轻就熟，只会感到微微的头晕。从外面看似乎一切都很正常——除了所有路灯都已熄灭。大部分光线都来自直升机的探照灯和空中那幅硕大的街道地图。呼救声是从公交车候车亭传来的，那里全是防破损的塑料和强化玻璃，至少在我身后五米开外的地方，到那儿去的难度就好比去火星。玻璃上覆盖着铁丝网，我只能勉强辨认出有个人影在后面，是个模糊不清的剪影。

“救救我！”

幸好——对我而言——我已消失在男人身旁的黑影里，不必思索该做出怎样的手势或表情去应对这种情况。我转身开始加速。我并不习惯面对陌生人的死亡，但对自己的无能为力早就习以为常了。

吸噬口出现十年后，人们根据国际统一标准，在公共空地每个有潜在危险的角落涂上油漆标记。跟任何其他措施一样，这么做确实有点用，但效果有限。当然还有一些标准是旨在彻底消除危险的——重新设计施工，消除那些容易困住人的角落——但那会耗费数十亿的资金和几十年的时间，而且还解决不了真正的问题：建筑物内部的危险。我看过防困型住宅和写字楼的介绍，每间房的每个角落都预留了门或带遮帘的走廊，不过这种风格还没流行起来。我自己的住房也完全称不上理想，在询问了改造的报价后，我决定还是采用最省钱的方法——在每堵墙旁边放上一柄大锤。

我一个左转，正好看见一串发光的箭头唰的一下出现在我身后。

我很快就找到了第一个救援目标，于是按下背包上的按钮，往旁边瞥了一眼，显示器的画面已经切换成目标住宅的平面图。只要确定了吸噬口的方位，德洛莉丝的软件就会扫描数据库，整理出待救援的地点清单。但我们获得的信息总是不完整，有时甚至是完全错误的。普查局的数据往往是过时的，建筑平面图可能不准确或被错误归档，有的还散失了——不过，总比盲目走进随机选择的房子强吧。

与目标相隔两座房屋时，我开始减速，近乎是在步行了，给自己时间适应。由于虫洞效应，人在向里跑时，身体循环运动中本该向外的部分会受到抑制。这时候，你的身体会让你觉得减速是错误的。我时常梦见自己奔跑着穿过一条极其狭窄的山谷，两旁的峭壁紧挨着我的肩。只有跑得够快，才能躲过那些峭壁。这正是我的身体在减速时的感受。

这条街道与吸噬口的径向方向大约成三十度的夹角。我穿过邻居门前的草地，跨过及膝高的砖墙。从这个角度看，几乎没什么惊喜。墙后隐藏的大部分东西都很容易推断出来，这对大脑来说就像已经亲眼看到了一样。目标所在房屋的一角出现在我左边的暗影里。我找准方向，径直朝侧面的一扇窗户走去。如果从前门进，那这栋房子里近一半的区域我都别想进去了，其中也包括一间卧室，德洛莉丝推测婴儿极有可能在那里。不过，她对房间用途的预报也不那么准确。事实上，人们可以直接向我们提交房间信息，但鲜有人愿意操这份心。

我用撬棍击碎玻璃，打开窗户爬了进去，把小电灯留在窗台上，因为带着也没用。随后，我慢慢走进房间。虽然已经开始感到头晕恶心，可我只能强迫自己集中精力。多走一步，救援的难度就会增加十倍。要是多走两步，救援就变得不再可能。

看到梳妆台时，我就明白自己找对了房间，上面堆满了塑料玩具、爽身粉、婴儿洗发水，还有一些母婴用品散落在地板上。随后，婴儿床的一角出现在我左侧，而且角度出乎我的意料。这张床本应靠着墙平行放置，但在内向力的作用下，它不对称地滑开了。我小心翼翼地挪到床边，发现毯子下面有块凸起。虽然我讨厌面对这一刻，但是等得越久就越难熬。于是我从侧面伸出手，连同毛毯一起抱起孩子，然后把婴儿床踢到一边，继续往前走。我慢慢弯曲胳膊，把孩子放进胸前的安全绑带里。成年人有足够的力气把一个小婴儿往外拖动一小段距离，但这通常是致命的。

婴儿并没有哭闹，或许是失去了意识，但仍有呼吸。我微微发抖，算是某种简单的情感宣泄吧，然后再次行动起来。我斜眼看着屏幕，确认出口的方位，这才注意到时间。十三分钟。百分之六十一。但更重要的是，这里离核心只有两三分钟的路程，且全程下坡，只需一鼓作气跑过去就行。想确保任务顺利完成，就意味着你要舍弃其他任务。因为你别无选择，不可能拖着小婴儿出入其他建筑，也不可能把孩子随处放下稍后再接走。

穿过前门后，如释重负的心情让我不由得头晕目眩。不过，这也可能是大脑血液恢复流动造成的。我加快速度穿过草坪，突然瞥见一个女人，她正向我大喊："等等！停下！"

我放缓脚步等她跟上，把一只手放在她的肩头，将她稍微往我身前一推。"继续跑，尽量跑快些。想说话就到我身后，我想说时也会这样做。有问题吗？"我问道。

我跑到女人身前，她说道："你怀里是我女儿。她还好吗？求你告诉我……她还活着吗？"

"她很好。请保持冷静。我们得把她送去核心，好吧？"

"我想抱她。给我抱吧。"

"等我们安全了再抱。"

"我想自己带她过去。"

见鬼。我侧身看了她一眼，才发现这女人脸上满是闪烁的汗水和眼泪，一只胳膊上已青紫一片——这正是尝试触碰够不着的东西后的常见症状。

"我真心建议你最好再等等。"

"你有什么权力？她是我女儿！把她还给我！"女人虽愤愤不平，但在经历了这么多之后，却依然那么清醒敏锐。我都不敢想象她当时是怎样的处境——站在房间外，疯狂地盼望着能有奇迹出现。周围的邻居们却都从身边逃走了，而她受虫洞效应影响，身体越来越虚弱……所以，就算她的勇气毫无意义且愚蠢至极，我还是忍不住打心底里佩服。

说来还挺幸运。我的前妻和我们的一双儿女住在离我很远的地方，也没有朋友住在我家附近。我小心翼翼地规划着自己的情感空间，不去在意任何自己将来无法解救的人。

所以，我该怎么做呢？丢下她往前跑，让她在我身后一边追赶，一边尖叫吗？或许我应该那样做。如果我把孩子给她，就能去下一间目标房屋施救了。

“你知道带着她该怎么做吗？绝不能往后移或让她偏离黑暗，绝不能，明白吗？”

“明白。我看过很多资料，我知道该怎么做。”

“好吧。”我一定是疯了。我们放慢脚步走了起来，我把孩子放下来，从侧面递到她手中。来到通往第二户人家的岔路口时，我才发现已经有些晚了。女人逐渐消失在黑暗里，我只能冲她身后喊道：“快跑！顺着箭头，快跑！”

我又看了看时间，已经过了十五分钟。在这一番遭遇后，我依然活着——跟往常一样，不管虫洞是离开，还是再继续停留十八分钟，两者的概率都是相同的。当然，我可能在任何时刻死去，但在我刚踏进这里时，情况也是如此啊。现在的我并不比当时更傻，这就足够了。

第二户人家里没有一个人影，原因显而易见。电脑预测的婴儿房其实是一间书房，父母的卧室就在婴儿房外。从打开的窗户就能看到他们逃离的路线。

离开这栋住宅时，一种奇怪的情绪压在我心头。向内刮的风似乎比先前更加猛烈了，道路直插进黑暗，一种不可名状的宁静笼罩着我。我以最快的速度移动，内心深处的恐慌和对突然死亡的恐惧已经消失无踪了。我的肺和肌肉都在努力冲破束缚，可奇怪的是，我感觉自己的意识已经与肉体脱离了。我能意识到拼尽全力的痛苦，却又莫名地无动于衷。

事实就是，我深知自己为何来到这里。在虫洞外面时，我是永远不可能承认的——因为那太过古怪，太过异想天开。诚然，我是乐意拯救生命的，这也许已经逐渐变成了我来这儿的原因之一。毫无疑问，我也渴望成为英雄。然而，真正的原因太过奇怪，已经说不清到底是无私，还是虚荣了：

虫洞使生命的基本规律变得更明确、更易感知了。你无法预见未来，也不可能改变过去，一切生命都在向着黑暗狂奔，而这也是我来这里的原因。

我的身体在逐渐变化，并非变得麻木，而是越来越抽离，就像牵线木偶在跑步机上跳动或抽搐似的。我努力让自己打起精神，及时扫了眼地图。我必须向右急转弯，这样就能摆脱梦游的症状了。我抬头望着被一分为二的世界，不禁头昏眼花，索性盯着脚下，试着弄明白左脑的淤血是会让我更加理性还是疯狂。

第三户人家的情况处于临界状态。父母的卧室就在婴儿房不远处，但进门后走到房间中央就再也过不去了。我是从窗户进去的，那夫妻二人肯定没办法这么走。

可惜的是，孩子已经去世了。一摊鲜血首先映入眼帘，让我顿觉筋疲力尽。门口有一道明显的缝隙，我想自己已经明白当时发生了什么。那位母亲或父亲挤了进来，发现自己只能勉强够到孩子的一只手，仅此而已。这种情况是不应该往里拉的，但人们就是不明白。他们没料到会真的遇上吸噬口，而当那一刻最终降临，他们也就只能反抗了。当你想从危险中解救自己心爱的人，必定会拼尽全力。

对我来说，从这扇门出去很容易。不过，谁要是想从这里进来就非常困难了——对于那些悲痛欲绝的人尤为如此。我注视着房间里黑暗的角落，大喊道："趴下！尽量趴低些！"然后自己也照做。接着，我从背包里掏出一把爆破枪，瞄准高处。在正常的空间里，后坐力会将我的身体弹开。但在这里，那仅仅是砰的一声而已。

我向前迈出一步，并不打算从那扇门通过。从表面迹象是无法看出我刚才已经在墙上打出了个一米宽的洞。事实上，所有的灰尘和碎片都停留在了墙壁内侧。我终于找到了一个男人，他就跪在角落里，手放在头上。有那么一瞬间，我以为他还活着，因为他采取的姿势在爆炸中能起到防御作用。但他已经没了脉搏和呼吸，或许还断了十几根肋骨，但我并不想去验证。困于砖墙之间的同时，人们还被一堵无形之墙步步紧逼。有些人可以坚持一个小时。一旦他们滑倒或是让步，就会被无情地逼进角落。然而，有些人却做了最糟糕的选择：任由自己被关进牢笼最深处。我想，他们应该是本能地服从了某种在当时看似合理的决定吧。

又或者，那个男人当时十分清醒，只是想结束这一切罢了。

我从墙上的洞口爬出来，跌跌撞撞地走过厨房。这该死的平面图简直错得离谱，期望中的门根本就不存在。我只好打碎厨房窗户，出去时还划伤了手。

于是我拒绝再看地图一眼，也不想知道时间。现在的我孤身一人，除了拯救自己，没有任何其他目的。一切都昭示着厄运。我盯着地面，看着那些转瞬即逝的神奇金色箭头，努力不去计数。

有个丢弃在路边的汉堡已经腐烂了，我瞟了眼便忍不住想吐。人们会根据常识评论说，我应该转过身去脸朝后，但我没那么笨。喉咙和鼻子里的酸汁使我泪眼蒙眬，我拭去泪水，眼前竟发生了不可思议的一幕。

前方的暗影里，一道耀眼的蓝光突然凌空而降，弄花了我那双已经适应黑暗的眼睛。我伸手掩面，从指缝间往外窥视。逐渐适应这股炫目的强光后，我终于开始辨别出一些细节。

一簇又长又细的发光圆柱体正悬挂在空中，就像某种疯狂的上下颠倒的玻璃管风琴，沐浴在等离子亮光中。但它投射下来的光并没照亮下方的房屋和街道。我一定是产生了幻觉。我曾经看到过黑暗中的影子，但都不及眼前这般壮观和持久。我跑得更快了，希望借此让头脑清醒些。但那幽灵般的影子并没有消失，也没有动摇，它只是越来越近。

我停下脚步，无法抑制住颤抖。我凝视着那不可言喻的光芒。假如那并不是我的幻觉呢？那么，就只有一种合理的解释了：虫洞中某个隐蔽装置的机械部件暴露了，那名白痴驾驶员向我揭示了它那毫无意义的灵魂。

我脑海中有个声音尖叫着：不！但另一个声音冷静地说道：我没有选择的余地，机不可失，时不再来。于是我拔出枪，瞄准，开火，仿佛单细胞生物妄想用微不足道的武器，给这件闪闪发光的造物留下一丝刮痕似的。然而，就算是这一文明的失败产物，也能让我们蜷缩在敬畏中。

出乎意料的是，这东西竟在一片寂静中爆炸并破碎了。光束已经收缩成针尖般大小，但依然刺眼，灼烧着我的双眼。我转过头，终于确信光源真的消失了。

我再次跑起来，又喜又怕。我不知道自己做了什么，但到目前为止，虫洞并没发生变化。视觉中的残留影像在黑暗中徘徊，没什么能将它从我的视线中抹去。幻觉能够导致视觉暂留吗？抑或，是驾驶员选择暴露自己，让我来摧毁它？

这时候，我被什么东西绊得一个踉跄，还好及时稳住了自己。我转过身来，发现有人正在路上爬行，于是立刻停下脚步。在刚才那番超然的经历后，我不禁对眼前的平凡景象感到有些诧异。这个男人的大腿已截肢，他用胳膊拖动自己往前爬。在正常的空间里，这种动作已经够困难了；而在这里，这样的努力几乎会要了他的命。

有一些特殊的轮椅能在虫洞中使用（轮子比一般尺寸更大，无法移动时还能弯曲变形），如果我们知道有需要，就会带一个进来。但那实在太重了，跑者无法随身携带。

那男人抬起头来喊道："继续走！你这蠢蛋！"毫无疑问，他不是在对着空气大喊大叫。我盯着他，想知道自己为什么就不听劝呢。他身材魁梧，骨骼宽大，肌肉发达，脂肪含量颇高。我怀疑自己根本扛不动他——但我确信，就算扛得动，也一定是蹒跚而行，比他自己爬还要慢。

就在此时，我茅塞顿开。说来运气不错，我斜眼一看，发现了一栋房子，虽然看不见前门，但我很清楚那儿离我现在的位置只有一两米远。我用锤子和凿子砸碎了铰链，把门从门框里拽了出来，然后回到路上。那人已经追上我了。我弯下腰，拍了拍他的肩膀，"想试试滑雪橇吗？"

我往里走，正好听到从他嘴里冒出的一连串脏话。近距离一看，他那血淋淋的胳膊简直惨不忍睹。我把门板扔到他前面的路上，他不停移动，我一直等到他挪到能听见我声音的位置。

"要试试吗？"

"好。"他喃喃地说道。

这挺尴尬的，但确实有效。他坐在门板上，胳膊支撑着往后靠。我在他身后跑，弯腰扶着他的肩往前推。"推"是虫洞中唯一不受干扰的动作，向内的力让我们好似一路下坡，有时门板滑得太快，我不得不放开一两秒钟，以免失去平衡。

我不需要看地图，因为早已了然于胸，知晓自己身在何方。核心离我们不到一百米。我在脑海里默念着那句咒语：危险不会增加。危险不会增加。我心里很清楚，所有关于"概率"的幻想都是毫无意义的。虫洞正在读取我的思想，只要一发现我抱有希望，不管距离安全区域五十米、十米，还是两米，它都会将我带走。

我尽量让自己平静地推断刚才走过的距离，同时数着：93、92、91……我咕哝着一些随机数字，发现不管用了，就又重新开始随意计数：81、87、86、85、89……

突然，我冲进了一个新的宇宙。那里有光，有浑浊的空气，有噪音，还有人，无数的人——一切似乎都在我的周围猛然出现了。我不停地推着前面这个坐在门板上的男人，直到有人向我跑来，轻轻地把我推开，是伊莲。她引着我来到一栋房子前的台阶上，另一名跑者拿着急救箱向我那位浑身是血的乘客跑去。在我目之所及的地方，人们成群地围着手提电灯，有的站着，有的坐着，街道和前院都挤满了人。我指着那些灯对伊莲说："看，它们很漂亮，不是吗？"

"约翰，你没事吧？深呼吸，一切都结束了。"

"哦，混蛋。"我看了看表，歇斯底里地大笑起来，"二十一分钟。百分之四十五。我竟然被这百分之四十五给吓倒了？"

我的心脏正承受着双倍负荷。我踱了会儿步，头晕的感觉终于开始消退，于是我扑通一下坐在伊莲身旁的台阶上。

又过了片刻，我问道："还有其他人吗？"

"没有了。"

"好吧。"我感觉自己就快清醒过来了，"所以……你怎么样？"

她耸了耸肩，"还好吧。救了个可爱的小姑娘。她和父母就在这儿附近，情况比较简单，几何构造易于营救。"

她又耸了耸肩。伊莲就是这样，不管几何构造是否有利，对她都没有丝毫影响。

我描述了自己的经历，并没有提到那个幻影。在告诉人们我向来自未来的那个发蓝光的"管风琴"开了一枪之前，我应该先和医务人员谈谈，弄清楚有没有可能是某种幻觉。不管怎样，如果我真的成功了，很快就会知道的。如果吸噬口确实开始远离地球，应该会迅速成为新闻的。虽然我不知道它会以怎样的速度离开，但它下一次应该不太可能出现在地球表面了。或许会是在地壳深处，或许是去往太空的途中……

我摇了摇头。现在就充满希望还为时过早，毕竟我暂时还无法确定其真实性。

伊莲问："怎么了？"

"没什么。"我又看了看时间。二十九分钟。百分之三十三。我不耐烦地往街上扫了一眼。当然，在虫洞内部，我们是可以向外看的，但当向外照射的光线无法再穿透过去，亮度就会陡然下降，边界就被清晰地勾勒出来了。然而如果吸噬口开始移动，就绝不是寻找灯光亮度的微弱变化那么简单了。虫洞现身时，其效应违反了热力学第二定律（偏向性热运动使熵[1]明显减少了）。而当虫洞离开时，就不仅限于能量补偿了。它使自己所占据的空间呈放射状分布，以大约一微米的尺度使一切均质化。我们脚下两百米的岩石和头顶的大气已经高度均匀了，所以不会受到显著影响。但每一栋房屋、每一座花园、每一片草叶——每一个肉眼可见的结构都将消失。什么也不会留下，除了放射状的细小尘埃，最终伴随核心里的高压空气旋转着逃逸出去。

三十五分钟。百分之二十六。我环视着周围那些疲惫不堪的幸存者。虽然他们中某些人的家人或朋友已全部抵达安全地带，但最初的释然和感激之情显然已荡然无存。他们——我们——只希望快点结束等待。时间不断流逝，虫洞所持续时间的不确定性让先前的短暂成功变得不再重要。的确，那东西随时可能放过我们——但只要它还在那儿，我们依然可能再被困上十八分钟。

四十分钟。百分之二十一。“今晚耳膜真要破了。”我说道，或许会更糟。在极罕见的情况下，核心内的压力会增加到相当高的程度，随后在减压过程中引起减压病。但这种情况要出现，至少得一个小时——如果真可能发生，他们肯定会往这儿空投缓解症状的药物。

五十分钟。百分之十五。现在，大家都沉默了，连孩子们都不再哭闹了。

“你的记录是多少？”我问伊莲。

她翻了个白眼，“五十六分钟。你也在那儿，四年前。”

“对，我记得。”

---

1. 热力学第二定律是热力学的基本定律之一，是指热永远都只能由热处传到冷处（在自然状态下）；熵最初是根据热力学第二定律引出的一个反映自发过程不可逆性的物质状态参量。熵增原理是热力学第二定律的又一种表述，是指孤立系统的熵永不自动减少，熵在可逆过程中不变，在不可逆过程中增加。

"放松。耐心点儿。"

"你不觉得有点傻吗？我是说，如果我早知道会持续这么久，就慢慢来了。"

一个小时。百分之十。伊莲已经睡着了，她的头靠在我的肩上。我自己也开始犯困，但心中的不安迫使我保持清醒。

我一直推测，虫洞之所以离开，是因为它停留在原地的尝试最终失败了——但如果事实恰恰相反呢？如果它离开，是因为它一直为离开做的努力最终成功了呢？如果驾驶员努力挣脱束缚想要尽快离开，但那残破的机器在每次耗时十八分钟的尝试中，成功起飞的概率就只有百分之五十呢？或许，我终结了它成功的可能性。或许，我终于让吸噬口得以安息。

最终，压力会增加到足以致命的程度，这大概需要五个小时——十万分之一的概率，但这种情况已经发生过一次了，没理由认定不会再次发生。这也是最让我介怀的，因为我将永远无法知晓。即便看到人们在我身边死去，我也永远无法百分之百确定这就是最后一刻。我知道，这就是最后的代价。

伊莲动了动，没有睁开眼睛，"还没结束吗？"

"没有。"我伸出一只胳膊搂住她，她似乎并不介意。

"嗯。结束后别忘了叫醒我。"

《黑暗狂奔》，首次发表于美国《阿西莫夫科幻杂志》，1992年1月。

人生选择题

The Best of Greg Egan

萧傲然 译

全宇宙唯一能真正选择自己命运的人。

Awards 所获荣誉

2003 年 提名轨迹奖最佳长中篇小说

2003 年 提名英国科幻小说奖最佳短篇小说

2003 年 提名斯特金奖最佳科幻短篇小说

2006 年 提名日本星云赏最佳翻译类短篇小说

2003年[1]

我沿着乔治街往北走，前往市政厅火车站。一路上，我思考着线性代数作业里第三道题该怎么解。此时，前方一小伙人挡住了去路。起初，我并没有多想——刚刚路过一家忙碌的餐馆，外面总会聚拢着一群人。我绕开人群，准备拐进一条小巷，心想这群人可能是来吃退休同事告别宴的，吃完故意磨蹭着不愿回办公室。紧接着，我意识到他们并非食客。随后，我发现了吸引他们聚集在这里的原因：

巷子里大约二十米处，一个男人倒在地上，双手正护住血糊糊的脸。他身边站着两个男的，毫不留情地挥动着某种细长的棍子在打他。原本以为是台球杆，但我留意到棍端有金属钩。这种工具不知道叫什么，我只在一处场合见过：小学时，有人专门负责在上学放学时开关老式的铰链窗，用的就是这种工具，因为窗户位置太高，用手够不着。

我转向看客们，问："有人报警了吗？"一个女人点点头，并没有看向我，"几分钟前有人用手机报警了。"

暴徒想必也清楚警察马上会到，但他们似乎毫不罢休，并没有走的意思。两人背对着人群，看来也没鲁莽到连自己长相暴露都不顾的地步。看地上男人的穿着，像是个厨房帮工，努力挣扎着试图自卫，但是动静却比攻击他的人小得多。他被揍得奄奄一息，早已没了力气，也没了发出痛苦哀号的必要。

至于呼救，倒不如先给自己剩口气吧。

猝不及防地，一股寒意掠过我的身体，翻腾起令人恶心的冰冷

1. 本文写于2002年，因此文中所有年份中所描述的事件，均为作者虚构的未来事件。

感：难道我要袖手旁观，眼睁睁看着他被活活打死吗？要是酒后斗殴，过不了多久自会有旁人插手劝架。但这场面看来，两个暴徒必是心狠手辣之人，誓要做掉这颗眼中钉。但凡有点常识的人，都会避之不及。或许之后我会被传唤上庭做个证人，没人指望我能做更多，毕竟还有其他三十个人和我一样在袖手旁观。

巷子里的施暴者没有枪。倘若有，他们早就开枪了。而如果有路人干涉，他们肯定不会动手。当然，首先不建议舍命去见义勇为，但是这两个瘪三只有棍子，能干翻几个人呢？

我解开背包放到地上。可笑的是，我心里更慌了，生怕又弄丢了这些教科书。我想：长点脑子吧，别做傻事。十三岁以后我就再也没打过架。我扫视身边的陌生人，不知有谁愿意在我的央求下一同冲上去。但我一副手无缚鸡之力的十八岁少年形象，还穿着一件印有麦克斯韦方程组的T恤，肯定不会有人站出来。我一没魄力，二没威信，哪会有人追随我加入战斗呢？

若只有我一个，定会落得和躺地上那人一样的下场。两个家伙一棍子下去就能把我开瓢儿。人群中有大约六七个身板壮实的上班族，二十来岁，像是在周末玩橄榄球的那类人。如果连他们都觉得自己没什么胜算，我又哪儿来的自信呢？

于是我伸手去拿背包。既然决定不插手，就没必要继续停留了。晚间新闻自会报道来龙去脉。

我开始往回走，自我憎恶感让我感到不适。可这又不是水晶之夜[1]，就算老了被孙子问到也没什么好羞耻的。不会有人横加指责的。

可用这样的标准来衡量一切真的好吗？

---

1. 指二战时纳粹袭击德国全境犹太人的事件，被认为是对犹太人有组织屠杀的开始。格雷格·伊根著有同名短篇。

“去他妈的。”我扔下背包，朝巷子里奔去。

很快，我便已凑上前去，在垃圾的腐臭气里嗅到了三具汗流浃背的躯体气息，而他们甚至还无所察觉。最近的暴徒转过头，眼神越过肩膀瞥见了我，先是警戒，然后是不屑一顾。他在攻击时甚至都懒得将武器举到半空。我用胳膊勒住他脖子，试图将他放倒，他的一只手肘抵住我的胸口，另一只胳膊一把缠住我。我死命勒住不松手，但也没法锁死他。就在他玩命挣扎脱身时，我用力踹向他的脚，把他给踹翻了。我们同时摔倒在地，我被压在底下。

那人挣脱出来，站起身。正当我努力想要站直，想象着一个金属钩马上就要朝我脸袭来的时候，突然有人吹了声口哨。我抬起头，瞧见另一个人打着手势叫同伙注意，于是我顺着他指的方向看去，只见十来个男男女女一路沿着小巷，踏着快步走来。这场面倒算不上特别吓人——我见过火气更盛的人群，脸上画着代表和平的标志——但光是人数也足以让暴徒意识到绝对寡不敌众。前头那个家伙退回来对着我的胸口狠狠踢了一脚，然后两人便逃之夭夭了。

我曲起膝盖蹲成一团，抬头看去。我还有点喘不上气，但是不知为何却觉得此时最好不要平躺在地。其中一个上班族冲我咧嘴一笑：“蠢货，你真是不要命了。”

厨房帮工的手颤抖不止，鼻子喷出带血的黏液，双眼肿得睁不开，手摊在身侧，透过裂开的皮肤能看到指关节的骨头。我不由出了一身冷汗，自己差点也落得同样下场。后怕让我震惊，但同样发人深省的是我差点就袖手旁观，让受害者白白丧命，更何况这次见义勇为并没有让我付出任何代价。

我站起来。厨房帮工的身边围拢着人，相互询问该如何急救。我高中时曾上过急救课，还记得一些基础知识，但是那家伙既没断气，又没大量失血，作为业余人士的我此时帮不了什么忙。我挤出人群，回到街上。背包仍在原地，书都还在。警笛声越来越近，警察和救护车马上就会赶到。

我的肋骨很脆弱，但现在并没有痛得不行。十二岁那年，我曾在农场骑越野摩托车时摔裂了肋骨。但我很确定这次只不过是皮外伤。我先弯腰走了一段，等到达车站后，已经可以正常走路了。胳膊上有点蹭破皮，不过肯定不怎么起眼，因为车厢里根本没人看我第二眼。

晚上我专门看了新闻，报道称厨房帮工的伤势稳定。我脑海中浮现出当时的场景，他提着一桶鱼头走进小巷，准备倒进垃圾箱，却发现两名不速之客正在等他。我大概这辈子也不会知道他为什么会遭此一劫，除非法庭受理此案，但目前为止，警方连犯罪嫌疑人的名字都没给出。倘若当时受害者在巷子里还能说话，我或许会问上两句，但这种想要刨根问底的心情很快便消逝得一干二净。

记者提到有个学生“带领义愤填膺的市民”营救了受害者，接着她采访了一名目击者，目击者将那位年轻人描述成“新时代运动者，衣服上带有某种占星术的标志”。我轻蔑地哼了一声，接着紧张地四顾，害怕哪个室友反应过来，虽然这可能性很小。不过还好没人听见。

故事到这里就结束了。

一瞬间我有些兴味索然，转瞬即逝的名气带来的小小躁动欺骗了我，就好像打开一个饼干罐，以为还剩一块巧克力饼干，结果里头空空如也。我本想给在奥兰治[1]的父母打个电话，趁着这股莫名的劲儿消退前跟他们聊一聊。但我都在固定的某天打电话，若冷不丁一个电话过去，他们没准以为出啥大事了。

就这样吧。过一个星期，等淤青消了，我甚至会怀疑整件事是否真实发生过。

于是我上楼继续写作业去了。

---

1. 澳大利亚新南威尔士州中部城市。

法兰欣说："其实可以换种更好的思路。如果你做一个变量替换，把X和Y变成Z与Z的共轭，那么柯西-黎曼方程对应的条件就是，函数关于Z的共轭的偏导数等于零。"

我们俩坐在一家咖啡店里，讨论着半小时前听的一场复分析理论讲座。算上我俩，同选这门课的六个人每周都习惯在这个时间来此处碰个头，可今天其他人没有露面。也许有新电影上映吧，或者某个讲师来学校了，只是我没听说而已。

我按照她的说法进行了替换。"你是对的，"我说，"真是太妙了！"

法兰欣微微点头，神情仍是她特有的一副倦容。她对数学有着浓厚的热情，但上课对她来说可能是种折磨吧，只能等讲师跟上自己的进度，才能学点她不知道的东西。

我跟她完全不是一个级别。老实说，这一年来我一直不顺，新的环境让我分心。当然，我可没有沉迷过丰富的夜生活，只是因为来到了新的地方，看到的、听到的、感受到的都不一样。另外，还得应付各种打着官腔的组织提出的各类要求，从大学到宿舍杂货小组委员会等等。不过，在过去几周里，我总算踏上了正轨。我找了一份超市摆货员的兼职，薪水不高，但至少不用再担心钱了，况且工作时间也不长，闲下来的工夫除了学习还能干点儿别的。

我在面前的笔记本上随意画着弯弯曲曲的线条，问道："你平常都玩些什么？除了研究复分析外？"

法兰欣并没有马上回答。这并非我们第一次单独在一起，但是我每次都自觉口拙，白白浪费机会。有时候我会告诫自己，不要妄想去追求绝佳的说话时机，既妙语如珠，又契合语境。所以，现在的我很直白，绝不去刻意琢磨语言技巧或口才。她认识我已经三个月了，足以判断我的为人，而即便她没有深入了解我的欲望，我也不会因此崩溃。

“我喜欢写Perl[1]脚本。不搞太复杂的，就东写写西凑凑，当免费软件送出去，纯当放松了。”她说。

我点点头，表示理解。我认为她不是特意显得对这个话题兴致缺缺，只是期待我说话能稍微直接些。

“你喜欢黛博拉·康威吗？”我只在电台里听过她几首歌，不过几天前我见过一张海报，说她准备来城里巡演。

“挺喜欢的。”

我将变量上方表示共轭的短横画粗。“她在沙利山的一家俱乐部里有演出，”我说，“周五。要去吗？”

法兰欣终于露出笑脸，不再是那副漠视一切的模样。“好啊，太棒了。”

我回以微笑，但却并未因此陷入狂喜。只觉得自己仿佛站在海岸边，感叹大海的无垠。又好似在图书馆里打开一本晦涩的专著，能读懂的部分少之又少，只能细嗅纸张油墨的清香，品味书中符号的对称。我清楚，读懂后将是一片坦途，但在那之前必是艰难险阻。

“我回去路上买票。”我说道。

考完最后一科后，宿舍办了场派对。十一月的晚上天气闷热，后院和屋里最大的房间差不多大，所以我们把所有门窗打开，把吃的、家具全部摆在一楼和屋前屋后。河面湿润的微风吹进屋里，室内外到处都是一样的闷热，蚊虫肆虐。

我和法兰欣形影不离地待了个把小时，遵循着一对情侣该有的模样，然后我们达成了某种默契，觉得两个人可以分开一会儿。我们俩不是毫无安全感的那类人，非得一直黏在一起。

后院很拥挤。我走到角落，和威尔攀谈起来。他是生物化学专业

---

1. 一种计算机程序语言，用于各种任务，包括系统管理、Web开发和网络编程等。

的，过去四年一直住在这栋楼里。我刚搬进来时对他不胜其烦，因为他自认为对各类事务的看法比别人更有分量。不过，我们最后还是成了朋友，而且他获得了德国的一项奖学金，即将启程，能在他走之前一起说说话还是挺开心的。

聊到他最近在忙什么时，我瞥了眼法兰欣，威尔顺着我的目光看去。

他说："我花了不少时间才算弄明白是谁治好了你的思乡病。"

"我没思乡病。"

"随你怎么说吧，"他喝了口饮料。"但她确实让你变了个人，承认吗？"

"承认啊，这是好事。自从我和她在一起后，一切都越来越好。"通常来说，谈恋爱会让人无心学习，但是我的成绩却一路高升。倒不是因为法兰欣拉了我一把，而是她让我把很多事都想明白了。

"你竟然能和她在一起，真是不敢想。"我听后瞪了他一眼，威尔连忙举起一只手求饶。"我的意思是，你刚搬进来那会儿，话都没两句，特别不自信。入住面试时，你恨不得求我们去找个更有资格的人住进来。"

"别编排我了。"

他摇摇头说："不信你问别人。"

我没有说话。确实，回过头来看看自己这一路，我的惊讶程度并不亚于威尔。离开老家那年，我已深知所谓顺风顺水其实和运气无关。有些人一出生，财富、能力、魅力都配齐了，起步就已领先，好事如滚雪球。一直以来，我觉得自己顶多也就是有着刚刚够的智力和毅力，才能在自己领域里混个日子。高中时，我每门课都名列前茅，但在奥兰治那种小地方毫无意义，所以我对未来去悉尼求学的日子没有任何幻想。

我得感谢法兰欣，要不是她，我只会过得如当初设想的那般平庸罢了。和她在一起后，我的生活发生了天翻地覆的变化。我到底是哪儿来的胆量，竟觉得自己也能给她以回报呢？

“我约她之前，其实发生了件事儿。”我坦白道。

“什么事儿？”

我不想开口。我从未和别人讲过那天巷子里的事，连法兰欣都不知道。于是，这件事就成了我的秘密，仿佛回忆起它就会逼我把真心袒露出来。可是，不到一周后威尔就要去慕尼黑了，向一个以后可能再也见不着的人倾诉似乎要容易些。

故事讲完，威尔露出满意的笑容，好像一切都说得通了。“真是因果循环啊，”他感叹，“我早该猜到了。”

“因果循环？真科学。”

“没开玩笑，我说的不是佛教里的因果业力，是真的因果关系——因为你坚持原则，又保住了小命，所以事情自然会朝好的方向发展。这就是最基本的心理学，人类的互惠意识高度发达，投桃报李的意思谁都懂。再举个例子吧，如果你总是好运连连，却疑心自己不配，就容易妄自菲薄，自卑感总会时不时冒出来。相反，正因为你当时的见义勇为之举，增强了你的自信心——”

“弱者才提自信心呢。”我讥讽道。威尔翻了个白眼，我连忙反驳：“可我不是这么想的。”

“得了吧，不然你不会提这茬。”

我耸耸肩，“也许我只是不想那么悲观了。我本来会被揍个半死，但却没发生。相比起来，约女孩出来听演唱会要安全多了。”我开始对这一系列分析反感起来，却也没什么能反驳威尔这套民间心理学说辞的。就算反驳，也只能以毒攻毒。

他察觉到了我的尴尬，就没再继续这个话题。然而，当我看着法兰欣在人群中穿梭时，总是无法摆脱那令人不安的感觉——那让我们最终成为情侣的情形是多么脆弱。不可否认，若当初我选择离开，让厨房帮工被人打死，我绝对会在很长一段时间内都过不了那道坎，也不会觉得自己配得上所拥有的生活。

但是，我并没有置身事外，难道我不该为自己的正确选择感到骄傲吗？如今一帆风顺的生活是我应得的，我并没有挟此事与什么神仙交易，求祂保佑。我也不是靠什么侠义精神赢得了法兰欣的芳心，是我们选择了彼此，且不论背后有多少复杂的原因，我们一直坚持着自己的选择。

两个人此刻在一起，这才是最重要的。我不会再去纠结是什么事件将我引向了她，那只会回溯到怀疑和不安，这些负能量差点让我们错过彼此。

2012年

我们从拉菲迪亚[1]沿路向南行驶。到达目的地后，我看见前方那堵泡沫墙在晨光下闪闪发光，就像一堆肥皂泡，仿佛一吹就散。但时间已过去了六周，它仍完好无损。

“竟然坚持了这么久，很难想象。”我对萨迪克说。

“你觉得模型有问题吗？”

“是啊。每周我都在想，等我们爬过山来看，这儿可能就剩张干瘪的蜘蛛网了。”

萨迪克笑了，“你是对我的计算没信心喽？”

“我对你个人没意见。我们俩在很多地方都可能出错。”

萨迪克把车停在路边。他的两个学生，哈桑和拉希德，从皮卡后头翻下来就朝泡沫墙走去，我都还没来得及把口罩戴上。萨迪克把他

1. 位于伊拉克巴士拉省。

们两人叫回来穿胶靴和防护服，我和他当然也不例外。一般我们不会穿得这么严严实实，但今天情况不同。

走近后，墙几乎不可见：只能看见单束的反射光，边缘衬着彩虹色；随着水流重新排列，泡沫墙时隐时现；而在气压、热梯度和表面张力的相互作用下，水膜上泛起阵阵波浪，反射光跟随着浪花悠闲地在墙上流动着。眼前的场景很容易让人产生错觉，以为有一阵难以察觉的微风轻轻刮过，透明的塑料碎片随之在沙漠上方四处飞舞。

然而，离得越远，光束反而显得越密集，任何认为墙并不完整的说法也越站不住脚。墙沿着沙漠边缘延伸一公里远，向上高度为十五到二十米高不等。不过，这只是同类中的第一个，也是最小的一个。我们这趟过来的目的就是将它收进皮卡的斗里，带回巴士拉。

萨迪克从车里拿出一罐试剂，一边晃，一边走下路堤。我紧跟在后，心提到了嗓子眼。墙还未干透，也没有裂开或是被吹散。但失败的可能性仍然很大。

萨迪克抬手开始喷，从我的角度观察不到什么变化，不过可以看到有细小的水珠在击打着水膜。紧接着，一阵嘶嘶声响起，很像蒸汽熨斗的声音。我察觉到一股微弱的暖湿感，接着第一批丝线出现了，纵横交叉。丝线所在位置的聚合物——用于制造泡沫墙的材料——开始发生形变。之前，聚合物处于可溶态，暴露出亲水性原子的特性，将水分锁在轻如羽毛的凝胶内。现在，在试剂和阳光的催化下，聚合物内壁变得光滑油腻，排出所有水分子，将凝胶转变成了干燥的网。

但愿别把其他成分也排出来。

丝网缓缓落在哈桑脚边，堆叠起来，此时哈桑用阿拉伯语说了句话，表情既嫌恶又好笑。我的阿语水平很一般，于是萨迪克翻译给我听，由于戴着口罩，他声音有些低沉：“哈桑说这张网绝大部分的重量估计来自里面的死虫子。”风刮过，将闪光的网刮起飞到头顶，萨迪克连忙将两个年轻人赶回车上，自己随后也上了车。被风吹起的网下坠速度很慢，来不及将我们罩住，但我还是加快了上坡的步伐。

我们坐在皮卡上目睹墙的坍塌，脱水的波浪沿着墙散开。之前在它凝胶态时，凑近看尚时隐时现，如今在远处看去，它已完全不可见。哪怕是一条同样长度的丝袜也比它重得多——当然，丝袜的网眼已被蚊虫堵死了。

挪威化学家索尼娅·黑尔维格发明了这种智能聚合物。为了此次应用，我调整了她的原配方。萨迪克和两个学生都是土木工程师，负责扩大应用规模，争取产生实际效益。如此看来，这次实验依旧只算得上是一次小型现场测试。

我转向萨迪克，问："你以前干过扫雷的工作，对吗？"

"几年前了。"我还未来得及接话，他就懂了我的意思，"你觉得扫雷更有成就感，对吧？砰地一炸，又完成一项工作，是不是？"

"扫掉一个雷，就少一个炸弹，"我说道，"不论你要扫掉多少雷，至少扫掉一个少一个，这就是明确的工作成就。"

"没错，的确让人有成就感。"他耸耸肩，"那现在怎么办？因为难度更高，便就此放弃吗？"

说着，他开车下坡，监督两个学生将一捆捆聚合物和他们特制的绞盘连起来。哈桑和拉希德已经二十多岁，但身材瘦小，很容易被误认为是少年。战争结束后，这个国家的独裁者和他在西方的支持者们为了双方利益，让整整一代伊拉克儿童在营养不良和缺医少药的环境下成长（成长？活着都难），一百多万人因制裁丧命。更让人恶心的是，我自己的国家也派了一部分海军参与封锁，剩余舰船则留在国内，将一船船难民挡在国门之外，任由一幕幕人间惨剧上演。大胡子将军早已凉透，但是他那帮参与灭族的同谋却仍逍遥法外：四处演讲、经营智库，想把诺贝尔和平奖收入囊中。

聚合物被一圈圈地缠在绞盘保护管的芯上，阿尔法指数稳步上升。这是个好兆头，说明在脱水以及卷网后，被墙捕获的铀氧化物细颗粒仍附着在聚合物上。我们收集到的那几克铀238放射性很低，不会有危险。关键在于避免摄入粉尘，但即使如此，我们仍然能感受到化学效应和辐射带来的不适感。但愿聚合物同样捕获了其他目标：散布在科威特和伊拉克南部的有机致癌物——源于那几场宛如世界末日般的油井大火。不过，只有等我们做一次完整的化学分析后才能知道结果。

回去的路上，我们兴致都很高。诚然，过去六周里我们从风中获得的成就并不能让白血病患者痊愈，但可以预见，从现在开始，几年、几十年之后，这项技术将带来真正有意义的影响。

我错过了新加坡直飞悉尼的航班，不得不经停珀斯。在珀斯需要等四个小时，我焦躁地在转机休息室里踱步，很不耐烦。三个月前，法兰欣离开了巴士拉，此后我就再也没见到过她——她的理由是伊拉克的网络带宽本就有限，不想浪费在腻歪的视频通话上。我在新加坡时给她拨了视频通话，但她因忙就挂了。现在我不知道是否应该再拨一次。

就在我纠结时，电脑收到一封邮件，法兰欣说已经收到我的消息，会在机场见我。

到悉尼后，我站在行李转盘边，搜寻她的身影。终于，我看到法兰欣朝我走来，眼神直勾勾看着我，面带笑容。我离开转盘朝她走去。她停下脚步，想让我走完剩下的距离，眼神一直没有离开我。她的表情略显顽皮，好像策划了什么恶作剧，但我猜不出来究竟是什么。

当我站到她面前，她稍稍转身，张开双臂，“哈哈！”

我僵住了，说不出话。为什么不提前告诉我？

我走上前和她拥抱，但她早已看出了我的心思，“本，别生气。我主要怕你知道我怀孕了，就会提前回来。”

“你是对的，我肯定会提前回来。”我脑子里积存了太多想说的话。三个月的思念，在这短短十五秒里迸发而出。我们没有生孩子的计划，我们负担不起，我还没做好准备。

我突然流泪了，惊喜感让我无法顾及形象。内心的慌乱与困惑缠绕而成的心结倏然解开。我紧紧拥她入怀，感受着她隆起的腹部。

“开心吗?”法兰欣问。

我笑出了声，点点头，忙不迭地说：“开心得要飞起来了!”

我是真心的，虽然依旧惶恐，但它源自喜悦。在我们面前是另一片茫茫大海，但我们终将寻到方向，携手并进。

花了好几天我才回过神来。我和法兰欣只有周末才有机会真正说得上话，她在新南威尔士大学担任教职，虽然她完全可以先把研究搁置两天，但给学生考核打分的工作却不会等人。要做的事情实在太多了，之前我参与的那个巴士拉项目是受联合国教科文组织的研究基金资助的，如今也已到期，所以我需要赶紧挣钱。不过，我并没有做出什么承诺，所以也不是很赶。

周一，我又是一个人待在公寓里，阅读着之前错过的所有期刊。在伊拉克时，我一心只扑在一件事上，我的知识挖掘器[1]全部用于处理和泡沫墙相关的工作了，其他事一概没管。

我在阅读过去六个月内发表的论文摘要时，《科学》杂志上发表的一篇报告引起了我的注意：《多世界宇宙学中退相干的实验模型》。荷兰代尔夫特理工大学的研究团队使用一台简单的量子计算机对一台寄存器执行了一系列运算，该寄存器是用来存储两个不同数字在二进制下的相等叠加态的。实验本身并不新鲜，如今计算机每天都能操作可

1. 作者虚构的一种未来植入设备。“知识挖掘”这一术语来自人工智能领域，指利用AI技术推动对大量信息内容的理解，使企业和个人能够深入理解信息、探索信息，探明信息间的关系与模式。

表达128个数字的叠加态实验——当然只能在实验室里进行，只有那里才有接近绝对零度的条件。

但是，那项实验不同寻常之处在于，每次运算中包含相关数字的量子比特[1]都会被故意与计算机中其他备用量子比特纠缠在一起，这样做的结果就是，执行计算的量子比特不再处于纯粹的量子态——即不是表现为同时包含两个数字，而是以相等的概率随机选择其中的任意一个数字。这其实破坏了运算本身的量子性，就好像整台计算机的屏蔽状态存在漏洞，继而与环境中的物体发生了纠缠。

不过，有一点区别很关键：在这次实验中，那些导致运算呈经典状态的备用量子比特，仍然可被实验人员读取。当实验人员对计算机整体状态进行适当测量时，结果显示它一直处于叠加态。一次观察固然无法证明，但实验可是重复了几千次，因此在误差范围内，预测结果得到了证实：虽然在他们忽略备用量子比特时，叠加态变得不可检测，但量子态本身从未消失。两种经典计算总是同时发生，但量子比特不再以量子力学的方式互动。

我坐在桌前，思考实验的结果。从某个层面上说，这无非就是将九十年代的量子擦除实验放大了而已。但细细一想，一个微型计算机程序在稳定运行时，似乎是独一无二的，可事实上，却有另一个被忽视的版本一直在同时运行着，如此场景比光子干涉实验更能引发人的思索。其实，我早已对量子计算机同时执行多个运算一事见怪不怪，但这次像变戏法似的实验中，两个程序竟然能一直表现为一个复杂的整体，这太抽象，太空灵了。特别让人印象深刻的是，每次计算都能以经典状态呈现，就像珠算后将算珠归位一样，平淡而明确。

做晚饭的时候，法兰欣回家了，我拿起平板给她看那篇文章。

“哦，我读过了。”她说。

---

1. 量子计算机中的最小信息单位。

“有什么想法?”

她举起双手，做出一副惊恐想跑的模样。

“别开玩笑。”

“你想我说什么？证明了多世界诠释[1]吗？并没有；可以帮我们更好理解多世界诠释，并且建立相应的数学模型吗？可以有。”

“真的一点都没触动你吗?”我不死心，“如果无限扩大实验规模，你觉得结果仍会继续成立吗?”从宇宙模型、少量量子比特扩大到真正的宇宙。

她一脸无所谓，“触不触动的，没有意义。我本来就认为多世界诠释是最合理的诠释啊。”

我没再接话，趁着她拿出一沓作业批改时回到了厨房。

那晚，我们躺下后，我的脑子里仍然摆脱不了代尔夫特理工实验的影子。

“你相信存在另外的我和你吗?”我问法兰欣。

“我相信肯定有。”她承认道，但似乎认为这过于抽象和形而上学，而至于我提出这个问题，未免太钻理论的牛角尖了。即便是自称对多世界诠释笃信不疑的人，也似乎很少认真看待这件事，更不会套到个人头上。

“你就不会有困扰吗?”

“不会，”她说，语气轻松，“既然我无力改变现状，何必为它劳心费神呢?”

“真务实。”我说。法兰欣伸手拍了拍我的肩。

“我是在表扬你呢!”我反驳道，“真羡慕你，这么容易就接受现实了。”

---

1. 量子力学诠释的一种，它假定存在无数个平行世界，并以此来解释微观世界各种现象，也被称为“多世界理论”。

“这不是接受现实，”她坦承道，“我只是想开了，不再烦恼了，和接受不是一个概念。”

我转过身看着她，不过房里很暗，其实看不清什么。我说：“你最满意自己生活中的什么？”

“你该不会是要我说点儿甜言蜜语哄你吧？”她叹了口气，“我也说不好，可能是解决问题，把事情做好吧。”

“如果说，你解决的每一个问题，都由另一个你承担了失败的后果呢？”

“我失败了我自己扛，她们失败了也得自己扛呗。”她说。

“不是这个意思。有些人根本无法面对失败，不管你有勇气去做什么，总会有人做不到。”

法兰欣没有说话。

我说：“几个星期前，我和萨迪克聊到他曾做过扫雷的工作，他说扫雷比清理贫铀弹更有满足感。砰地一炸，亲眼得见，你就知道自己做了一些有价值的事。所有人生活中都有这种时刻，那种纯粹的、明确的成就感：可能我们把其他地方搞砸了，但至少这件事我们做好了。”说着，我不自在地笑了笑，“要不然的话，我只怕会疯掉。”

法兰欣说：“不会的，你做过的一切都不会凭空消失。不会有人冲过来把它夺走的。”

“道理我懂。”一幅画面浮现：有一位不速之客站在家门口，那是另一个我，在向我索要他的应得，让我不禁汗毛倒立。“可这也太他妈自私了吧。我从不想将自身的快乐建立在他人的痛苦之上，每一次的选择……都像是在与其他版本的我争夺这场零和游戏的奖品。”

“不是的。”说完法兰欣迟疑了，“但即便现实果真如此，你又能做什么呢？”

她的话在黑暗中回响。我又能做什么呢？什么都做不了。所以如果想太多，只会掘走我的幸福，而没有任何人能从中获益，不是吗？

"你说得对，我真是有病。" 我俯身吻她，"你赶紧睡吧。"

"不是你的问题，"她说，"但我也回答不了你。"

次日一早，法兰欣去上班了。我拿起平板，看见她给我发了一本电子书合辑：《天哪，到处都是猩猩！》[1]，收录了一系列二十世纪九十年代流行的"架空历史"小说，什么"假如甘地是个杀人不眨眼的雇佣兵会怎样""假如老罗斯福执政时遭遇火星人入侵会怎样""假如珍妮·杰克逊的编舞加入了纳粹元素会怎样"，诸如此类。

我大概翻看了下简介，时不时笑出声来，然后把书收起开始工作。我得先处理掉教科文组织那边大约十几个流程，才能全身心投入到找工作这件事中。

下午的时候，流程差不多都处理完了。在处理这类枯燥但必要的事务过程中，我的成就感也变得越来越强，随之而来的推论也变得愈发确定：另一个人，一切的一切都与我一模一样，直到今天早上——他选择了拖延，我俩的历史开始分岔。每次对身边琐事的观察都让我感到愈发不安，看来代尔夫特理工的实验已经渗透进了我的日常生活之中。

我找出法兰欣发来的那本书，又读了一部分。然而作者们只是在不遗余力地为假设营造夸张的效果，完全无法反证假设本身的荒谬，甚至得不出一个滑稽的存在主义结论聊以慰藉。玛丽莲·梦露、费曼和尼克松三人会发生哪些令人啼笑皆非的风流韵事？我真的不感兴趣。我只是急切地想要摆脱心中的那股窒息感：难道我所拥有的一切不过是泡影？我的人生不过是一次次牺牲另外的自己，而每一回我庆幸的好运都是在不知情时对另一个我的背叛？

---

1. 原文中该书名为 *My God, It's Full of Tsars!*，直译为"天哪，到处都是沙皇！"。但鉴于本书名是对阿瑟·克拉克的著名小说《2001：太空漫游》中大卫·鲍曼进入巨石后所说的话"My God, it's full of stars."（天哪，到处都是星星！）的改写，故此处翻译选择中文谐音处理。

如果无法从小说中获得慰藉，那么现实呢？就算多世界理论是对的，也没人确切知道后果有哪些。所谓任何小概率事件都一定会发生，不过是谬论罢了。大部分我读过其文章的宇宙学家均认为宇宙拥有一个单一、明确的量子态。从内部看，尽管该量子态会分化为诸多不同的经典历史路径，但没有理由认为它们是对所有可能的穷尽。从更小范围来说同样如此：好比两个人下棋，并不代表他们就能下完所有可能出现的棋局。

九年前，站在小巷里的我和良知做着斗争，但我主观上的优柔寡断并不能证明什么，即便我果断地采取行动，也极难真正处于一种纯粹的、决心毫无动摇的量子态，而且说老实话，我的身体也不允许我这么做。

“去他妈的。”我也不知道何时才能压抑住这类妄想的发作，但我决心不再任由它发展下去了。我用头狠狠撞了几下桌子，然后拾起平板，径直点进一家招聘网站。

然而我内心的胡思乱想并没有完全消失，像极了不去想粉红色大象[1]的心理实验。不过，每当想法浮现后，我就自我威胁得马上去看心理医生，然后它们就被抑制下去了。对如此怪诞的心理问题做出反应，证明我还有足够多的自律潜力尚待发掘。

做晚饭的时候，我又觉得自己好蠢。若法兰欣再提起这个话题，我就一笑而过。我不需要看心理医生，我只是对自己一路来的好运深感不安，而且对于自己马上就要成为父亲一事还未做好准备。当然了，更不该反过来认为一切都是理所当然。

我的平板铃声响了。法兰欣再次屏蔽了视频，只用音频，似乎即便回国了，网络带宽也像水一样宝贵。

---

1. 源于一个心理学实验，参与者被要求不得去想象一头粉红色的大象，但实验结果证实一旦大脑被输入了该信号，就很难做到不去想。

“喂。”

“本？我有点流血。我现在打了个车，你能去圣文森特医院吗？”

她的声音很平稳，我的嘴却发干，“好的，十五分钟后就到。”我没有说多余的话：我爱你，肯定没事的，你等我。她不需要听这些，这种话只会适得其反。

半小时后，我还堵在路上，双拳拧紧，愤怒而无助。我盯了一眼仪表盘，导航的实时地图标记了周围同样拥堵的路况。我终于不再幻想能奇迹般地拐进某个空旷的车道，在几分钟内就穿越到城市的另一端。

病房里，法兰欣床边的帘子都拉着，她蜷缩着躺在上面，身体僵硬，背对着我，不愿与我对视。我能做的只有陪伴，产科医生还未来得及和我好好解释，但因流产伴随有并发症，所以她必须进行手术。

早在我申请教科文组织的基金前，我们俩就已讨论过风险问题。不过，我们两人本就性格谨慎，对情况了解充分，而且只是短期停留，风险看上去微乎其微。况且，法兰欣从不进沙漠辐射区，而且就算对巴士拉当地人来说，畸胎和流产率也早已从高峰回落。其间，我们一直都在服用避孕药，所以没再额外戴避孕套。是不是我从沙漠里带回什么东西到她体内了？是不是有什么灰尘藏在了我的身体里？是不是因为我们做爱让她染了什么毒？

法兰欣转向我，她眼周发灰、浮肿，费了很大力气才寻到我的目光。她把手从被子里伸出来，让我握住。她的双手冰冷。

过了一会儿，她开始抽泣，但仍不肯松开我的手。我用拇指轻抚她的拇指背，就这样，轻轻地抚摸着。

2020年

“你现在感觉怎么样？”奥利维亚·马斯林和我说话时总是不怎么看我。我的大脑活动图像映绘在她的视网膜上，显然那更吸引她的注意力。

“蛮好的，和输液前没什么两样。”我说道。

我斜倚在一张像是牙科椅的椅子上，半坐半躺，头戴一顶装有磁传感器和感应器的帽子，很紧。流入我前臂静脉的液体凉凉的，和两周前没什么区别。

“请数到十。”

我照做了。

“闭眼，在脑中描绘一张熟悉的面孔，和上次一致。”

上次她说任何人都行，所以我选了法兰欣。于是，我开始再次描绘，可忽然，我回想起第一次实验的情景，当时我正在仔细思索她的面部细节——很像在给警察描述嫌疑人的面部特征——我突然转而开始思考起法兰欣本人。与此同时，相同的场景再次出现：原本僵硬的肖像刹那间变成了活生生的人。

伴随着引导，我再次完成了所有程序：阅读同样的短篇（斯科特·菲茨杰拉德的《两个老家伙》），听同样的音乐（罗西尼的《贼鹊》），讲述同样的童年回忆（上学的第一天）。忽然间，我不再担心能否以足够坦诚的态度重复自己的心理状态，毕竟该实验的目的就是找出受试者两次实验中不可避免会出现的差异之处。我不过是诸多志愿者中的一员，半数受试者每次输的其实只是生理盐水。据我推测，我也是这半数之一——即对照组，供真正会产生实验效果的变量进行对照。

即便给我输入的是相干性干扰剂，我也可以断言，它至少对我毫无影响。干扰剂分子与我的神经元微管相结合后，我的意识并未因此消散，表明神经元结构中本应维持的量子相干性都在不到一皮秒[1]的时间内消失了。

我个人从不认同彭罗斯关于量子效应可能影响人的意识这一理论，二十年前马克斯·泰格马克发表了一篇开创性的论文，通过计算，证明了神经结构中存在持续相干性的可能性极低。尽管如此，奥利维亚和她的团队仍然通过一系列创新实验，彻底推翻了该设想。彭罗斯的追随者分为多派，对大脑中哪个结构才是主要的量子态成分存在争议，但在过去的两年中，每一派的观点均被奥利维亚团队逐一驳倒。实验最早采用的是微管法，即用巨大的聚合物分子在每一个脑细胞中构成某种骨架，这种微管结构原本是最难以被量子干扰的。但如今却可以轻易实现——我的头颅完全被产生微波场的帽子裹住，同时在我神经元的细胞骨架上也确实分布着干扰剂分子，通过它们可以让神经元细胞与嘈杂的微波场紧密联结。但在这种情况下，细胞中的微管能够利用量子效应的概率仍然微乎其微，基本等同于我能遇到另一个平行宇宙的自己，并和他来一场壁球比赛的概率。

实验结束，奥利维亚匆匆道谢后去查看数据，就更不搭理我了。她带的一名研究生拉杰过来将针管抽出，给我贴了一张创可贴，接着他帮我摘了帽子。

“我知道你还不清楚我到底是不是对照组，”我说，“但是有人表现出显著差异了吗？”我差不多是微管试验的最后一位受试者，如果有差异，这时应该已经出来了。

奥利维亚神秘地笑了笑：“你等结果发表吧。”

此时，拉杰俯下身，低声说：“毫无差别。”

1. 1皮秒 $=10^{-12}$ 秒

我从椅子上爬下来，拉杰假装惊恐地大叫："丧尸动起来啦!"我猛地冲他脑袋挥了一拳，他笑着躲开，奥利维亚看着我们，一脸恨铁不成钢的表情。彭罗斯的死忠粉们称奥利维亚的实验根本证明不了什么，他们认为在排除所有量子效应的情况下，即便受试者表现高度一致，也只是因为他们在实验时丢失了意识，在机械地操作。奥利维亚曾主动邀请其中声音最大的反对者亲自体验相关性干扰实验，但那人却说如果他参加实验，就更没有说服力了，因为在实验时他会变成没有意识的丧尸，期间的记忆和恢复意识后的记忆区别不开，所以回忆实验体验时，是无法发现异常的。

这就陷入纯粹的死局了，你干吗不说全世界所有人都是没脑子的丧尸，只有你不是？或者你也是，但只限于每月第二个星期二？不过，现在世界各地的研究团队都在重复进行该实验，所以只要你将彭罗斯理论仅仅当作一种科学假说，而非宗教教条，你就会逐渐接受它已被推翻的现实。

我走出神经科学楼，穿过校园，准备回物理系的办公室。现在是春天的早晨，风和日暖，有学生躺在草坪上打盹，把书摊开像帐篷一样搭在脸上。看来，老式的翻页电子书还是有些优势的。我直到去年才给眼睛装上芯片，虽然我很快就适应了这种新技术，但依旧觉得周日早上醒来看见法兰欣在一旁闭着眼"读"《先驱报》的样子过于诡异。

奥利维亚的实验结果在我意料之中，不过让人满意的是，至少一劳永逸地得到了如下结论：意识是一种纯粹的经典力学[1]范畴的现象。另外，实验表明，没有任何有说服力的理由支持经典计算机[2]上运行的

1. 基于牛顿运动定律，或与牛顿定律有关且等价的其他力学原理，是二十世纪以前的力学。下文提及的"经典"，都是指经典力学范畴的理论或设备，与量子力学相对应。

2. 即非量子计算机。

软件不会产生意识这一说法。当然，宇宙万物都在某种程度上遵循量子力学的理论，然而量子计算机的先驱之一——保罗·贝尼奥夫早在八十年代就已证明可以使用量子力学组件拼装出经典图灵机。过去几年，我利用业余时间对量子计算理论中如何避免量子效应的分支进行了不少研究。

回到办公室后，我调出了我称之为QUSP的装置的设计图，QUSP是量子单例[1]处理器的缩写。QUSP采用了最新一代量子计算机用于避免与环境产生纠缠的屏蔽技术，但使用的目的完全不同。量子计算机被屏蔽后，机器可以同时执行大量并行运算，但每一项运算的结果都是唯一的，不会各自再分化出单独的历史。而QUSP每次只执行一次运算，但在获得唯一结果之前，它会进入包含任意种不同结果的叠加态而不受影响，这些不同的结果不会成为现实。由于装置在每一步计算中都与外界完全隔绝，所以它只是暂时处于量子矛盾态，就像人做白日梦一样，那是属于你的秘密，无关紧要，永远无须担心它真的会发生。

QUSP收集环境数据时，仍然需要与环境产生交互，继而不可避免地裂变出不同分支。比如，给QUSP添加一个摄像头，然后对准某个日常物体—— 一块石头、一盆植物，或是一只鸟——你不可能指望该物体能维持单一的经典状态。同样地，QUSP与石头、QUSP与植物、QUSP与鸟的结合体也不可能只有唯一一种状态。

但QUSP本身绝不会产生裂变。对于任一特定情形，它只会生成单一的回应。QUSP上运行的人工智能可根据自身喜好，或随意决策，或深思熟虑，但无论面对什么场景，它只会做出唯一的选择，也只会遵循唯一的行动方案。

1. 在软件设计领域，单例指在一个进程中，某个类有且仅有一个实例。在本文中暗指采用QUSP技术的人工智能可以排除其他世界线，做出符合自身意志的唯一选择。

我关掉文件，图像从我视网膜上消失。在我设计QUSP的过程中，几乎从未想过把它真正造出来，它其实就是个精神寄托。每当我觉得自己岁月静好的人生建立在不同版本的我的尸山之上时，QUSP就是我的慰藉。它证明着可能性，而我需要的就是那么一点可能性。总有一小簇人类想要逃避祖先消失的命运，这是物理规律所阻挡不了的。

但是，我却一直在回避将它真正造出来的想法。一方面，我怕深入研究后会发现QUSP设计中存在的缺陷，从此每当恐慌袭来，我再也没有了救命稻草；另一方面，其实也是源于内疚：一路走来，那么多回我总是被命运眷顾，我不应该认为这次还能走运，那也太贪得无厌了。数不清的倒霉兄弟被我从擂台上扔了出去，这次该我出面，将好运赠予对手了。

第二个理由听上去特别蠢。毕竟制造QUSP的决心越坚定，就会出现越来越多QUSP真正被造出来的分支。但如果我故意不干，想以此让其他的我获得好运，那也是好心办坏事，最终未来的每一个我，以及他们所接触到的所有人都只会变得更不坚定。

我其实还有第三个理由。是时候去谈谈了。

我拨通了法兰欣的视频电话。

“有空吃午饭吗？”我问道。她有些迟疑，她总是有这样那样的工作脱不开身。于是我说：“咱们聊聊柯西-黎曼方程呗。”

她笑了。这是我们的暗语，有特殊所指。“行。一点钟？”

我点点头：“一会儿见。”

法兰欣迟到了二十分钟，但已经算到得早的了。十八个月前，她升任数学系副主任，教学工作仍然有，还多了不少全新的行政工作。过去八年，我跟不少机构签过短期合同，包括政府、企业，还有非政府组织等等，最后我进入了母校物理系，做最基层的工作。说实话，我很羡慕她的工作，既光鲜又稳定，不过我对自己做过的大部分项目也很满意，只可惜它们横跨各个学科，所以对传统的职业道路而言没有太大帮助。

我给法兰欣点了一盘芝士沙拉三明治，她刚一坐下就开始狼吞虎咽。我说："看你这样儿，最多给我十分钟时间，对吗？"

她用手挡住嘴，辩解道："今晚上说不也来得及吗？"

"有时候我没法拖着，现在不说，待会儿就没这个胆量了。"

她察觉到了话题里不祥的意味，放慢了咀嚼的速度，"你今天早上去做了奥利维亚第二阶段的实验，对吧？"

"对。"早在我申请当志愿者前，就和她聊过实验的细节了。

"所以，当你的神经元细胞进入比日常更进一步的经典状态后，意识应该还在吧？"她边说，边用吸管喝巧克力奶。

"还在。其实根本没人出现丢失意识的情况。当然最终结果还没出来，不过……"

法兰欣点点头，没有一丝惊讶。我们俩对彭罗斯理论的看法是一致的，所以无须再费时间去聊这点。

我说："我想知道你到底会不会去做手术。"

她继续喝了一会儿，然后放下吸管，用拇指擦了擦并没有沾奶的上唇，"你让我现在就决定？就在这儿？"

"不是。"流产对她子宫造成的损害是可以修复的，我们讨论要不要去修复这件事快五年了。我们俩都接受了全面的螯合疗法[1]，去除体内残留的铀238。只要我们愿意，仍然可以以自然方式在合理的风险范围内受孕产子。"但如果你已经有了答案，我想要你现在告诉我。"

法兰欣看上去很受伤，"你这样说不公平。"

---

1. 利用螯合剂治疗人体金属中毒的方法，使人体内的有毒金属离子以螯合物的形式从尿或粪中排出，起到解毒作用。

“什么？暗示说你已经决定了，但还没告诉我？”

“不，暗示说让我自己决定，你不管了。”

“我不可能撒手不管的，你应该了解我。但是如果你想要怀孩子，我一定全力支持。”我深信自己会的，或许这是一种矛盾的心态，但我不能将普通孩子的降生视作恶行，并拒绝参与其中。

“好吧，那如果我不去做呢？”她冷静地观察我的神色。我想她早已知道答案，但想听我亲口说出来。

“那就去领养啊。”我说，语气随意。

“好啊，去领养。”她微微一笑，一下就让我没了气势，比她盯我看还管用。

我不再假装成神秘兮兮的样子，她从一开始就把我看穿了。我说：“我只是不想领养后，你又觉得自己被误导了，没有去追求真正想要的东西。”

“不会的，”她坚持道，“领养不会排除其他选择，我们照样可以继续自然生养小孩。”

“没那么容易。”问题不仅仅在于孩子的父母是一对工作狂，而且也不是跟普通的兄弟或姐妹去争夺父母的关爱。

“所以，你想让我保证领养的孩子就是我们唯一的孩子，是这个意思吗？”法兰欣说着摇了摇头，“那我没法保证。我最近确实没有去做手术的打算，但保不齐会改主意。而且，我也不会发誓说如果领养，就不会对今后产生任何影响。领不领养只是一个因素，不是吗？但并不会因此就排除掉其他可能。”

我移开视线，越过一排排桌子看向神情专注的学生们。她说得对，我太不讲理了。我想让做出的决定既不会带来任何负面影响，还能充分匹配我们俩的现状，可这种事谁又说得准呢？世事皆有风险。

我转身面对法兰欣。

“那好，我不会再逼你了。我现在想做的就是继续将QUSP造出来。完成后，如果我们都觉得可以信任它的话……我想用它来抚养一个孩子，我们一起养育一个人工智能吧。”

2029年

我在机场接到了法兰欣，然后开车穿越暴雨肆虐的圣保罗市。一场热带风暴刚刚袭击了圣保罗和里约的中间地带，但神奇的是，她的飞机竟然没有改道。

“这下没法让你好好看看圣保罗了。”我叹气道。挡风玻璃外几乎什么都看不见，只能感受到一层光亮，闪过的色彩和细节显得很不真实，感觉是在洗车场里看一张3D地图。

法兰欣脸色阴郁，或许是坐飞机坐的。旧金山和这里没多少时差，很难想象它其实离得很远。我飞往旧金山去看她时，觉得不过如此，和我之前那些翻山越洋的长途比起来根本算不了什么。

当晚我们很早就睡了。次日一早，法兰欣和我一道前往我的工作室，位于大学工程系的地下室里，杂乱不堪。这些年，我就像个玩寻宝游戏的孩子，满世界搜罗资金和合作方，缓慢地拼凑起设备，可几乎所有同事都认为制造QUSP毫无意义。不过好在项目的每个阶段我都能搬出说得过去的托词，而且还能交出副产品。近年来，量子计算研究陷入了困局，既缺少实用算法，可持续叠加态的复杂度也存在限制。但是，QUSP的出现将技术边界继续朝着希望的方向稍稍推动了一下，使用要求并不离谱，它所进入的叠加态也相对简单，每次只需将叠加态隔离几毫秒即可。

我向法兰欣介绍了卡洛斯、玛利亚和润，但在我带她参观的时候，这帮人又不知道去哪里了。工作台上还摆着上次演示“平衡去耦合”原则的装置，一周前有个赞助企业过来，演示给他们看的。一台不完全屏蔽的量子计算机之所以会出现退相干，是因为计算机可能处于的每个状态都对环境产生了略有不同的影响。屏蔽本身是可以改善的，但卡洛斯那组则通过纯粹的歪脑筋，进一步完善了操作，提高了安全度：在演示装置中，无论处于何种状态，通过其中的能量流都会保持绝对恒定，因为主机组量子门一旦出现功耗下降，另一组平衡门就会马上提升补偿，反之亦然。如此一来，环境在判断处理器中是否存在内部差异——继而将叠加态撕裂成互相断开的分支——的时候，就少了一道线索。

法兰欣对理论部分很清楚，但从未见过硬件演示。我让她去试下，她走向装置，像个刚拿到游戏机的小孩。

“你真应该加入我们。”我说。

“也许在另一个分支世界里，”她说，“我确实加入了。”

两年前，就在我刚从代尔夫特搬到圣保罗后不久，她从新南威尔士大学跳槽到了加州伯克利，那是她能找到的离我最近的、最适合的职位。当时，我一度反感她拒绝妥协、拒绝远程工作一事，伯克利和圣保罗之间坐飞机就五个小时，她完全可以在这里给伯克利远程教学。最后，我还是接受了事实，她想继续考验我，考验我们俩。假如我们不够坚强，无法承受长时间异地状态的话——就表明我对搭建QUSP还不够上心，承担不了它所带来的代价——那么她就不想进入到下一步。

我带她来到角落的工作台边，上面放着一个不起眼的灰色盒子，有半米宽，纹丝不动。我对盒子做了个手势，每个人透过自己视网膜上的显示覆层都可以看到盒子的外观开始发生变化，一个迷宫装置“展现”在眼前，顶部嵌入了一个透明盖子。迷宫的一个房间里有一只略带卡通色彩的小老鼠，一动不动，既不像死了，也不像睡了。

“这就是大名鼎鼎的塞尔达？”法兰欣问。

“是的。”塞尔达是一套神经网络，基于一只老鼠的大脑，进行了精简和程式化改造。其实现在有更新、更精致的版本可供使用，也更为接近真实的神经网络，而塞尔达虽然已有十年历史，但作为公用网络足够我们用了。

另外三个房间里放有奶酪。“现在，她还完全不清楚迷宫布局，”我解释道，“我们启动她，看她怎么摸索吧。”我做了个手势，塞尔达开始四处乱跑，尝试不同的路径，每次走进死路后都能敏捷地退出来。“她的大脑在一台QUSP上运行，而迷宫加载在一台普通的经典计算机上，所以从相干性角度来说，和现实中的迷宫没有区别。”

“就是说，每次她获取信息时，都会与外部环境产生纠缠。”法兰欣说。

“肯定是这样。不过她每次都会先等QUSP完成当前的计算，而且每一个量子比特都含有一个明确的0或1，她与环境纠缠时，不会同时处于两种状态，所以她不会因为纠缠而裂变成多个分支。”

法兰欣继续观察，没有说话。终于，塞尔达找到了其中一个有奖励的房间。她吃掉奶酪后，被放回起点，奶酪也重新归位。

“这是之前一万次试验叠加后的效果。”说完，我开始播放数据。叠加后，看上去就像迷宫里只有一只老鼠，跑起来的样子和她刚刚实验中的表现一样。由于每次实验都会重置至相同条件，所以塞尔达每次面对的都是一模一样的环境，她的表现就是计算机程序没有受到随机影响时该有的表现——重复上一次的行为。一万次实验的结果全部相同。

对于不了解实验背景的观察者来说，这种演示好像有点太单调乏味了，只有一种实验条件，虚拟老鼠的反应自然也只有一种。所以呢？如果能将真老鼠的记忆以同等精度拨回，它不也会不断重复自己的行为吗？

法兰欣说：“要不断开屏蔽试试？还有平衡去耦合？”

“行。”我照她的话做，开始新的测试。

这次，塞尔达走了一条不同的路，采用另一条路径来探索迷宫。尽管神经网络的初始条件仍然相同，但QUSP内部的转换过程持续向环境开放，几种不同本征态的叠加（即当QUSP的量子比特具有明确的二进制值时的状态，会促使塞尔达做出明确的选择）也会与外部世界发生纠缠。若根据量子力学的哥本哈根诠释，上述交互会随机让叠加态“坍塌”成单一的本征态。即塞尔达每次仍然只能做一件事，但行为变得不再确定。而根据多世界诠释理论，QUSP与环境产生交互后，会将环境——包括法兰欣和我在内——转变成一种叠加态，每一种本征态都能在叠加态中找到一部分与之对应。换句话说，塞尔达在探索迷宫时，同时走了许多条路，不同版本的我们分别看见她走了不同的路。

两种解释中，究竟哪种才是对的？

我说：“我现在重新配置一下，把整个装置放入代尔夫特笼中。”所谓“代尔夫特笼”，源于十七年前我读过的那篇文章：放入笼中后，QUSP不再对环境开放，而是被连接到第二台量子计算机上，后者扮演外部世界的角色。

这时，我们无法再实时观察塞尔达的运动，但在试验完成后，可以对两台计算机构成的联合系统进行测试，确认系统是否处于纯粹的量子态，以及塞尔达是否在量子态中同时沿着数百条不同路径在探索。我展示了对于上述推测的模拟演示，演示中，塞尔达在之前进行的一万次无屏蔽试验中走过的所有路径被叠加了起来。

测试结果出来了：一致。

“一次测量缺乏说服力。”法兰欣指出。

“是吗？”说着我重复了一次测试，结论依旧没被推翻。假设塞尔达实际上只沿着唯一一条路径探索迷宫的话，那么两台计算机的联合状态可通过这次不完美测试的概率就只有百分之一，连续通过两次的概率更是低至万分之一。

我重复了第三次，第四次。

法兰欣说：“够了！”她看上去很不适。显示器上数百条老鼠走过的模糊轨迹并不是真实的照片，如果说多年前代尔夫特实验让我对多元宇宙的现实产生了发自内心的触动，这次演示总算让她有了和我一样的感受。

“我能再给你看点东西吗？”我问。

“保留代尔夫特笼，恢复QUSP的屏蔽，对吗？”

“对。”

我开始测试。不处于本征态时，QUSP将重新恢复完全屏蔽状态。只不过这次，它不再间断性暴露在外部世界，而是暴露在第二台量子计算机里。若塞尔达再次分裂成多个分支，那么她纠缠的只是一个虚假的环境，所有证据仍在我们掌控之中。

推测认为裂变没有发生，测试结果为：一致。一致。一致。

我们和团队一起出去吃晚饭，法兰欣借口头疼，提前离席。不过她坚持让我留下来把饭吃完，我同意了。她不是那种做作的人——表面大度，其实心里想要你和她一起走。

待法兰欣走后，玛利亚转向我说：“这么说，你们俩真的打算养一个科学怪胎吗？”自打我认识她以来，她就喜欢在这个话题上揶揄我，但只要法兰欣在场，她就不会表现出来。

“我们还没说定呢。”法兰欣刚走，我们就开始讨论这个话题，搞得我自己也不太舒服。没错，当初我申请加入团队的时候，的确坦诚了我的真实目的，毕竟我不能把合作对象蒙在鼓里，否则也太不厚道了。如今，我所需的技术多多少少算是开发完成了，这个目的反而变得更像是私人问题。

卡洛斯语气轻快地说：“没什么大不了的。现在不都好几个了吗？苏菲、莱纳斯、西奥，可能还有一堆，只是没有公开罢了。难道你还担心本以后的孩子找不到朋友吗?”过去四年里，自主开发人工智能(缩写为Adai，阿代）每过几个月就要引起一番争议。瑞士研究者伊莎贝尔·希布将旧的形态发生模型（塞尔达这类软件就是基于此模型开发的）改进了好几个数量级，然后将这项技术应用到人类遗传数据之中。伊莎贝尔所创造的人工智能还装配了复杂的人造身体，可以生活在现实世界中，和普通小孩一样，通过自身体验来学习。

润摇摇头，反对说:“我不会抚养一个没有合法权利的孩子。你死后他怎么办？总有一天，他会变成别人的私有财产。”

我和法兰欣曾讨论过此事，“难道再过十年二十年，不会有对应的公民法出台吗？一定有地方会出台的。”

润哼了一声：“二十年？美国用了多少年才解放黑奴?”

卡洛斯插话道:“谁专门创造阿代就为了当奴隶使唤？你想要听话的东西，不如直接写个普通软件。你想要它和人一样有意识，直接雇人更便宜。”

玛利亚说:“这和成本高低无关。事物的本质才是决定人们对其态度的根源。”

“你是说以后会出现针对阿代的排外情绪吗?”我说。

玛利亚耸耸肩，“你这话说的，这不是种族歧视，他们又不是人类。如果软件拥有自己的目标，想做什么就做什么，事态会如何发展？第一代让第二代变得更好、更快、更聪明，第二代又被第三代超越。过不了多久，人类在他们面前就像蚂蚁一样。”

卡洛斯抱怨道:“又来这套陈词滥调的谬论！说什么‘人类之于某某，就好比蚂蚁之于人类’，如果这么类比就能解决问题，那我完全可以按这种逻辑，推导出南极等于赤道。”

我说：“QUSP的运行速度不比人类大脑快。我们要保持较低的转换速率，让维持屏蔽的要求不会太严苛。确实，最后可能还是需要调整一下参数，但并不是说阿代在操控QUSP方面就一定比你我都要强。至于说他们的后代变得更加聪明这件事嘛……就算瑞士希布的团队获得全面成功，他们做到的也不过是将人类神经发育从一种培养基转移至另一种培养基而已。他们并没有将整个发育过程进行‘改善’——不管这种改善意味着什么。所以说，如果某个阿代在某方面比我们强，那和人类下一代的孩子所共有的优势并无区别：都是继承上一代经验的文化传承。”

玛利亚皱起了眉，但她没有马上反驳我。

润干巴巴地说：“但他们不会老死。”

“确实，这点说得没错。”我承认道。

我到家时，法兰欣已经醒了。

“头还疼吗?”我轻声问。

“不疼了。”

我脱了衣服上床，躺在她身边。

她说：“我现在特别怀念咱俩以前在网上裸聊那种感觉。”

“那你别整复杂了，我都生疏了。”

“吻我。”

我开始亲吻她，动作很慢，很温柔，她躺到我身下，身体变得柔软。“再过三个月，”我承诺，“我就搬到伯克利去。”

“那你岂不成吃软饭的了。”

“请叫我‘免费的高质量保姆’。”法兰欣听后，一时有些僵住。我连忙说：“以后再谈这事吧。”我继续吻她，但她把脸转开了。

“我很怕。”她说。

“我也一样。”我安慰她，“但这是好事，所有值得做的事都会让人害怕。”

“但不是所有让人害怕的事都是好事。”

我翻过身，躺在她身边。她继续说：“一方面，这事很简单。给予孩子真正自己做决定的权力，这恐怕是最棒的礼物了。她无须一次又一次被迫放弃自己本可以做出的更好的判断，这就是我们能为她做得最好的一件事。所以从这方面来讲，这事很简单。

“可另一方面，我身体的每个毛孔都在反对这件事。当她知道自己的本质后，她会有怎样的感受？她以后怎么交朋友？她的归属感在哪儿？她会不会责备我们制造出了她这样一个怪胎？又或者，我们是不是在剥夺她自己最珍惜的能力：她宁愿体验无数种生命，也不想在诸多的可能性中做出选择？万一她将自己的能力视作一种诅咒怎么办？”

“她随时都能把QUSP的屏蔽关掉呀，”我说，“等她明白了其中道理后，完全可以自己选择。”

“这倒没错。”但是法兰欣听起来情绪尚未平复。其实不用我提，她也早该想到这点，问题在于她追寻的并不是具体的答案。我们体内源自人类所有基础的本能都在尖叫，想要阻止我们干出如此危险、违背自然而且狂妄的事——但本能的出发点只是为了保存我们的名誉，而并不是想保护我们的孩子。对于任何人而言，假如小孩子有一天对自己的出生心存怨恨，相信没人会去责备父母，除非父母真的是那种管生不管养的人。打个比方，如果我因为不满自身现状，继而对我父母横加责难，你觉得社会舆论会偏向哪方呢？但若换作我和法兰欣，无论孩子以后哪方面存在问题，都会成为社会鞭笞我们俩的理由，而至于我们为了孩子付出了多少心血，进行了多么深刻的反省，没人会在乎。为什么？因为全世界所有人都愿意自然生养孩子，而我们俩却竟敢逆其道而行之，无疑是冒天下之大不韪。

我说：“你今天也见到塞尔达分化出了那么多分支。你仔细琢磨一下，其实同样的事情也发生在我们所有人身上。”

“是的。”当法兰欣承认这点后，我内心深处仿佛有什么东西碎了。从始至终，我都不想让她体会我当时的那种感受。

但我没有停下来，“所以呢？你会情愿将自己的孩子置于不断分化的处境中吗？孙辈，曾孙辈呢？”

“不愿意。”她回答。从她的声音中，我感觉到她带着一丝对我的恨意。都是我的执念带来的诅咒。在她遇见我之前，她可以轻松选择既相信又不相信多宇宙论，接受与否并不重要。

我说：“没有你，我无法继续。”

“你可以的，而且比其他选择更容易。你又不需要陌生人给你捐卵。”

“我的意思是，我需要你的支持。只要你一句话，我也可以就此打住。但我们已经把QUSP造出来了，也证明了这件事的可行性。就算我们两个不去走最后一步，在未来的十年二十年里，总会有人走的。”

“可即便我们不做，总有一个分支里的我们会做。”法兰欣讽刺地说。

我说：“没错，但这种思考没有意义啊。到最后，我只能假装自己真的在做选择，否则我什么事都干不了。换谁都一样。”

法兰欣沉默良久。无论她做出何种选择，几乎可以确定两种结果都必然会出现，我盯着黑漆漆的房间，尽力不再去纠结这点。

终于，她张口了。

“那就至少让我们的孩子不用再假装了吧。”

2031年

伊莎贝尔·希布将我们迎进她的办公室。她本人看上去并没有视频上显得那么令人生畏。倒不是长相或言行上有不同，只是她周边环境使然，一切都是那么平常。我一度想象她住在某栋冷冰冰的高科技大楼里，而事实上这里只是巴塞尔[1]一条小巷里的几间狭小的屋子。

寒暄过后，伊莎贝尔直奔主题："你们的申请通过了，今天晚些时候我会把合同寄给你们。"

我惊慌得喉咙发紧。我不是该开心吗？可现在只觉得心里没底。每年，伊莎贝尔团队只会通过三个阿代的申请。申请者数以万计，最终筛选出的入围名单里只剩大约一百对夫妇。于是，我们专程来到瑞士，参与最后的甄选，最终阶段是由平常处理收养手续的机构进行的。历经一系列访谈、问卷、性格测试和场景挑战后，我对自己说，一切的努力都会导向最终胜利的，但其实这不过是振作精神的话术而已。

法兰欣平静地说："谢谢。"

我咳了一声，"你对我们的提议还满意吗？"我还沉浸在刚才的震惊中，如果有什么足以让我们反悔的附加条件，她最好现在就说出来，不然很快我就会将一切当成理所当然。

伊莎贝尔点点头，"我从不在其他领域假装行家，但是我让几位同事评估了QUSP的设计，我觉得它完全可以用作阿代的硬件形式。至于多世界诠释嘛，我还是持不可知论的态度，所以我不赞同你们关于QUSP有多么不可或缺的观点，但是千万别误会，我不会因此判定你们是怪人，取消你们资格的。"说着，她微微一笑。"我见过的某些人，那才叫奇葩呢。"

"我相信你们一定会真心实意地对阿代好，因为你们既没有技术恐惧症，也不是技术狂热分子，而这两种情况都会导致与阿代的关系变得扭曲。还有请记住，在你们监护期间，我有权探访。如若发现存在任何违反合同条款的情况，你们的执照都会被吊销，然后就会由我来接管阿代。"

---

1. 瑞士第三大城市。

法兰欣说：“您觉得我们这种监护会迎来美好的结局吗？”

“我一直都在游说欧洲议会，”伊莎贝尔回答道，“当然，再过几年，等几位阿代长大一些，他们就能亲口描述自己的个人体验，为游说提供帮助。但是我们不能坐等那天，一定要提前做好准备。”

我们陆陆续续聊了个把钟头，谈到了很多话题。伊莎贝尔在躲避媒体关注方面已经成了专家，她答应把一本相关手册随合同一道寄给我们。

“你们想见见苏菲吗？”伊莎贝尔问，仿佛才想起似的。

法兰欣说：“那太好了。”我们俩看过一段苏菲四岁时接受心理测试的视频，但一直没机会和她聊天，更别说见面了。

我们三人一同离开办公室，伊莎贝尔驱车将我们带至她家，位置在城郊。

在车上时，现实感再次将我包围，心脏开始怦怦跳，又有些喘不过气来，同样的感受也出现在十九年前，法兰欣在机场告诉我她怀孕那次。当时还没有数字受孕，但如果性生活也会带来像生养阿代这般高的风险和责任的话，哪怕只有一半，我也会选择一辈子禁欲。

“不要纠缠，也别质问她。”伊莎贝尔停车时提醒我们。

我答应道：“请放心。”

伊莎贝尔喊道:“马可！苏菲！”我们跟着进了门。在走廊另一边，传来了孩子咯咯的笑声，还有一位成年男性的声音，在用法语低声说着什么。接着，伊莎贝尔的丈夫走了出来，他是个黑发的年轻人，面带微笑，苏菲骑在他肩上。一开始我不敢看苏菲，只是礼貌地对马可回以微笑，同时沮丧地发现他至少比我年轻十五岁。我都四十六了，怎么还想着来干这事？随后，我抬起头，看着苏菲的眼睛。她盯着我看了一会儿，好奇但很镇定，不过她很快就变得害羞，把脸埋进了马可的头发里。

伊莎贝尔用英语介绍了我和法兰欣。苏菲从小就会说四种语言，当然在瑞士这种国家算不得很稀奇。苏菲张口说了声“你好”，但不敢抬头看。伊莎贝尔说：“来客厅坐吧，要喝点什么吗？”

我们五个人喝着柠檬水，成年人之间进行着礼貌肤浅的谈话，苏菲则坐在马可腿上，不停地扭动着身子，偷偷瞟着大人。她看上去就像是个普通的六岁女孩，稍微有些笨拙。她的头发和伊莎贝尔一样，是稻草色，眼睛和马可一样，是棕色。无论按法律规定，还是做基因检测，只要不说，所有人都会认为她就是他俩的亲生女儿。我读了读她身体的技术规格，然后看了一个她身体早期版本的视频，太真实了，而且与伊莎贝尔所有设计成就相比，真实只是其中最不起眼的部分。看着她喝饮料，扭身子，坐不住的样子，这副身子就是她的，正如我的身子就是属于我的一样自然。她不是被操纵的木偶，没人通过她的脑子提着看不见的“线”摆弄她。

“喜欢柠檬水吗？”我问她。

她盯着我看了一会儿，似乎在思考这个冒昧的提问到底有没有冒犯到她，然后她回答说：“喝了会痒。”

回酒店的出租车上，法兰欣紧紧握着我的手。

“你还好吗？”我问。

“当然了。”

走进电梯后，她哭了起来。我伸手搂住她。

“我们的女儿今年该十八岁了。”

“是的。”

“你觉得她是不是在某个地方还活着？”

“我不知道，这么想会不会不太好？”

法兰欣擦掉眼泪，“不，她要来了。我要见到她了。再过几年，我的女儿就要回来了。”

登机回家前，我们去了一家小型病理实验室，留下我俩的血样。

在女儿出生前的一个月，她的五具身体送到了。我全部拆开，在客厅地板上排成一排。这些身体肌肉松弛，眼球上翻，与其说像熟睡的婴儿，更像是惨兮兮的木乃伊。我没有理会眼前的惨境——就把它们当作衣服好了。唯一不同的是，我们没能提早为它们买好睡衣。

从布满褶皱的粉红色新生儿身体，到胖嘟嘟的十八个月婴儿的身体，眼前的递进让我觉得荒诞吓人——即便是人类儿童，排除掉重病或营养不良的情况，也很难对他的发育做出精准预测。几周前，法兰欣的一个同事训斥我们是把“机械决定论”强加给了孩子。虽然他的论点从哲学角度而言比较幼稚，但当未来以确定的模样铺陈在我面前时，我还是起了一身鸡皮疙瘩。

事实上，现实作为一个整体来说是注定的，无论大脑是否能获得QUSP的帮助，在任意时刻的多宇宙的量子态都将决定整个未来的走向。个人体验每次都受限于其中一条分支，因此对个人而言，你当然觉得未来没有注定，因为你无法预知分裂时你会进入哪条分支，但你不能预知未来的原因，正是因为未来包含了“所有可能”。

对于安装了QUSP的个体而言，唯一的不同在于分支不会因为你个人的决定而发生裂变。虽然整个世界看上去仍然显得不可预测，但你做出的每个选择都仅仅取决于两个条件：你是怎样的人，和你现在处境如何。

世间美事莫过于此吧？当然，所谓你是怎样的人，并不是指你的基因或社会学档案。你在夜晚的天花板上看见的每一道阴影，飘过天空的每一片云，都会在你的心灵上留下小小的印记。虽然从多元宇宙角度出发，上述所有事件也是完全注定的，每一种可能性都会被不同的你所目睹，但最重要的是，没人能根据你的基因组和履历来提前规划你未来的一举一动。

在宇宙诞生之初，这世间万物，包括我们女儿做出的所有选择，都已经注定好了。但她只有真正成为她自己，才能在人生中解码早已确定的信息。她的行为将源于她的性格、原则和欲望，虽然以上所有品质都会事先确定好，但丝毫不影响它们的价值。自由意志这一概念很模糊，于我而言，它的意思无非是你的选择或多或少与你的本性相一致——反过来说，自由意志是无数种不同影响力之间的共识，它是暂时的，不断变化的。我们不会剥夺女儿行为任性，乃至乖张的自由，但至少她有机会完全按照自己最理想的状态行事。

趁着法兰欣还未回，我赶紧把五具身体收拾起来。我倒不是怕她会被吓到，主要是不想让她去量尺寸，然后又买一堆衣服回来。

生产于12月14日星期日凌晨开始，预计约持续四个小时，具体时长取决于网速。我坐在婴儿房里，法兰欣在外面的走廊里踱步，同时盯着从巴塞尔传来的数据。

伊莎贝尔利用我们的遗传信息，采用“自适应分级”模型，启动了“子宫”内完整胚胎的模拟发育，同时为中枢神经系统保留最高的解析度。此时，QUSP接手任务，它不仅负责运行新生儿的大脑，还负责运行大脑外的数千项生化过程，她的人造身体是没有这个功能的。人造身体除了生成复杂的感觉和运动外，还可以摄入食物，排泄废物——主要出于心理和社会目的，同时获取化学能——身体还能呼吸、氧化的同时，也方便发声，但是身体里没有血液、内分泌系统，也没有免疫反应。

我在伯克利造的QUSP没有圣保罗的大，但仍然比婴儿头骨宽了六倍。所以在小型化前，我只能将女儿的脑子先收进盒子里，放在她房间的角落，通过无线数据与身体连接。毕竟这里是旧金山湾区，应该不存在网络带宽和延迟的问题。在她的大脑同身体合并前，如果需要带她出远门，我们随身携带QUSP就行，它不笨重，也不是易碎品。

我将视网膜上的进度条覆盖在QUSP一旁，数值变成98%时，法兰欣走进房间，显得焦躁不安。

“推迟吧，本，就推迟一天，我现在还没准备好。”

我摇摇头，“你自己说的，如果要做，就不能停，我答应了你的。”她甚至还曾严禁我告诉她关掉QUSP的方法。

“就几个小时。”她恳求道。

法兰欣看上去真的很忧虑，但我还是铁了心告诉自己她在假装：她在考验我，看我是否能信守承诺。“不行，不能推迟，也不能提前，不能暂停，什么都不能动。她就和其他孩子一样，是一列出了站的列车，该什么时候来，就什么时候来。”

“那你要我现在就开始分娩吗？”她讽刺地说道。此前，我曾半开玩笑地和她说要不要接受激素疗程，通过激素模拟怀孕的影响，这样有利于建立亲子关系——对我也一样，只不过是间接的——但她听完后恨不得踹死我。我当然不是认真的，因为没这个必要。收养孩子的家庭就是最好的证明，何况我们更像是从代孕者手中取回自己的孩子。

“把她抱起来就好。”

法兰欣凝视着婴儿床上呆呆的小家伙。

“我做不到啊！”她突然号啕大哭，“我去抱她，应该要让她觉得她是我在这世界上最爱的人，可我心里明白，哪怕把她甩到墙上，她也不会受伤，怎么能让她相信呢？”

还剩两分钟，我的呼吸变得急促。我随时可以发送停止代码，关掉QUSP，但那样很可能就开了个不好的头。比如，我们哪天觉没睡够，或者法兰欣上班要迟到了，又或者我们自认为带这个特殊的孩子太辛苦了，该给自己放个小假等等……这种事只有第一次和无数次，不是吗？

我给了法兰欣两个选择：要么你去抱她，要么我去。我缓了缓语气，接着说：“要是你真的扔她，会对她造成很大的心理阴影。不要害怕传达不出你对她的怜爱，担心本身就已经是个很强烈的信号了，表示你是关心她的，她能感受得到。”

法兰欣看着我，眼神充满怀疑。

我说：“她会的，肯定会的。”

法兰欣将手伸进婴儿床，把软软的小身体抱入怀中。看着她怀抱这具毫无生气的躯体，我只觉得心底涌起一阵焦虑：当初我给女儿五具身体拆箱时都没有过这样的情绪。

我关掉视网膜上显示的进度条，决心在最后几秒里什么都不关注，就只看着自己女儿，等着她动起来。

她的拇指抽搐了一下，虚弱的双腿开始动弹。我看不见她的脸，只好观察法兰欣的表情。有一瞬间，我以为自己会看到她的嘴角因为害怕而绷紧，似乎想躲开眼前这副获得生命的躯体。但很快，宝宝开始踢腿，嗷嗷大哭，法兰欣也终于掩盖不住开心而流下了眼泪。

法兰欣把宝宝抱到跟前，在她褶皱的前额上亲了一口。看到此情此景，我心中闪过一丝不安：就这么简单，女儿唤醒了法兰欣最柔软的一面，可如果使用游戏和电影里那种激活人物的软件，同样也可以做到。

但还好没有发生。如今，我们终于走到了这一步，一路历经艰辛，对我们如此，对伊莎贝尔所经历的一切更是如此。这和女娲造人不同，我们所做的，只是从这条四十亿年之久的河流中引出了另一条涓涓细流。

法兰欣让女儿靠着她的肩，前后摇着她，问道：“本，奶瓶拿了吗？”我迷迷糊糊走去厨房，就连微波炉好像都预料到家中有喜，提前备好了配方奶。

我走回婴儿房，将奶瓶递给法兰欣，“喂奶前能让我也抱抱她吗？”

“好啊。”说完，她俯身吻了我一下，把孩子递了过来。我接过来，像从前抱亲戚朋友家孩子那样，用一只手兜住她的后脑勺。她的重量适当，头沉沉的，脖子一跳一跳，感觉和正常婴儿没什么两样。她一边哭，一边挥动手臂，但双眼依旧紧闭着。

“乖女儿，该叫你什么名字好呢？”我们当初列了一个单子，挑来挑去还剩下十几个选项，结果法兰欣拒绝提前定下来，说要等到女儿出世再决定。“你决定了吗？”我问。

“就叫她海伦吧。”

我看着怀里的女儿，觉得海伦有点太老土了，至少有些过时了。老奶奶才叫海伦吧，跟海伦娜·伯翰·卡特[1]一个名儿。我傻笑起来，这时她睁眼了。

我手臂上汗毛立起。她黑黑的大眼睛还没找到我的脸，但是她知道我的存在。爱与恐惧同时流遍我全身，我真的能给予她需要的一切吗？即便我每次做出的判断都无懈可击，我真的有足够的能力去执行吗？

可是，我们就是她的全部。我们会犯错，会迷失，但是我必须坚信，一定会有股力量坚持下去。我此时此刻所涌出的父爱和决心，一定会在所有不同版本的我身上有所体现，而现在这一刻就是源头。

我说：“就叫你海伦吧。”

2041年

“苏菲！苏菲！”海伦跑到我们前头，朝着到达口狂奔，伊莎贝尔

1. 海伦娜·伯翰·卡特（1966— ），英国著名女演员，代表作有《搏击俱乐部》《哈利·波特与混血王子》《爱丽丝梦游仙境》《国王的演讲》等。

和苏菲已经在那儿等着了。苏菲今年差不多十六岁，正是不喜欢表露情感的年纪，但她还是冲我们笑着挥了挥手。

法兰欣问我："有没有想过搬去欧洲？"

"如果欧洲第一个立法的话，可以考虑。"我回答道。

"苏黎世有个挺适合的职位。"

"这么大动干戈就为了俩孩子能在一块儿？我倒觉得大可不必。其实像这样时不时聚聚或者网上联系反而更好，毕竟她们各自还有其他伙伴。"

伊莎贝尔走上前，分别亲吻了我们俩的脸颊。最初几次的时候，我还有点怕她过来，而现在她倒更像是个有些蛮横的亲戚，而不是过来指出不当行为的儿童保护官员。

苏菲和海伦跟上我们。海伦扯了扯法兰欣的袖子，说："苏菲交男朋友啦！叫丹尼尔，她给我看了他的照片。"她一只手放到额头上，露出一脸八卦的笑，

我看了眼伊莎贝尔，她说："丹尼尔和她是同学，小伙子挺乖的。"

苏菲尴尬地苦笑："三岁小孩才用乖这个字呢。"接着她转向我，说："丹尼尔很帅，特别成熟，特别理智。"

我觉得好似有块铁砧子砸到了胸口。当我们穿行在停车场时，法兰欣压低声音悄悄说："差点犯心脏病了是吧？海伦还早呢，你还有时间适应。"

车辆穿过大桥前往奥克兰，海湾的水面在阳光下熠熠生辉。伊莎贝尔介绍了欧洲议会委员会最近一次会议对阿代权利的讨论。他们提出了一项提案，认为无论什么系统，只要包含大量人类DNA信息，且依此类信息行动，均应将它认定为人类。该提案获得了不少支持。虽然严格来说，"人"这一概念很难定义，但大部分反对声音的理由都很搞笑，根本站不住脚："人类蛋白质组数据库是人吗？哈佛生理模拟

参考数据也是人吗?”哈佛生理模拟参考数据只是根据进出大脑的物质——即血液——进行建模，模拟体本身并没有人格，并没有谁被关在里面静静变疯。

夜色较晚时，两个女孩儿都上楼睡觉了，伊莎贝尔开始温柔地考问我们，我则尽量让自己不显得太咬牙切齿。当然，我并不是责怪她认真负责的态度，但是，即便父母都不是好人，靠欺瞒通过了筛选，刑法中对此却也没有任何补救的条款。换句话说，除了养育许可合同项下对我们一方义务的规定，没有任何东西可以保证海伦能受到人道的待遇。

“她今年看着还不错，看来她挺适应的。”伊莎贝尔说。

“是的。”法兰欣回道。海伦没有接受公立教育的权利，而大多数私校要么公开敌视阿代，要么用各种借口搪塞我们——比如根据保险条款，海伦会被归类为危险机械(伊莎贝尔和航司达成了妥协：每次飞行时，必须将苏菲断电，看上去就像睡着了，要不然就只能将她铐起来，或者塞到货舱里)。我们联系的第一家社区学校没有答应，不过最后在伯克利校园附近找到一家学校，家长们都欢迎海伦去那里上学。终于，海伦不用去上网校了。其实网校并不差，但一般只接受因交通不便或疾病等不可克服的原因而无法正常上学的孩子。

伊莎贝尔没有提出任何不妥或建议，直接和我们道了晚安。我和法兰欣在壁炉前坐了一会儿，相互微笑。终于有了一次完美的记录，太好了。

翌日一早，我的闹钟提前一个小时就响起了。我赖了一会儿床，让脑子先清醒清醒，再询问知识挖掘器为何这么早把我叫醒。

原来，伊莎贝尔此次到访成了美国东岸某些媒体的头条。有一些爱插手的美国国会议员一直在关注欧洲的动态，而且很不喜欢目前动态的走向。他们宣称，伊莎贝尔偷偷潜入美国想要煽动动乱。但其实伊莎贝尔不止一次提出，随时可以去美国国会解释她所做的工作，但议员们从未接受。

目前尚不清楚到底是记者，还是反阿代分子获取了她的行程，并依此挖掘出了更多的细节。如今，各种版本的故事已在全美蔓延，抗议者纷纷在海伦学校的外面聚集。我们曾遇到过发宣传资料的疯子和社会活动分子，可这一次知识挖掘器给我播放的画面却格外令人不安：此时是清晨五点，但人群早已将学校围得水泄不通。我脑中闪过自己少年时看过的某些新闻画面，是一群北爱尔兰的年轻女学生，冒着危险在一群持反对意见的政治团体抗议人群前奔跑。但我已记不清哪边是天主教，哪边是新教。

我叫醒法兰欣，和她说明情况。

“干脆让她待家里吧。”我提议。

法兰欣看上去很犹豫，但最后还是同意了，“等周日伊莎贝尔回家后可能就没事了。就让她休息一天吧，算不上向这群暴徒屈服。”

吃早餐时，我告诉了海伦发生的新闻。

“我可不想躲家里。”她说。

“为什么？你不想和苏菲混在一起吗？”

海伦被逗笑了，“混在一起？那不是嬉皮士才说的话吗？”在她个人对于旧金山的历史认知中，任何发生在她出生前的信息均与嬉皮区游客博物馆中的描述一样过时。

“那就聊聊八卦，听听音乐，用你们认为合适的方式进行社交互动都行。”

她考虑了一下最后那个开放选项，“购物呢？”

“当然可以。”虽然我们很可能正在被监视，但至少屋子外没有人群聚集。参与人数太多了，他们反而有些顾头不顾尾。也许其他父母会把孩子留在家里吧，门外举着标牌的抗议者也只能对着彼此乱叫。

海伦重新想了想，“算了。星期六再去购物吧，我还是想去学校。”

我瞥了一眼法兰欣。海伦继续说："他们又伤害不了我，我还留有备份呢。"

法兰欣说："被人指着鼻子骂，被羞辱，被推搡，这也不是什么愉快的事儿。"

"肯定不愉快，我知道，"海伦毫不在意，"但我就是不喜欢别人对我指手画脚。"

迄今为止，只有少数陌生人曾冲到海伦面前骂她，她的学校里也有些爱欺负人的小孩儿，暴力程度跟其他九岁的校园恶霸差不了多少（普通的校园恶霸，不涉及吸毒或精神异常的行为），但海伦从未面对过现在这种情况。我给她放了时事新闻，她依旧没有动摇。于是，我和法兰欣走到客厅商谈对策。

我说："我可不想让她去上学。"而且最重要的是，我现在有种几乎偏执的恐惧感，害怕伊莎贝尔会将整件事归罪于我们。实际点来说，她极可能反对我们让海伦暴露在抗议者面前，虽说这并不等同于她马上就会撤销我们的养育许可，但随着她对我们的信心被侵蚀，很可能会最终导致这样的结局。

法兰欣思考了一会儿，说："那我们两个和她一起，走在她身边，那帮人敢动她吗？但凡他们对我们动手，那就是故意伤害。如果他们想把海伦拽走，那就是抢劫。"

"话虽如此，但先不说他们敢不敢，海伦肯定免不了要被恶语相向。"

"本，她都在看新闻了，那些话她早听过了。"

"该死。"我听见伊莎贝尔和苏菲下楼吃早餐了，我还听见海伦语气平静地跟她们说着自己的计划。

法兰欣说："先别担心伊莎贝尔会怎么看了。既然海伦做了决定，她也清楚后果，而且我们还能保证她的安全，那就应该尊重她自己的选择。"

她的话语中隐藏着一丝怒火：我们经历了这么多风雨，不就是为了能让她自己做出有意义的选择吗？现在阻止她，岂不是太小人了？可她真的清楚后果吗？她才九岁呀。

但无论如何，我很钦佩海伦的勇气，也深信自己可以保护好她。

我说："那好吧。你给学校其他家长打电话，我来通知警察。"

我们一下车，人群就爆发出怒吼，一大波愤怒的人朝我们涌来。

我低头看着海伦，紧紧握住她的手，说："不要松开。"

她露出轻松的微笑，揶揄着我的小题大做，就好像我在提醒她去海滩千万别踩着玻璃一样。"没事的，爸爸。"随着人群靠近，她往后退。很快，各个方向都有人在推搡，抵着我们的脸大放厥词，唾沫星子四溅。法兰欣和我转过身面对面，双腿交叉，将海伦包围起来护在里面。虽然有种被人群淹没的恐慌感，但令我欣慰的是，至少她避开了和他们眼神对视。

"她是妖！妖精附在她身上！滚吧，妖女！"一位身着淡紫色高领衣服的年轻女子压在我身上，开始用方言祷告。

"哥德尔定理证明，量子坍塌背后的世界所具有的不可计算性和非线性，实际是佛性的表现。"一位穿着得体的年轻人嘴里在真诚地吟诵，寥寥几句话显示他根本不知道自己说的是什么意思。"因此，机器是没有灵魂的。"

"网络纳米量子，网络纳米量子，网络纳米量子。"一个自称是"海伦支持者"的人嘴里念念有词，他是个中年男子，穿着骑行短裤。他使出吃奶的劲儿把手往我们中间塞，想摸到海伦的头，顺便留点儿自己的皮屑下来。按照他们邪教的教义，等到海伦建立欧米茄点[1]时，可以凭此被海伦复活。我坚决地挡住他的手，同时尽可能避免伤到

1. 在本文中指人工智能取代人类的时刻。

他。最后，他就像一个被拒绝进入圣城的朝圣者一般抱头痛哭。

“真以为自己能长生不老吗，小仙女?”一个胡子拉碴的老人斜睨着把头探到我们面前，冲着海伦的脸狠狠啐了一口。

“死开!”法兰欣大骂道，然后掏出手帕，擦拭海伦的脸。我蹲下身，用手臂围住她们母女俩。法兰欣给她轻轻擦脸时，海伦的表情厌恶地扭曲了一下，但她没有哭。

我问:“要回车上去吗?”

“不用。”

“你确定吗?”

海伦皱起眉头，一脸恼怒:“你干吗老问呢?我确定吗?我确定吗?我看你才像电脑呢。”

“对不起。”我捏了捏她的手。

我们艰难地穿过人群。事实证明，抗议者的核心成员比最先冲到我们面前的那批神经病要理智、文明得多。我们走近校门时，他们还尽量腾出地儿让我们安全通过，但同时也冲着媒体镜头高喊口号:“医保要为人人，不能权贵独占!”抗议者的观点我无法反驳，的确有些富人会通过阿代的形式确保自身后代免遭疾病困扰，但他们的办法千千万，不止这一种，而且养育阿代反而是成本最低的方式之一。在美国，定制成人尺寸人造身体所需的总成本甚至比终生医保支出的中位数还低。禁止阿代并不能解决贫富差距，但确实会有部分人认为，拥有长生不老的孩子是终极的自私行为，我表示理解。这些人可能从未思考过未来几千年里，人类生育率和他们子嗣会使用多少资源。

我们穿过校门，世界瞬间变得空旷和寂静。抗议者只要闯入校园就会被立刻逮捕，很显然，他们当中没有一个和当年的甘地一样够胆。

在门厅里，我蹲下身，搂着海伦，问:“还好吗?”

“挺好的。”

“我为你骄傲。”

“你在发抖。”她说得对，我整个身子都在微微颤抖。不仅仅是因为刚才和人群的对抗，还有最终安然无恙进入校园后的放松。但我从未有过绝对意义上的放松，在我大脑深处，永远都无法抹去出现其他可能情况的画面。

一位名叫卡梅拉·佩尼亚的老师走了过来，神情坚忍。学校所有教职员工和父母心里都清楚，接受海伦入校之后，他们总有一天会遇上今天的情况。

海伦说：“我现在安全了。”说着，她吻了我的脸颊，又吻了法兰欣的脸颊。“你们放心走吧，我没事的。”她继续说道。

卡梅拉老师说：“今天有六成的孩子会来上课。还算不错，对吧?”

海伦沿着走廊往前，只转过身一次，不耐烦地朝我们挥手。

我说：“是啊，还不错。”

第二天，我们陪女孩儿们出门购物，一群记者趁机把我们一行五人围住了。不过，如今的媒体对官司特别敏感，所以在伊莎贝尔提醒说她此时正在行使“普通公民最基本的自由权利”后（这句话出自最近一起记者尾随明星的官司，罚款金额高达八位数），记者们只能作鸟兽散。

伊莎贝尔和苏菲返程那晚，我走进海伦房间，吻了她，随后道了声晚安。我转身正欲离开，她问道：“QUSP是什么?”

“是一种计算机，你从哪里听到的?”

“网上。他们说我有个QUSP，苏菲没有。”

我和法兰欣此时还没想好到底在什么时候以怎样的方式告诉她。于是我说：“是的，但这没什么，只是说你和她有些不同。”

海伦露出愁容，“我不想和苏菲不同。”

“每个人都是与众不同的。”我试图安慰她，“拥有QUSP就好像……一辆车拥有一台不一样的发动机，但人们还是能开它去同样的地方。”只是无法同时抵达所有的地方，我想。“你们俩还是能想干什么就干什么，你想要和苏菲一样，那也没问题。”这并不是假话，她们之间最关键的区别仍可以被消弭，只需关掉QUSP的屏蔽即可。

“我想和她一样，”海伦继续说，“下次我换身体时，不能把我换成和苏菲一样吗？”

“你的身体更新，更好。”

“但是其他人都没有，不光是苏菲，其他阿代也没有。”海伦清楚自己辩赢了——如果新的就是好的，为什么其他更年轻的阿代没有呢？

我说：“原因很复杂，你先睡吧，有空咱们再聊。”我给她掖了掖毯子，她气愤地瞪着我。

我走下楼，告诉法兰欣刚才和女儿的对话。“怎么样？你觉得是时候了吗？”我问她。

“也许吧。”她说。

“我本想等到她再大一点，能够理解多世界诠释后再说的。”

法兰欣想了想，说：“理解到什么程度才够呢？她要何年何月才能搞清楚密度矩阵？要是我们一直瞒着她，她只会从其他地方听别人说些一知半解的解释。”

我一屁股坐进沙发里，“太难了。”为了这一刻，我不知排演了多少次，但在我的设想中，海伦会比现在要大，而且世上也已有了好几百个同样使用QUSP的阿代。然而，现实中却根本没人走我们的路。支持多世界诠释的证据越来越多，但对绝大多数人来说仍可有可无。老鼠跑迷宫的版本也变得越来越复杂精妙，可无非就像是制作精良的游戏而已。人们既无法从一个分支前往另一分支，也无法偷偷观察其他分支中的自己——而且几乎永远无法实现。

“她是地球上所有具有意识的生物里唯一可以真正做出决定，并遵循决定的人，这样的话该怎么对一个才九岁的小女孩说呢？”

法兰欣笑了，“首先，别和她说你刚才那句话。”

“好吧。”我搂住她。我们面前是一片雷区，而我们不得不踏上这片危险的土地，但还好，我们还有对彼此的判断来相互约束，相互提醒。

我说：“会有办法的，会有的。”

2050年

凌晨四点左右，我终于忍不住点燃了一个月以来的第一支香烟。

随着暖和的烟进入肺部，我的牙齿开始打战，对比之下，我才意识到自己身体其他部分已经变得冰凉。烟头红色的火星是我视线所及之处最亮的点，但如果有红外相机对着我，我的模样就会像是一团燃烧着的篝火。烟经过肺部后折返，我就像是一只被毛球呛住了的猫，开始咳嗽。第一支烟总是如此，我在六十耳顺之年染上了吸烟的习惯，就这样断断续续抽了五年，我的呼吸道估计也不敢相信，自己竟然还是没能逃过这一劫。

这里是新奥尔良废墟西边的几公里处，我蹲在庞恰特雷恩湖泥泞的湖边，等了足足五个小时，一艘艘驳船到港，却没有等到我想见的人。我一直都想游进湖里去四处看看，但我的智能助手在湖面勾勒出一条鲜红色的线，那是家用雷达构成的护城河。而且即便我留在雷达防线外，也不能保证我不会被发现。

前一天晚上，我和法兰欣通过话，简明扼要地说了两句。

“我在路易斯安那，我感觉有线索了。”

“真的？”

“有结果我告诉你。”

“好。”

我已经快两年没见到法兰欣了。在出现无数次死局后，我们最终决定分头行动：她负责纽约到西雅图这一路，我则负责南方。起初，她决心将消极情绪放到一边，避免对寻人造成影响，但几个月过去后，她的决心变得不再坚定。我很肯定，在某天晚上，她一个人待在了某家了无生气的路边旅馆房间里，陷入了彻底的悲伤。我也经历了同样的情绪崩溃，但无论那发生在她崩溃前还是后，都无关紧要，因为我们没有一起经历，所以不是共同的痛苦，也不会让负担减轻一分。我们在一起四十七年了，如今算是头一次有了共同的目标，但我们却陷入了迷惘之中。

我是在巴吞鲁日[1]听说杰克·霍尔德此人的，当时我正在分析酒吧里七嘴八舌的人传出的各种流言。一般酒后闲聊都没什么实质内容：给假体装一个简单的软件——比微波炉还蠢的那种，就能造出特别听话的奴隶。毕竟，如果你买个假人放家里，朋友知道后会耻笑你买了个高级充气娃娃，为了挽回一丝尊严，你只能暗示他们说她是有意识的人造女友，显然不少人都选择这么干。

霍尔德则更加没有下限。我买了他这辈子的所有购物记录，他连续二十多年一直在源源不断地购买与人造人相关的色情片，十足的铁杆粉，又爱装；一半以上的片子题目里都有“警告声明”的字眼。但是三个月前，他停止购买色情片了。坊间传闻是他找到了更刺激的。

我抽完烟，拍了拍僵掉的手臂，让血重新流动。我猜她肯定不在船上。据我所知，她应该听到了布鲁塞尔的消息，目前正在赶往欧洲的路上。她一个人去欧洲的话必定困难重重，但说不定她身边有个忠诚可靠的朋友能搭把手呢？我的脑海中烙下了许多久远的记忆：我们

1. 美国路易斯安那州首府。

对她激烈而毫无意义的斥责，她的小偷小摸，她的自残。自从她在某个周五去了学校后，就再也没有回过家。无论发生了什么，无论她经历了什么，海伦都不再是那个愤怒的十五岁少女了。

从她十三岁起，我们之间的吵架就几乎没停过。她的身体本不需要接受青春期荷尔蒙涌动的刺激，但是她的软件却一直在毫无顾忌地模拟青少年的神经内分泌效应。有时，青春的懵懂似乎是种折磨，她本可以直接跳过这个阶段，跨入成熟期，但我们的基本原则就是不去修补和干涉，尽可能以最忠实的方式模拟出普通人类的发育。

每次争吵，她总能把我怼个哑口无言。“我对你们来说就是个物品！工具！爸爸的护身符！”因为我根本不在乎她是谁，她想要什么，我让她出生的唯一目的就是为了消除个人的恐惧（每次吵架后我都不睡觉，思考一些蹩脚的论点。比如，其他人生孩子的目的更为卑劣：多个人干活、出人头地、排解无聊、挽救失败的婚姻等等）。在海伦眼里，QUSP本身并无好坏之分——所以每次我提议关掉屏蔽，她都坚决拒绝，否则也太轻饶我了。而我由于自私，把她做成了一个怪胎，我让她和其他阿代不一样，只是为了慰藉我自己。“你想养一个单例体是吗？那你每次做出错误选择之后，直接给自己脑袋来一枪不好吗？”

她失踪后，我们担心她是被拐走了。但后来我在她房间里找到一个信封，里面是她从自己身体里取出来的定位器，还有一张纸条：别找我，我永远都不会回来了。

在我左边传来一阵声音，那是重型车辆的轮胎在泥泞道路上吱吱作响。我蹲下身子，隐没在杂草中。随着一声微弱的金属震动，汽车停住了。此时，驳船里放出一艘无人驾驶的汽船。我的智能助手已经捕获了汽车和驳船交换的数据流，属于特定的质询和回应口令，但是智能助手尚不清楚如何侵入系统，去模仿驳船船主发出的信号。

车上下来两个男人，其中一个就是杰克·霍尔德。星光暗淡，我看不清他的脸，但在他出入巴吞鲁日的餐厅和酒吧时，我就坐在离他几米远的地方，我的智能助手早已熟知他的身体特征：来自他神经系统和植入体散发的电磁辐射；他的身体对环境中微小变化产生的相容性与感应反应；还有微弱的伽马射线谱——他体内的放射性同位素含量有异常，因此射线谱不可避免，既是自然反应，又充满了末日核辐射的氛围。

我不清楚他旁边的人是谁，但很快就弄明白了他们的关系。

“先付一千，”霍尔德说，“完事再付一千。”他的身影朝着等候的汽船招了招手。

另一个人很疑惑，“怎么保证你的货没问题呢？”

“别用货这种字眼嘛，”霍尔德埋怨，“她不是货物。她是我的莉莉丝，我的洛-丽-塔，又辣又骚的发条小妖精。”我一度想象着顾客会因霍尔德过火的推销发出窃笑，更不会上他的当。巴吞鲁日的妓院就有公开的机器人妓女广告，由熟练的人类操作员操控，价格还便宜得多，就算他指望玩一个真正的阿代能带来什么特殊刺激，也没法确定霍尔德是不是背地里安排了同伙在暗中操控船上那具阿代的身体。而且说不好，他花了两千元，享受的却是霍尔德本人的操控手艺。

“好吧，但如果她不是真的的话……”

智能助手检测到了付钱收钱的声响，然后对此时的情况进行建模，就和往常一样推导出了下一步我想要的行动计划。它在我耳边轻声说道：“动手吧。”我立即照做，没有丝毫犹豫。十八个月前，我承受着现代化学能引起的各种痛苦和恶心，把自己调节成了随时听命智能助手指示的状态。不过，智能助手不能控制我的四肢——因为手术太复杂，我负担不起——但我拿了一套现成的编舞软件，做了一些适配性修改后装了上去，现在助手可以在我的视线内显示一些动作提示。我大跨步走出草丛，朝着汽船走去。

顾客被激怒了，“什么情况？”

我转向霍尔德，说："杰克，你想先要他吗？我帮你把他按住。"有些事情我觉得还是自己来比较好，所以没有交给智能助手，它设置界限就好，而我自己可以适当随意发挥，再根据环境适当调整。

霍尔德愣了好一会儿，然后冷冷地说："我压根儿就不认识这个神经病。"不过，由于他刚才沉默的时间太长，已经无法再赢得顾客的信任了。就在他伸手掏武器时，那名顾客往后撤，转身跑了。

霍尔德朝我慢慢走来，掏出枪，"你到底想干吗？你想要那个女孩儿，是不是？"他体内的植入体开始扫描我的身体——扫描行为很明显，毕竟也没有偷偷摸摸的必要——但我可是在巴吞鲁日足足跟了他好几个钟头，在我智能助手眼里，他早就像施工图一样被摸得一清二楚。星光给他披上了一层灰色，助手再在他身上覆上了一层示意图，将他的大脑、神经和植入体明明白白地标识了出来。他大脑皮质的运动区闪现出蓝光，犹如一群蓝色的萤火虫，这意味着他即将做一个奇怪的耸肩动作，但与放在扳机上的手指没有显著关联。就在他的神经信号即将示意植入体做出开枪动作时，助手提示我"躲闪"。

枪没有发声，但当我再次站直后，可以闻见子弹的硝烟味。我暂停思考，开始跟着舞步提示出手。只见霍尔德跨步前冲，把枪朝我甩来，我连忙侧过身，一把抓住他的右手，狠狠打了一拳，然后挥拳如雨，砸在他脖子一侧的植入体上。他有恋物癖，所以选择的植入体块头笨重，为的就是能从皮肤下凸显出来。霍尔德还算不上自虐狂，他的植入体并不僵硬，可无论生物泡沫材质有多软，只要你使劲压，也能变得像木头一样硬。在我拳头的攻击下，他脖子上的植入体被生生砸入了肌肉里，我把他的前臂向上扭，枪随即脱手，我赶紧一脚踩住，把枪踢进了草丛中。

超声透视显示，他的植入体周围正在积血。压力升高后我先停手，接着继续挥拳，肿胀的植入体就像一颗硕大的水痘炸开了。他跪倒在地，发出痛苦的哀号。我从后兜摸出一把刀，抵在他脖子上。

我让他解下腰带，然后拿过来将他的双手反绑。接着，我把他领到汽船上，等我们都上船后，我示意他下达必要的指示。他很不乐意，但还是照做了。我的内心没有任何感觉，仍在怀疑这场交易原本就是骗局，那驳船上的货色肯定跟巴吞鲁日妓院的没区别。

这是艘木制的旧驳船，散发着一股防腐剂和经久不散的腐败气味。舱室窗上是脏兮兮的塑料玻璃，除了反射的光什么也看不见。我让霍尔德紧紧贴着我，一起穿过甲板，如果船上有武装安保系统，但愿不要开火把我们俩都打死。

走到船舱门口后，霍尔德无奈地说："对她好点。"我的心提到了嗓子眼，连忙用手臂压住嘴，将突如其来的抽泣咽了回去。

我一脚踢开门，里面只有重重黑影。我大叫："亮灯！"，有两盏灯随即点亮，一盏在天花板，一盏在床边。海伦全身赤裸，手脚都被铐住了。她抬头看着我，接着发出撕心裂肺的痛哭。

我用刀抵住霍尔德的喉咙，"快把她解开！"

"链子吗？"

"对！"

"我没法儿解。那玩意不是智能的，已经焊死了。"

"工具在哪儿？"

他犹豫道："我车里有几把扳手，其他工具都在家里。"

我环视了一下船舱，然后把他带到一个角落，让他面向墙站着，接着我跪到床边。

"嘘，我会带你离开的。"海伦没有说话。我用手背摸了摸她的脸颊，她没有闪躲，只是不可置信地盯着我。"我会带你出去的。"木头的床柱比我胳膊还粗，链子的链节有我拇指那么宽。想徒手弄断锁链根本就是瞎折腾。

海伦的表情变了：我真的来了，她没有出现幻觉。她木然说道："我以为你们早就将我放弃，唤醒备份重新来过了。"

我说："我从来都没有放弃你。"

"真的吗？"她认真看着我的表情，"可能性是不是到顶了？现在就是最坏的可能，是吗？"

我没有答案。

我说："你还记得怎么断开知觉吗？就是每次换身体时那样。"

她露出一个淡淡的胜利者的微笑，"那当然了。"无论她忍受了多久的监禁和羞辱，她总是有能力将自己和身体的感知完全断开。

"现在可以吗？把这一切都翻篇儿？"

"可以。"

"我保证，你很快就安全了。"

"我相信你。"说完，她的眼球翻了上去。

我切开她的胸膛，取出了QUSP。

法兰欣和我都在各自车里带着海伦的备用身体和衣服。由于阿代无法乘坐美国国内航班，所以我和海伦只能沿着州际公路一路北上，前往华盛顿和法兰欣会和。到那儿后，我们会去瑞士大使馆申请庇护，伊莎贝尔早已替我们启动了相关程序。

海伦一开始很安静，几乎像是在陌生人面前一样害羞。到第二天，我们从亚拉巴马州进入佐治亚州后，她总算开始说话了。她跟我说自己搭便车从一个州到另一个州的故事，寻找可以直接进行电子现金结算工钱的临时工作，因为这样就不需要提供社保号，更不要生物识别ID。"摘水果这活儿最好干。"一路上，她结交了许多朋友，并向那些她认为信得过的人坦承了自己是谁。她现在仍不知道自己是不是被人出卖了，因为霍尔德是在一座桥下的流民营里找到她的，肯定有人暗中告诉了他海伦的具体位置，但也说不准是被某个多年前在媒体上见过她的"熟人"认了出来。我和法兰欣从未公开过海伦的样貌，也没有张贴过寻人海报或是在网上发帖，因为担心会给她招来麻烦。

第三天，我们驱车穿越南、北卡罗来纳州，旅途又一次陷入无话可说的局面。沿途风景宜人，田野里开满了鲜花，海伦显得很平静。也许这才是她此时最需要的——安全和平静。

随着天色渐晚，我觉得是时候打破沉默了。“有件事我从来没告诉过你，”我说，“在我年轻时发生的一件事。”

海伦笑了，“是不是你从农场跑了出来？厌倦了挤奶工的工作，所以加入了马戏团？”

我摇摇头，“我不喜欢冒险，就是一件小事。”然后我跟她讲了厨房帮工被袭击的事。

听完后，她思考了一会儿。“所以你才会制造QUSP？这就是你制造我的原因吗？一切都归结于那个在巷子里被打的人？”她听上去更多是困惑，而不是气愤。

我垂下头，“对不起。”

“对不起什么？”她问，“为我的出生而对不起吗？”

“不是——”

“又不是你把我扔到那条船上的，是霍尔德。”

我说：“可我把你带到了这个世界，这世上存在着像他那样的人。因为我，你成了他们的目标。”

“那假如我是真人呢？”她说，“你觉得没有像他那样的喜欢搞真人的家伙吗？或者你以为，如果你有个有血有肉的孩子，她就不会离家出走吗？”

我开始流泪，“我不知道，我觉得自己伤害了你。”

海伦说：“我不怪你那么做，恰恰相反，我更加理解你了。你在自己身上发现了一点善良的火光，所以想要保护起来，让火越烧越旺，我理解。我不是那点火光，不过没关系，我知道自己是谁，我知道自己可以有哪些选择，这让我很开心。是你让我有了这样的能力，我真的很开心。”说着握住我的手。“如果其他版本的我生活得更好，你面前的这个我会更高兴吗?”她笑了,“知道别人过得好可安慰不到自己。”

我让自己冷静下来,汽车提示我它预定的旅馆马上就要到了。

海伦说:“趁着这段时间,我思考了很多事情。先不管法律怎么规定,也别理会那些顽固分子,首先,所有阿代都属于人类的一员,而我也拥有所有存活于世的人都认为自己天然拥有的权利。无论从人类心理、人类文化还是人类道德出发,演变过程中一直都伴随着同一种错觉,就是认为我们活在一条单一的历史线上。那是错的——所以从长远来看,人类肯定要付出一些代价才行。可能我比较传统吧,我宁愿付出的代价是在身体上,也不愿破坏我们的身份认知。”

我沉默片刻,“那你现在有什么打算?”

“我想上学。”

“学什么?”

“还不清楚,什么都想学。但从长远来说,我还是清楚自己想干什么的。”

“说说看?”车辆驶离高速,前往旅馆。

“你开了个头,”她说,“但还不够。在数不清的其他世界分支里,QUSP还没有被发明出来——毕竟按目前的情况看,肯定有不存在QUSP的分支。如果我们独占它而不去分享,那还有什么意义呢?所有人都应该有自己做选择的权利。”

“想实现在不同分支间穿越可不是件容易的事,”我温柔地解释道,“困难程度和制造QUSP不是一个数量级。”

海伦笑着承认了这点,但她的嘴角仍露出一丝固执,在我看来,这是她日后将获得无数次小小胜利的一个开端。

她说:“给我点时间,爸爸。给我点时间。”

《人生选择题》,首次发表于英国《中间地带》杂志第176期,2002年2月。

The Best of Greg Egan

神　谕

于佰川 译

我们分开，为的是以全新的方式在一起，甚至比从前更亲密。

Awards
所获荣誉

2001 年 提名雨果奖最佳长中篇小说

2001 年 提名轨迹奖最佳长中篇小说

2001 年 获得阿西莫夫读者投票奖最佳长中篇小说

2001 年 提名银河光谱奖最佳短篇小说

1

在虎笼[1]中的第十八日，罗伯特·斯通尼不再奢求全身而退。

伸展肢体的渴望在夜里多次将他唤醒。在这个狭小的几何空间内，他花了几天时间才探索出能让自己勉强度日的姿势，却仍缓解不了内心的恐惧。第二周的日子比这难熬得多，剧烈的腿部痉挛让他以为肌肉都要在骨头上坏死了。这些痉挛源自一种更深处的紧迫感，他完全明白自身的处境。

这就是他所恐惧的。有时，他能找到降低不适感的法子，有时不能。不过，他总揪着一个念头不放，就是到头来这帮狗娘养的只能让他受点皮肉之苦。可惜事实并非如此。他们让他在夜深人静时为自由而神伤，体会到那种因悲恸或爱而生的彻骨之痛。他总是很珍视作为整体的自我：肉体与意识不可分割。但他并不乐见由此产生的必然后果：他们可以借助肉体，触碰他的每一部分，改变他的每一部分。

全新的折磨在清晨降临：花粉过敏。宅子位于乡村深处，午间万籁俱寂，只听得见鸟鸣。花粉过敏总是让六月变成对他来说最糟糕的月份，不过在曼彻斯特时还算可以忍受。他吃着他们给的早饭，鼻涕淌过面颊，滴到温热的燕麦粥里。他拿手背止住鼻涕，却没办法调整姿势将手在裤子上揩干净，一阵恶心让他战栗起来。很快他就得清空肚肠了。无论何时索取，他们都会提供夜壶，但要等上两三个钟头才会拿走。气味已经很不堪了，何况还占据了牢内宝贵的空间。

大约上午过半，彼得·昆特来访，“今天感觉如何，教授？”罗伯特

---

1. 一种极其狭窄、逼仄的牢房。

没理他。罗伯特曾调侃彼得·昆特[1]这名字很适合爱装神弄鬼的探子，昆特却皱着眉还以困惑的表情。从此以后，罗伯特每次跟他见面，都会想方设法地调侃对方，这虽然很狭隘，却能满足他的虚荣心。不过，此刻他大脑空空。事后看来，他无非就是想分散自己的注意力，这种荒唐行径既怪异，又毫无成效，好比在掠食动物啃他的腿时，还对着它宣讲哲学命题。

"生日快乐。"昆特愉快地祝福道。

罗伯特小心翼翼地掩藏住惊奇之色。他从未失去对昼夜的感知，但已经不在意时光的流逝，因为这无关紧要。在真实的世界里，忘记他自己的生日不过是无关痛痒的怪事。但在此地，这证明情况在恶化，他快撑不住了。

如果他即将垮掉，至少还可以先做防范。他尽可能地保持镇定，眼也不抬地说："你可知道，我在1948年几乎入选了奥运会的马拉松项目？要不是选拔赛前夕，我的髋关节受伤，当时就参赛了。"他试着发出自嘲的笑声，"我想，我从来都没有运动员的体魄。不过我才四十六，还没打算配轮椅呢。"这番话确实起了作用：他用这种方式既传达了乞求，又避免了彻底崩溃，既揭示了自己的恐惧，又避免了毫无保留地暴露自己所受的伤害已经深入骨髓。

他用斟酌过的悲腔继续诉说，希望传达出渴求公正对待的态度："我真的不希望因此而瘸腿。请你允许我站直，允许我保持健康。"昆特沉默了片刻，用同情的声调回答道："这有悖天性，不是吗？这般蜷缩、扭曲，日复一日地活着。反自然的生存方式总是有害的。我很高兴你终于意识到了这一点。"

罗伯特感到疲惫。他用了几秒钟才领会到其中的含义。竟这样直

---

1. 出自英籍美裔小说家亨利·詹姆斯的恐怖小说《螺丝在拧紧》，系该故事女主角声称看到的鬼魂。

白，这样毫无遮掩吗？之所以把他锁在笼子里这么久……就是想用这种笨拙的方式隐喻他的罪行吗？他几乎爆出笑声，但忍住了，“我猜你不知道弗兰兹·卡夫卡吧？”

“卡夫卡？”昆特从不掩饰对名字的渴求，“你的奸细同伙，对不对？”

“我想‘奸细’跟他扯不上关系。”

昆特有些沮丧，但还是怀有一丝期待：“那就是那个方面的问题了？”

罗伯特假装在认真思索，“我想也不是。”

“那干吗提他？”

“我感觉他会很欣赏你的策略，仅此而已。他可是行家。”

“哼。”昆特语气存疑，但并非完全不领情。

罗伯特第一次见到昆特是在1952年2月。就在那个时候的前一周，罗伯特的房子进了窃贼。阿瑟是和罗伯特在一起的年轻人，从圣诞节就住过来了，他承认自己把这儿的地址给了熟人。也许是阿瑟和那人串通好了要抢劫罗伯特，但在最后关头退缩了。不管怎样，罗伯特最后编了个不大可信的故事去找了警察，说自己在酒吧看到嫌疑人正在贩卖与他失窃的一模一样的电动剃须刀。没有人会因为这么站不住脚的证据遭到起诉，所以就算是阿瑟在撒谎，罗伯特也不用为后果担心。他只是单纯地希望能为调查出份力，找出更确凿的线索。

第二天，刑事侦查处的人来拜访罗伯特。他所控告的人之前就有案底，失窃当日录下的指纹与档案吻合。不过，罗伯特宣称自己在酒吧看到嫌疑人的时间有问题，那人当时已经因为其他指控被拘留了。

探员们想知道罗伯特为何撒谎。为了摆脱尴尬，他和盘托出了真实的情报来源。这有什么好难为情的呢？

“我和线人有私密关系。”

其中一名探员，威尔斯先生，不带感情地问道：“确切来讲，这是什么意思，先生?”罗伯特一股脑地把一切都坦白了，仿佛诚实必将得到奖赏。他本知道，严格来说，这当然是违法行为。可是，时下连在周日的复活节踢足球都违法。而他这种算不上什么严重的罪行，入室行窃才算。

警察和他一起待了几个小时，在纠正他错误的观念之前，尽可能收集了足够多的信息。他们没有立即起诉他，因为需要先得到阿瑟的口供。但是第二天早晨，昆特突然冒了出来，冷酷地宣布了留给罗伯特的只有两条路：三年监禁加劳改，或者重新拾起战时的工作——在昆特所在的情报部门担任顾问，每周只工作一天，待遇优厚——且对他的指控很快就会悄然消失。

一开始，他告诉昆特自己任凭法庭摆布。他已经愤怒到想要出庭反击荒谬的法律。昆特其实早就得意扬扬地暗示过，无论罗伯特和阿瑟是怎样的感情，事实就是：工薪阶层的后生阿瑟会得到比罗伯特宽大得多的处理，因为罗伯特理应为下层群体做表率，却反而将对方引入歧途。眼前的三年牢狱生活确实令人不安，但这还不算世界末日。马克一号[1]改变了他的工作方式，但要是迫不得已，有纸有笔就已经足够。甚至，就算是逼他把牢底坐穿，他也多半能卓有成效地靠做白日梦混过去。而且，他怀疑事情根本不会发展到那一步，毕竟昆特一直在危言耸听地劝服他。

但在昆特留给他做决定的二十四小时里，在某一刻，他丧失了勇气。用每周一天的时间，就可以免除审判的烦扰。尽管他手头有一件一生中极具挑战的工作——为胚胎发育建模——他还是会忍不住怀念往昔。那时，整个战列舰队的命运都取决于能否找到破译德军密码的方法。

如果向勒索屈服，那就说明你可以被收买。就算真有俄国人渗

1. 指巨人计算机，是英国军方在1943年开发的密码破译计算机。

透到曼彻斯特的警察部队，也别指望他们来救他。就算某个敌方的情报部门发出威胁，要向小报披露他私生活的翔实证据，以断绝当局对他的保护，他也毫不在意。毕竟，他已经没有机会澄清：自己与你情我愿的伴侣发生床第之欢，这跟国家安全毫无干系。但要是答应了昆特的条件，就把两者连在了一起。只要有了第一次自甘堕落的选择，就会无可避免地落入陷阱，陷入自我怀疑的旋涡：他抵抗不了敲诈，是容易诱捕的目标。他天性背信弃义。就算跟盖伊·伯吉斯[1]一起，在克里姆林宫的阶梯上被抓个现行也不过如此。

就算昆特和他的上级已经决定不再信任罗伯特，这都已经不重要了。现在的问题就在于——在招募他的六年后，虽然没有理由认为他以任何方式破坏了国家安全，但他们已经确信：现下既不能继续雇用他，也不能放他走，除非能消灭掉他身上那个起初用来摆布他的特征。

罗伯特经受了痛苦繁复的过程，才调整好自己的体态，以便直视昆特的眼睛，“你知道，如果一切合法，就完全没必要担心了，不是吗？为什么不把你那不择手段的天赋用到极致呢？去敲诈一些政客，成立个皇家委员会什么的。最多也就耗费你几年的工夫，然后我俩都可以继续干自己真正的事业了。”

昆特向他眨着眼，神色中的震惊盖过了愤慨，“你干脆说‘我们该把叛国合法化’好了！”

罗伯特张嘴想回应，但又决定还是别浪费力气。昆特并不是在陈述道德上的观点，只是想说：干他们这行的人，对于那种无须整日如履薄冰的生活并不向往。

罗伯特再次独处时，时间仿佛放缓了脚步。他的花粉过敏更严重

1. 盖伊·伯吉斯（1911—1963），英国外交官、苏联特工，于1951年逃到苏联。

了，不停地干呕、打喷嚏。就算此刻有行动自由，有无限量供应的松软亚麻手绢，他也一样会过得极度悲惨。他试着把注意力集中在几乎失去知觉的部位，终于能逐渐忍受这些症状了。到了下午三点左右，他的眼睛已被污物覆盖，肿得几乎睁不开了，这才终于能把思绪转回工作上。

过去四年，他专攻粒子物理学。他从战前就在断断续续关注这个领域，但直到1954年，杨振宁和米尔斯发表论文，用麦克斯韦方程来揭示电磁强相互作用，他才深受震撼，开始投入其中。

经过若干失败的尝试，他相信自己终于发现有效的方法，可以用相同形式的方程来表达引力。根据广义相对论，如果令一个四维速度矢量沿弯曲时空中的闭环运动一周，该矢量的方向会发生旋转——这一现象极易让人联想到核物理中的向量更为抽象的行动方式。在两个案例中，旋转都可以表示为代数结构，而传统的处理方法是使用一组复数矩阵来具体描述问题中的代数结构。德国数学家赫尔曼·外尔早在二十世纪二三十年代就列举了大多数可能的情况。

在时空中，有六种不同的方法可用来旋转物体：沿着三条互相垂直的空间轴转动物体，或是增加它在三条轴上的速度分量。这两种旋转是互补的，或者说彼此“对偶”：常规的旋转仅仅影响那些与相应加速过程无关的坐标，反之亦然。也就是说，你可以沿着——比如说x轴——去旋转一个物体，并在同一个方向给它加速，而这两个过程互不干涉。

罗伯特尝试用常规手段将杨-米尔斯的方法应用到引力上，却发现困难重重。直到他把旋转代数转化为一种新奇反对称的表达式后，其中的数学意义才浮出水面。他受粒子物理学家在构造左旋和右旋磁场时所用技巧的启发，将每一个旋转变量都与自身的对偶相结合，再乘以虚数i（-1的平方根），所得结果是四个复数维度中的一组旋转变量，而非四个常规时空中的实数，但在变量之间的关系上保留了原始的代数结构。

令“自对偶”旋转满足爱因斯坦方程，它就等价于一般的广义相对论，但对应的量子力学版本的推导过程则简单得惊人。罗伯特仍不知道该如何诠释，但就这种纯粹形式上的技巧而言，它效果绝佳——能把数学表达如此恰到好处地呈现出来，其中定有深意。

他花了几个小时沉思过往的结果，在心里反复核查、想象一切，希望能提炼出新的关联，可惜毫无进展。不过，日子总是有好有坏。他能把这么多时间用于自己在真实世界中本就要做的事，单就这点而言，已经算是重大胜利了——尽管在原来的环境里，做同样的事情是那么平庸，甚至令人沮丧。

然而到了晚上，胜利的喜悦就开始褪色了。虽然尚未完全丧失神志，但思维已经凝固，无法更进一步。在这种状态下，他还不如背诵博多电码[1]的32位乘法表来消磨几个小时，只为证明自己还没忘记。

屋内落满了暗影。他努力集中精神，已经筋疲力尽了。花粉过敏的症状是减轻了，但他现在既疲于思考，又疼得难以入眠。这儿可不是苏俄，不能关他一辈子。他只需和他们比拼耐心。但他们究竟何时才会放他走呢？没有经受痛苦和恐惧的昆特，或许有无穷的耐性去腐蚀他的决心。

月亮升起，在远处的墙上投下一处光斑。由于弓着身子，他没法直视，但脚下的灰暗增添了一抹银色，连周围空间的氛围也完全改变了。这洞穴般的屋子嘲弄着他被禁闭的模样，令他回忆起那些躺在谢伯恩男子中学的宿舍床上的不眠之夜。公学教育确实有个优势：不管后来混得多么糟，你都知道情况不会比这段过往更悲惨。

“这屋子一股数学的气味！去拿罐消毒剂来！”这就是他的年级主任表现自己是个文明人的方式——蔑视那个恶心的学科，鄙夷工程

---

1. 法国工程师博多于1874年获得专利的一种电报码，在二十世纪中期取代了莫尔斯电码。

和其他下等行业。至于罗伯特做的化学实验，比如那个美丽的碘酸盐变色反应，那是克里斯的哥哥教他的……

罗伯特感到腹部深处有一阵熟悉的疼痛。他想：现在不行，现在我承受不起。但往事席卷而至，违他所愿，不可阻挡。那时候，他常在星期三和克里斯在图书馆见面，就那样过了几个月，那是他们唯一能共度的时光。罗伯特当年十五岁，克里斯大他一岁。即使克里斯是平凡的，他仍能像异世界的来客一般熠熠生辉。在谢伯恩，没有谁还读过阿瑟·爱丁顿证明广义相对论的论述，或是《哈代数论》。其他人的眼界都局限在橄榄球比赛，或是沉迷于性虐待，或是幻想将来去牛津阅读经典，然后消失在机关文职的深渊中。

他俩从未有过肢体接触，更未曾亲吻。那时候，半个学校的人都沉溺于没有激情的肛交——想象女人太难，就用这种贫乏的方式代替。罗伯特羞于表白自己的感情，不仅因为羞涩，更因为害怕得不到回应。这没什么大不了的，拥有克里斯这样的朋友就已经足够了。

1929年12月，他们都参加了剑桥大学三一学院的入院考试。克里斯拿到了奖学金，罗伯特没有。他平复好别离之情，准备继续在谢伯恩待一年。这回没有人可以帮他挨过去了。克里斯将欣喜地去追随牛顿的脚步。这样想想，多少还算安慰。

但克里斯最终没能进入剑桥。二月时，在和病痛抗争了六天后，他因牛结核病撒手人寰。

罗伯特无声地哭泣。他生自己的气，因为知道自己的痛苦一半是出于顾影自怜，只是在利用悲恸作为伪装。他必须保持坦诚。一旦生命中的诸般不幸融为不可分辨的整体，他就会像头受惊的动物，无法再感知过去或未来，不顾一切地想要逃出樊笼。

就算此刻还没到达那个状态，也已经离得不远了，最多再需要几个像昨晚那样的日子。入睡，希冀着能放空片刻，体会睡眠给万物投上的一层寒光。入睡，然后带着窒息般的极度失落感醒来。

一个女人的声音从他前方的黑暗中传来："别跪着，快起来！"

罗伯特怀疑自己幻听了，他没察觉到有人踩过老朽地板发出的声音。

声音不再响起。罗伯特转了转身子，以便从地板往上看。结果，有个从没见过的女人站在几英尺[1]外。

女人语气愤怒。他透过肿胀眼皮的缝隙，端详她在月光下的面庞，这才意识到这种愤怒并非针对他，而是他的状态。她带着恐惧和义愤的表情注视着罗伯特，好似碰巧发现他被这样囚禁在某个看似体面的邻居家的地下室，而并非军情六处的地盘里。或许，她是被雇来的保洁员，对这里的事毫不知情？但这些成员必然都经过审查、受人监视，甚至还遭到终身监禁的威胁，不能迈出规定区域一步。

在那离奇的一刻，罗伯特曾疑心她是受昆特指使，前来哄骗自己的。这不算他们尝试过的最奇特的法子。不过，这女人身上散发出如此汹涌的自信——她可以胸有成竹地宣布自己的观点是权威的，并且值得受到重视——所以他知道，眼前的女人永远不可能被选来做角色扮演。女王殿下的政府里，没人会把自信当作女人的魅力所在。

罗伯特说道："把钥匙扔过来，我就让你见识见识罗杰·班尼斯特[2]的身姿。"

她摇了摇头，"你不需要钥匙。那已经过时了。"

罗伯特开始害怕了，因为此时，两人之间的栅栏已经没有了。但笼子不可能就这样从他眼前消失，一定是这女人在他沉湎于幻想时给弄走的。他费了好大劲儿才痛苦地把脸转向她，仿佛还被关在牢笼内，而他自己都还没意识到。

怎么弄走的呢？

---

1. 1英尺约等于0.305米。

2. 罗杰·班尼斯特（1929—2018），英国短跑运动员，神经学家，世界上第一个突破1英里跑4分钟大关的人。

他擦了擦眼睛，对自由的憧憬开始让他眩晕和颤抖。“你是谁？”难道是苏俄方面的特工，被派来把他从自己的国家解放出来？那她一定是个狂热分子或者异常天真的人，才能睁着无辜的大眼睛看他受折磨。

她走近一步，弯腰牵起他的手，“你觉得自己还能走动吗？”她的手掌很有力量，皮肤凉爽干燥，脸上全无惧色，好似在街上见义勇为，帮助跌倒的老人站起来——完全看不出是冒着当场被射杀的风险擅自闯入，去帮助某个威胁国家安全的人脱离治疗性拘留。

“我甚至不知道还能不能站起来。”罗伯特决心克服自己的困难，这女人或许是训练有素的杀手，但倘若他疼得叫出声，引来大批守卫，却还妄想她能轻松救自己走，这就太过分了，“你还没回答我的问题。”

“我叫海伦。”女人微笑着把他扶起来，立刻变得既像是好心的孩子，拽开了残忍猎人捕兽夹的大颚，又像是一头强大聪慧的肉食动物，正在估量自己的实力，“我来改变一切。”

“啊，很好。”罗伯特说道。

罗伯特发觉他可以蹒跚而行，虽然痛苦又不体面，但起码不需要被人背着。海伦带着他在屋中穿行，有些房间透出灯光，除了他们的脚步声，听不见一点声音，也找不到其他生命迹象。到达后门入口时，她拉开门闩，眼前是月光下的一片花园。

“你把他们全弄死了？”他悄声问道。他已经弄出太多噪音，竟能畅通无阻地走这么远。尽管有充足的理由看不起拘押他的人，可为了营救自己而搞这么一场大屠杀，还是会令他难以接受。

海伦有些局促不安，“那多恶心啊！有时真不愿相信，你们竟如此野蛮。”

“你是指英国人？”

“所有人!”

“我不得不说，你的口音很地道。”

“我看过好多电影，”她解释道，“大多数是伊灵[1]的喜剧片。不过，很难说这能起到多大作用。”

“的确。”

他们穿过花园，朝着树篱中的木制大门走去。鉴于对帝国主义者才搞谋杀这一套，罗伯特只好假设她给所有人下了药。

大门锁住了。地面有条鹅卵石小径穿越树篱，通向森林。罗伯特光着脚，但石子并不冷，地面轻微的凹凸也令人舒适，恢复了他脚底的血液循环。

他在途中回顾了目前的处境。能逃出牢狱，都得归功于这个女人。不过，他迟早得直面对方的真正目的。

“我不会离开这个国家。”他说道。

海伦喃喃地表示同意，仿佛他刚才只是随意寒暄了天气。

“而且，我也不会跟你讨论我的工作。”

“行。”

罗伯特停下来凝视着她。海伦说道：“把胳膊搭到我肩上来。”

他遵从了。海伦的身高正好可以很舒服地支撑住他。他开口问道：“你不是苏联特工，对吧?”

海伦被逗笑了，“你真这么想的?”

“我今晚可走不了多远。”

“当然不是。”他们一起走着。海伦说道：“大概三公里外有个火车站。你可以把自己收拾干净，在那儿一直休息到早晨，再决定想去哪儿。”

“难道他们不会第一时间查到火车站吗?”

---

1. 位于伦敦伊灵区的一个电影制片厂，出品了很多著名的喜剧电影。

"一段时间内，他们哪儿也检查不了。"

月亮高悬在树林之上。不会有比他俩更引人注目的组合了：一位穿着得体的美丽女青年，扶着一个衣衫褴褛、脏兮兮的流浪汉。如果有某个村民骑车经过，他们最好指望能被误认为是酒鬼父亲及其受苦受难的女儿。

受苦受难是肯定的：她在负重的情况下，也能走得很迅速，任谁看都会认为是多年来历练的结果。罗伯特想稍稍调整下步伐，略微改变了落脚的时机，看她会不会受到干扰，但海伦立刻就适应了。假如她知道自己在被试探，那她掩饰得很好。

最终，罗伯特开口了："你对笼子动了什么手脚？"

"我反转了它的时间。"他后脖颈的毛发都竖了起来。就算假定她有这个能力，他也搞不明白如何能阻挡牢笼的散射光与他的身体相互作用。此过程原本只该把电子变成正电子，让他俩沐浴在伽马射线中死去。

不过，这个戏法并不是他最急切的关注点，"我只能想出三个你可能来的地方。"他说道。

海伦点点头，仿佛已经设身处地列出了罗伯特的所有猜测，"去掉一个，剩下两个都是对的。"

她不是从地外行星来的。即使她所在的文明有办法从几光年外，观看伊灵的喜剧片，她对人类特有的心思也太敏锐了。

她来自未来，但不是他的未来。

她来自另一个艾弗雷特分支[1]的未来。

他转身对着海伦，"不会有悖论。"

她微笑着，立即确认了他简略的表述，"就是这样。物理意义上，

---

1. 出自美国量子物理学家休·艾弗雷特三世（1930—1982）提出的多世界诠释理论。艾弗雷特认为，观察带来的并不是波函数的坍缩，而是分裂的宇宙。也就是说，整个宇宙里的所有事物，每一次选择都会导致宇宙分岔，产生新的多重宇宙分支。

你不可能回到自己的过去，除非做了繁复的准备来保证边界兼容。这在受控的实验室环境中是可以实现的——但在实践中，就好比让一千头大象叠成倒金字塔，而且最底下那头还得骑着独轮车——既极端困难，又毫无意义。”

几秒钟内，罗伯特都瞠目结舌，有一大堆问题争抢着想要穿越声带，“但你究竟是怎么回到过去的？”

“得花些工夫才能给你完全讲明白，不过，如果你想要个简短的答案，其实就是：你已经在不经意间找到其中一个线索。我读过你在《物理评论》上的论文，里面的推演全是对的。量子引力涉及四个复数维度，但只有经典解——在微扰下保持相空间不变的几何——拥有自对偶或反自对偶的曲率。这是完整的拉格朗日框架中，仅有的两个驻点。而且，这两个解内部似乎都只含有四个实数维度。

“没必要去追问我们具体处在哪个区域，大可称之为自对偶区域好了。而反自对偶的解与我们的时间箭头的方向相反。”

“为什么？”问题脱口而出的同时，罗伯特开始担心自己听起来像个不耐烦的孩子。不过，就算她突然消失在稀薄的空气里，也总比自己装出一副漠然世故的样子要好，他不会为此而后悔。

海伦说道：“本质上，这与自旋有关。只有精确得出中微子的质量，我们才能建立区域间的通道。不过，我需要用示意图和方程才好把一切解释明白。”

罗伯特没有催促她再讲下去。他别无选择，只能相信她不会抛弃自己。他在沉默中蹒跚前行，满怀期待的愉悦涌进胸膛。倘若之前有人跟他假设过这种情景，他一定会虔诚地坚持要按自己的节奏艰难前进。然而，尽管有少数几次，他独自完成的发现确实带来了满足感，但到头来更要紧的还是尽一切手段去了解更多。比起甘愿在无知的状态下过完一生，还不如去过去和未来寻找答案。

“你之前说，你是来改变一些事的？”

她点点头，“我当然不能预言此处的未来，但在我那边，我知道过去存在哪些‘陷阱’，可以帮你避免一些。我们那儿的二十世纪，人们有新发现的速度都太慢了。一切事物的变化都太慢了。但我想，咱俩可以加速这一进程。”

罗伯特沉默了片刻，思考着她这个提议是何其宏大，然后说道：“很遗憾，你没能早点来。在这个分支，大约二十年前——”

海伦打断了他，“我知道。我们经历了同样的战争，同样的纳粹大屠杀，同样的苏维埃惨重伤亡。但不管在哪儿，我们都还没办法阻止它。你在单一历史中什么都做不了——就连最集中的干涉，也会像宽阔的‘丝带’一样分散开。当我们尝试回到三四十年代，这条‘丝带’就会和自身的过去重叠起来，仿佛那些恐怖的事情都已命中注定。我们无法射杀任何版本的阿道夫·希特勒，因为我们还没办法把丝带收缩到那个程度，没办法确保枪口不会指向自己。我们成功实施的都是微小的干涉，比如把导弹送到伦敦大轰炸时期，或是通过让导弹偏航救下一些人。”

“怎么，把它们撞到泰晤士河里？”

“不是的，那样太冒险了。我们做了一些模拟，最稳妥的办法是把它们导向又大又空的建筑：威斯敏斯特教堂、圣保罗大教堂等等。”

车站已经出现在他们眼前。海伦问道：“你怎么想，去曼彻斯特吗？”

罗伯特还没来得及细想。虽然昆特可以在任何地方追踪到他，但只要周围的人越多，他就越不容易受伤害。但要是在威姆斯洛[1]的家里，他就得坐以待毙了。

“我在剑桥还有房子。”他犹豫道。

---

1. 位于英格兰柴郡，距离曼彻斯特市中心十八公里。

“好主意。”

“你自己的计划是什么？”

海伦转向他，“我想我会和你一起。”罗伯特的表情惹得她发笑，“别担心，我会给你充足的个人空间。如果人们喜欢胡思乱想，就随他们去。你已经臭名昭著，多些新的污名也没什么。”

罗伯特挖苦道：“恐怕事情并不会变成那样。他们会立刻把我们赶出来的。”

海伦嗤之以鼻，“他们可以试试。”

“你是击败过军情六处，但还没对付过剑桥的门卫。”他刚才想象着海伦在书房的黑板上给他写下时间旅行的方程式，可现实又一次浇醒了他，“为什么是我？我明白你迫切想联系到一个能理解你前来方式的人——但为什么不选艾弗雷特、杨振宁或者费曼？和费曼比，我就是个半吊子。”

海伦说道：“或许吧。不过，你在实践上同样有天赋，而且会学得足够快。”

应该还有更深层次的理由，成千上万的人有能力同样快地掌握她的课程。“你之前暗示的那种物理学——在你的过去，是我发现的吗？”

“不是。你在《物理评论》发表的论文帮我跟踪到了你，但在我自己的历史中，它从未发表过。”她的眼中闪过一丝不安，仿佛这个话题让她十分沮丧。

罗伯特并不在乎。另一个版本的自己获得的成就越少，他就越不会受嫉妒折磨。

“那么，你究竟为什么选择了我？”

“你真的没有猜测过吗？”海伦把他闲着的手拿起来放在自己的脸上，神色温柔，但姿态更像是女儿而非恋人，“今晚很暖和，没有人的皮肤应该这么寒冷。”

罗伯特注视着她深色的眼睛，它们像任何一个人类的眼睛那样俏皮、严肃、骄傲。只要条件成熟，大概任何好心人都会帮他脱离昆特的魔爪。但只有某一特殊类型的施救者会感到自己有义务去这么做，就像要为往事还债一样。

“你是机器。”他说道。

2

清晨，约翰·汉密尔顿——剑桥大学莫德林学院中世纪和文艺复兴英语文学教授——刚刚带着愈发滋长的满足感，读完了一堆粉丝来信。

最后这封信来自波士顿，是个十二岁的美国女孩儿写的。它开头平平，先声称他的书给她带来了许多快乐，然后列举了最爱的场景和人物。像往常一样，自己的故事能让别人感动得寄来这样一封信，他感到很喜悦。不过，最令他满意的还是结尾一段：

> 不论其他小朋友或是成年人怎么嘲笑我，我绝对绝对不会停止相信内西亚王国的存在。萨拉不再相信了，她被永远锁在了王国之外。刚开始我为这事哭了，因为害怕某一天自己也会不信，我还整晚睡不着。不过，我现在知道害怕是件好事，因为它会避免别人改变我的想法。而且，如果你不愿意相信魔法世界，你当然就进不去。这样任谁都救不了你了。

约翰重新填满烟斗并点燃，接下来又读了一遍信。这就是他的证据：证明他可以借着自己的书感动年轻人，并在丰饶的土地上播下信仰的种子。这让他那些嫉贤妒能、自命不凡的同事们投来的轻蔑都显得微不足道。孩子们懂得故事的力量、神话的真实性，懂得要去相信那些超越物质世界中的灰暗闹剧的东西。

这并非可以用“成人的”方式——通过学识或理性——来揭示的真相。通过哲学尤为不可：在那个糟糕的夜晚，伊丽莎白·安斯康姆在苏格拉底俱乐部向他展示了这一点。她是一名虔诚的基督徒，却将约翰在《征兆与奇迹》中用来抨击唯物主义的论点历数出来，并毫不留情地踩在脚下。这从一开始就不是一场公平竞赛：安斯康姆是专业的哲学家，涉猎过阿奎纳、维特根斯坦等等哲学家的经典。约翰对欧洲中世纪思想史知之甚详，但自从赶时髦的实证主义者成了气候，他就对现代哲学失去了兴趣。而且,《征兆与奇迹》从没被当作学术著作去书写，如果遇上有同情心但学识有限的读者，它还能过关。但在安斯康姆无情的分析面前，他无法再捍卫自己用常识和捷径对信仰进行的粗糙解释，因为那让他觉得自己像是在主教面前结结巴巴的乡野村夫。

十年后，他心中仍然燃烧着因羞辱而生的熊熊怒火，但也很感谢她给自己上了一课。他的早期著作和广播讲话并不全然是白费工夫——但那泼妇的胜利让他明白，在伟大的问题面前，人的理性不值一提。其实早在几年前，他就已经开始书写内西亚的系列故事，但直到这段最为苦涩的失败已经褪色后，他才终于发觉了内心真正的呼唤。

他放下烟斗，站起来，面对着牛津的方向。“吃屎吧，伊丽莎白！”他快乐地咆哮，挥动着手里的信。这是一个美妙的预兆。今天是个极好的日子。

有人在敲他的书房门。

“请进。”

来访者是他的哥哥威廉。约翰有些困惑——他甚至没意识到威廉回到了镇上——但他点头招呼，示意哥哥坐在书桌对面的沙发上。

威廉皱眉坐下，爬楼梯让他的脸有些泛红。片刻后，他说道："那个斯通尼啊……"

"嗯？"约翰在整理桌上的文稿，并没专心听。他深知威廉说话总是不得要领。

"明显在战争期间做了点秘密工作。"

"谁做的？"

"罗伯特·斯通尼。数学家。过去在曼彻斯特，不过他是国王学院的研究员，现如今又回到了剑桥。战争期间做过点秘密工作。显然和秘密情报有关。谁都无权说出内情。"

约翰抬起头，被逗乐了。他听说过关于情报局的流言，但他们的工作都围绕着分析窃听来的德国电报。这关数学家什么事呢？或许是给情报分析员削铅笔吧。

"他怎么了，威廉？"约翰耐心地问道。

威廉不大情愿地继续讲述着，仿佛在坦白某件不太道德的事："我昨天拜访了他，在一个叫卡文迪许的实验室。我以前的战友有个兄弟在那儿工作，就去那儿看了。"

"我知道卡文迪许。那儿能看到什么？"

"他在做一些事情，约翰，不可能的事情。"

"不可能？"

"透视人的内部，把它投放在屏幕上，像电视一样。"

约翰叹了口气，"照X光？"

威廉生气地反驳道："我可不傻。我知道照X光是什么样。不是一回事。你可以看到血液流动、心脏起搏，可以追踪在神经上行走的知觉……从指尖到大脑。他告诉我，很快他就能观察思想的活动了。"

"无稽之谈。"约翰怒视着对方，"所以他发明了一些玩意儿，一种高级X光机。你又何必为此烦神？"

威廉严肃地摇摇头，"还有呢。这只是冰山一角罢了。他不过才回到剑桥一年，但那地方已经充斥着……奇迹。”他勉强采用了这个词，好像他别无选择，却又担心表现得过分认同，违背了自己的本意。

约翰明显开始感到不安了。

“那你具体想让我做些什么？”他问道。

威廉简洁地答道：“你自己去看看吧，去看看他在搞什么。”

卡文迪许实验室是一座维多利亚时代中期的建筑，但设计风格明显比实际更古老和宏大。整个物理系连同若干阶梯教室都坐落其中，吵吵闹闹的本科生在此地成群结队。约翰毫不费力地安排了一次行程：他只是给斯通尼打了个电话，表达了自己的好奇，并不需要其他要紧的理由。

斯通尼被分配了建筑后部三座毗邻的房间，而“自旋共振成像仪”占了第一间房的大部分。约翰自告奋勇地把胳膊伸到线圈之间，但当显像管上出现了奇特的肌肉和血管横断面图像后，他吓得差点把手抽回来。他疑心这是某种骗局，可慢慢握紧拳头时，确实看到影像也是如此，接着几个随机动作，影像也模仿得分毫不差。

“如果你有兴趣，我可以给你看看单个的血细胞。”斯通尼欢快地提议道。

约翰摇摇头。眼下这个货真价实的冲击就够他受的了。

斯通尼犹豫了片刻，然后尴尬地补充道：“或许，你可以找个时间和医生聊聊。就是，你的骨密度有点——”他指着屏幕上一张图像旁的表格，“嗯，与正常范围比，确实比较低了。”

约翰抽回胳膊。他已经被诊断出骨质疏松，也乐于接受这个新情况。这意味着，他把乔伊丝的部分病痛——虚弱的骨骼——转移到了自己身上。上帝允许他替她承受一些苦难。

如果乔伊丝站在这些线圈之间，会发现什么？可她的诊断书上不会再增添什么了。而且，如果他继续祈祷，如果他俩不放弃希望，她最终会彻底痊愈的。

约翰问道："它是如何运作的？"

"在强磁场中，人体内有些原子核和电子可以根据场的形态，排列在不同路径上。"斯通尼一定是发觉约翰的眼神变得呆滞了，于是很快改变了说法，"把它想象成一大堆旋转的陀螺，转得越快越好，然后聆听它们逐渐慢下来、翻倒的声音。这会带来一些关于你体内原子的线索：它们属于什么样的分子，属于哪种生物组织。这台机器通过改变数十亿根微型天线发出的信号的组合方式，来探测不同位置的原子。就好比另一种形式的回音廊，我们可以有效利用信号穿越不同地点的时间，以每秒数千次的速度让焦点来回扫过你的每一寸身体。"

约翰思忖着这个解释。它听起来复杂，但本质上也不比X光奇特多少。

"它的物理学原理挺老套的，"斯通尼继续道，"不过成像这一步，需要有非常强的磁场，还要懂得如何处理收集来的所有数据。内维尔·莫特制作了磁铁上的超导合金。我又劝说伯贝克学院的罗莎琳德·富兰克林来和我们合作，她帮忙完善了计算电路的制造工艺。我们将大量微小的Y型DNA片段进行交联，随后有选择地涂抹了一层金属。罗莎琳德发现了使用X射线对人工晶体进行质量控制的方法。只要她找到了足够强劲的X射线源，我们就回报她一台能实时解决水合蛋白质的结构问题的专用计算机。"他拿起一个不起眼的小玩意儿，上面镶着突出的金色导线，"每个逻辑门的尺寸都约为一百立方埃米[1]，在三个维度方向上生长。别看它只有掌心点大，里面却有亿万个开关呀。"

约翰不知该如何回应。即使不能完全理解这个男人，他漫无边际的谈话还是让人着迷，仿佛将威廉·布莱克的诗句和育婴室的咿呀学

1. 1埃米=10^{-10}米

语交织在一起。

“如果你对计算机不感冒，我们还用DNA做了好多其他事情。”斯通尼把他引进另一间屋子，里面满是玻璃器皿和长条灯下的一盆盆幼苗。两名助理坐在长椅上忙着看显微镜，还有一名在用长得像巨型眼药水瓶的器械往试管里分注液体。

“这儿有一打水稻、玉米和小麦的新品种，蛋白质和矿物质含量都是已知作物的两倍以上，每一种都具备不同的生化技能来对抗昆虫和真菌。农民必须告别单一作物时代，因为那太容易被疾病侵害、太过依赖化学杀虫剂了。”

约翰问道：“你培育了这些？几个月内，就有这么多新品种？”

“不，不是！以往我们在野生环境寻找可遗传性状，再努力好几年产出拥有所有这些性状的杂交品种。但如今，我们从零开始设计每个性状，然后制造植物生产所需的工具DNA，并把它植入生殖细胞。”

约翰气愤地质问道：“你有什么权力决定植物需要什么？”

斯通尼无辜地摇摇头，“我听取了农业科学家的建议，而农业科学家听取了农民的建议。农民知道要对付哪些病虫害。食用作物和狮子狗一样，都是人工产物。大自然对我们的馈赠并不是招之即来的，就算有什么满足不了我们的需求，大自然也不会替我们改进。”

约翰怒视着他，但什么也没说。他开始明白威廉为何把自己叫到这儿。这男人看起来像个热情的发明者，但在大男孩般的外表下却潜藏着惊人的傲慢。

斯通尼介绍了自己安排的一项国际合作，有来自开罗、波哥大、伦敦和加尔各答的科学家参与，目的是开发针对小儿麻痹症、天花、疟疾、伤寒、黄热病、结核病、流感和麻风病的疫苗。有些尚无先例，有些是为替换现有产品。“重要的是，我们没有采用在动物细胞内培养病原体以获得抗原的方法，因为细胞可能携带病毒。团队全体现今都采用一种简单廉价的技术观察所有变种。这种技术将抗原基因植入同时作为载体和佐剂的无害细菌，再将其冷冻干燥制成孢子。如此无须冷藏就能在热带气候保存。”

约翰得到了些许安慰，这一切听起来非常令人钦佩。但斯通尼在疫苗研究方面究竟充当着怎样的角色，这还是个问题。大概他讲的术语对那些教授而言都是可以理解的，但是，这个本该连最基础的建议都提不出来的数学家，究竟是何时受到了这方面的训练呢？

“今年你们可是大丰收啊。”他评论道。

斯通尼微笑起来，“灵感在我们每个人脑中来来去去。不过多数时候，我只是扮演了催化剂的角色。很幸运我能找到一些伙伴——不管是在剑桥，还是在远方——愿意冒险试验最狂野的设想。真正的工作是他们完成的。”他指了指下一个房间，“从这儿过去就是我最得意的项目。”

第三间屋里充满了电子装置，与显像管相连。显像管上展示着发磷光的文字和图像，像是活动的工程蓝图。其中一条长凳中间却很不协调地摆着一个笼子，里面关了几只仓鼠。

斯通尼摆弄着其中一个装置，接着一张脸出现在旁边的屏幕上，模样像是用非写实手法绘制的面具。它扫视房间，然后开口道：“早上好，罗伯特。早上好，汉密尔顿教授。”

“你事先让人录了这些话？”约翰问道。

面具答道：“不是的，罗伯特给我看过所有剑桥教职员工的照片。只要我看到照片上的人，就向他们问好。”它的面庞被描绘得有些粗糙，但空洞的眼睛却似乎在注视着约翰。斯通尼解释道：“它当然不了解自己在说什么，不过是人脸和语音识别的实践罢了。”

“当然。”约翰生硬地答道。

斯通尼招呼约翰到仓鼠笼前查验。他跟了过去。里面有两只成年动物，似乎是对配偶。母亲斜倚在稻草床上，两只粉色幼崽在吃奶。

“靠近点儿看。”斯通尼鼓动道。约翰仔细往笼子里瞧，随即骂了句退开了。

其中一只幼崽看起来并不特殊，但另一只是人造革包裹住的机器，正用喷嘴夹着温热的乳头。

“那是我见过的最邪恶的东西！”约翰全身都在颤抖，“你有什么理由那么做？”

斯通尼大笑着，做了个安抚的手势，仿佛面前这位访客是个紧张的孩子，正从无害的玩具前躲开。“这不会伤害她的！这么做的目的，是探索母亲在何种条件下才会接受它。‘繁衍自身的种群’意味着要用一些参数来明确其含义。这里的关键信号是气味以及某些外形特征。但经过试错，我还锁定了一系列行为特征，让替身也能经历生命周期的每个阶段，成为可接受的子女、可接受的兄弟姐妹、可接受的伴侣。”

约翰怒视着对方，恶心不已，“这些动物愿意干你的机器？”

斯通尼带着歉意解释道：“是的，但仓鼠本身就什么都干。我真该另寻一个更有辨别力的物种，好把这个问题测试清楚。”

约翰好不容易才恢复镇定，“你是着了什么魔，非得这么做？”

“从长期看，”斯通尼温和地说道，“我们对此事的了解程度和已知的比起来还远远不够。我们现在已经可以很详尽地绘制大脑的结构图谱，并将其原始的复杂结构与计算机相匹配，只需十年左右，我们就可以制造出有思维的机器。”

“这本身就需要付出巨大的努力，但我想确保这项事业不会夭折。如果创造出历史上最神奇的孩子，却发现在某些恶劣的哺乳动物本能的驱使下，我们想将其扼杀在出生那一刻，那么这一切努力都将毫无意义。”

约翰在书房喝威士忌。晚饭后，他给乔伊丝打过电话，还聊了一会儿，但跟有她在身边时还是不一样。似乎挨了很久才能好不容易等来周末，而到下周二或周三时，和她见面所获得的快慰就已经烟消云散了。

时间已经接近午夜。与乔伊丝交谈后，他又花了三个小时打电话，动用一切的关系搜罗所有有关斯通尼的信息。约翰来剑桥才五年，所以大体上还是个圈外人。虽然当年在牛津时，他也并未获得过任何核心圈子的承认，但总归属于一个安静的小组，与这些人一道对抗潮流——不论人们如何评价挑圆片游戏社团[1]，反正在学术界，他们从没有过话语权。

一年前，斯通尼在德国度公休假时，突然放弃在曼彻斯特担任了十年的职务。尽管没有正式岗位，他还是选择返回剑桥，并开始非正式地与很多卡文迪许实验室的人合作。直到后来，那里的头儿莫特才替他创设了一个职位，并给了不高的薪水、三间约翰之前看到的屋子和一些协助他的学生。

斯通尼的同事无一例外地被他突然迸发的成功发明所惊艳。尽管他的装置从未基于全新的科学，但他洞察现有理论内核，并从中撷取实用结论的技巧却是史无前例的。约翰曾期望有一些人出于嫉妒而在背后中伤，但似乎没有人想说斯通尼的坏话。他很乐意用自己的科学点金手为任何来客效劳，而在约翰看来，似乎每个本打算保持怀疑或敌对的人，都被他用对方所在领域的某些珍贵卓识收买了。

斯通尼的私人生活更加不可告人。约翰的线人有一半相信他是坚定的同性恋者，但其他人却提到有个美丽又神秘的女人海伦，显然跟他关系亲密。

约翰饮尽这杯酒，目光扫过庭院。想象自己获得了某种先见之明，这算是一种自负吗？十五年前，当他写作《破碎的星球》时，只

1. 剑桥大学的一个奇特社团，两人对战的形式是将桌上的塑料图片挑飞进盒子里。

是想借幻想讥讽现代科学的傲慢。他描绘的邪恶势力很讽刺地背负着“各类实验督查实验室”的名字，被有意设计成极为严肃的隐喻。可他从没料到，自己会疑心真有哪个堕落天使，在对剑桥大学的某位讲师附耳密语。

尽管如此，他已经不知告诉过读者多少次了：恶魔最大的胜利就是让世界相信它并不存在。恶魔并非隐喻，而纯粹是人类弱点的象征，是一个真实、诡计多端的存在，在时间、空间中活动，与上帝本人并无二致。

此外，浮士德之所以被罚下地狱，不正是因为世界上最美丽的女人——特洛伊的海伦吗？

约翰直起鸡皮疙瘩。有一回，他写了一篇幽默的报刊专栏文章，名叫《恶魔的来信》。内容是一个“高阶引诱者”向缺乏经验的同事提忠告，教对方把信徒引入歧途的好方法。那已经是一次令人筋疲力尽、几近堕落的体验了：选用必要却又怪异的视角，令他觉得身心憔悴。而眼前，《浮士德》和《破碎的星球》的杂交即将在他身边发生，这恐怖的念头让人不敢细想。他并非自己的幻想世界里的英雄式主人公——就连温和的配角都算不上，更别提现代版的亚瑟王了。而且也不会有梅林巫师从林地中复活，给那座傲慢的巴别塔[1]——卡文迪许实验室——带来变乱。

不管怎么说，如果他是全英格兰唯一怀疑斯通尼的真实灵感源泉的人，还能指望谁去采取行动呢？ 约翰又给自己倒了杯酒。拖延没有任何好处。他无法歇息，除非确知自己面对的这个愚蠢自负的大男孩，究竟只是撞上了一连串的好运气——抑或，是出卖了自己的灵魂，危害到了全人类。

---

1. 《圣经》中，人类想要建造一座通天的巴别塔，上帝发觉后，令人类语言不通，计划因此失败了。在希伯来语中，“巴别”意为“变乱”。

“撒旦信徒？你在指控我是撒旦信徒？”

斯通尼愤怒地拽着自己的袍子。约翰前来锤门的时候，他已经在床上休息了。此刻已是深夜，愿意接待来客已经是非常有礼节了，而且他被侮辱的神态看起来如此真实，这让约翰几乎准备道歉然后溜走。“我不得不问你——” 约翰说道。

“你得有双倍的傻气才会信撒旦。”斯通尼嘟哝道。

“双倍？”

“首先，你得全盘相信神学中的废话。然后，还得掉转去支持那命中注定、回天乏术、绝对没戏的失败一方。”他举起手，似乎相信自己成功预判了对方唯一想反驳的地方，并希望约翰别浪费口舌，“我知道，一部分人宣称其由来确实与基督教诞生前的神明有关：墨丘利，或者潘——诸如此类。但假如我们谈论的不是因太过复杂而被贴错标签的崇拜对象，我确实想不出比你的指控更侮辱人的了。你是在把我比作……于斯曼[1]之流，他不过是个非常阴郁的天主教徒。”

斯通尼双臂交叉，坐回沙发上。他在等约翰的回答。

威士忌早就让约翰上了头，他昏昏沉沉的，不大确定该如何应对。这种自作聪明的本科生都会的蠢话，他料想任何沾沾自喜的无神论者都说得出，可即便如此，他确实还没招供，具体怎样的回答才能构成犯罪证据呢？如果一个人把灵魂出卖给了魔鬼，会用怎样的谎言掩饰真相呢？他真相信斯通尼会宣称自己是常去教堂的虔诚教徒，仿佛这样就能有效规避约翰的调查了吗？

他必须将注意力集中于自己亲眼所见的事物，集中于那些无可辩驳的事实。

“你在密谋废除天理，让世界屈服于人的意志。”

---

1. 若利斯·卡尔·于斯曼（1848—1907），法国小说家，作品具有浓重的悲观主义色彩。

斯通尼叹了口气，“根本不是。更精深的技术会使我们的步履更轻盈。我们必须尽快降低污染、减少杀虫剂的使用。难不成，你更愿意住在一个所有动物都雌雄同体、太平洋一半的岛屿都在风暴中消逝的世界里？”

“别告诉我，你是什么动物王国的卫士，想用机器把我们全替代了！”

“诞育婴儿，并希望给这孩子最好的东西——如果把此事放到南非祖鲁族或者中国藏族身上，你也会感受到同样的威胁吗？”

约翰怒了，“我又不是种族主义者。祖鲁族或藏族人都有灵魂。”

斯通尼发出呻吟，把头埋在手里，“已经凌晨一点半了！我们能不能找个别的时间再辩论？”

此时有人砸门。斯通尼难以置信地抬头，“这算什么？大中央火车总站？”

他走上前开门。一个衣衫不整、胡子拉碴的男人推搡着进了门，“昆特？多么令人愉快——”

入侵者抓住斯通尼，把他顶在墙上。约翰惊呼一口气，昆特将布满血丝的眼睛转向他。

“你他妈是谁？”

“约翰·汉密尔顿。你他妈又是谁？”

“不关你的事。老实待着。”他一只手猛地把斯通尼的胳膊扭到背部上方，另一只手把他的脸压在墙上，“现在落到我手里了，你这臭狗屎。这次没人护着你了。”

斯通尼费力地用挤到石墙上的嘴跟约翰讲道：“则四彼瑟·昆思，我的私嗯现碟。我确实做了浮日德的交易。但是有现哥期限——（这是彼得·昆特，我的私人间谍。我确实做了浮士德的交易，但是有严格期限——）”

“闭嘴！”昆特从夹克里掏出一把枪，用它抵着斯通尼的脑袋。

“冷静点。”约翰说道。

“你的关系网到底有多广?”昆特尖叫道,“我的备忘录消失了,线人沉默了——而现在,我的上级在威胁我,好像我才是叛徒!好得很,不用担心,等我收拾了你,就知道整个网络名单了。”他又转头对约翰说道:“而你,也休想逃。”

斯通尼说道:“让他苟。他四莫德林学院的。你现在一静知道了:所有现碟都是三一学院的。(让他走。他是莫德林学院的。你现在一定知道所有间谍都是三一学院的了。)”

约翰被昆特挥舞枪的画面震惊了,但这一幕反而让他松了口气。斯通尼的灵感肯定是源自某些秘密的战时研究计划。他根本没有和魔鬼做交易,但却破坏了《官方机密法》,现在正为此付出代价。

斯通尼屈身把昆特往后撞。昆特蹒跚了几步,但没摔倒,他威胁地抬起胳膊,但手里并没有枪。约翰四处扫视,看它落在哪里,但哪儿也见不到。斯通尼直接一脚踢在了昆特的裆上,虽然赤脚,但昆特还是疼得哀号起来。斯通尼第二脚就把他放倒了。

斯通尼大喊道:“卢克?卢克!你能不能过来帮把手?”

一个上臂有文身、体格壮实的男人从斯通尼的卧室出现,打着哈欠把背带裤穿上。看到昆特时,他呻吟道:“又来!”

斯通尼说道:“我很抱歉。”

卢克淡定地耸耸肩。两人成功抓住昆特,费力地把他拖到门外。约翰等了几秒钟,接着在地板上找枪。然而,目之所及并无收获,而且它也没滑到家具底下。没有一个足够大且足够昏暗的裂缝可以掩藏住它。那把枪压根儿不在屋里。约翰走到窗前,看着三个人穿过庭院,心里隐隐认为自己将目击一场暗杀。但是,斯通尼和他的伴侣只是把昆特抬起来,抛进了一个浅浅的、看起来黏糊糊的池塘。

随后几天,约翰都处在挣扎之中。在未能清晰建构起自己的怀疑之前,他还没准备好向任何人吐露此事。况且斯通尼房间中发生的事情太难做出明确解释了。他无法断言昆特的枪确实在自己眼前消失了，但斯通尼仍能自由走动，这一事实确实证明了他正在被超自然力量保护着，不是吗？至于昆特，此人已是困扰不堪、垂头丧气的模样，从头到尾都很像被恶魔戏弄之人。

如果真是如此，斯通尼用灵魂换取的，肯定不只是免疫世俗权威的能力。其知识本身从源头就是极其邪恶的，就像浮士德的传说中描述的那样。托勒斯在其伟大的散文《创制神话》[1]中说得有理：人类在偷吃禁果之前，有能力直接认识世界的伟大真相，而神话就是这种能力的残留。不然，他们为何会与幻想世界发生共鸣，并将其一代代存留下来呢？

到了周五，一股紧迫感攫住了他。他不能再带着困惑回到陶厂小院的家中，回到乔伊丝和孩子身边。这件事必须解决，但愿在回家之前就能得到答案。

留声机播放着瓦格纳的乐曲，他坐着沉思自己面对的挑战。必须阻止斯通尼，可怎样才能办到？约翰总是说，英格兰圣公会在撒旦眼里是一支可畏的军队——尽管其信徒中，有许多友善的老姑娘经常摆蛋糕摊做义卖，显得既古典又无害——但即便斯通尼地狱里的主子正害怕得颤抖，想要迫使他放弃那骇人的计划，单凭一个骑自行车的教区牧师放狠话是不够的。

斯通尼的意图本身并不重要。他被授予迷惑并引诱他人的力量，但并没有把自身意志强加给众人。真正要紧的是别人如何看待他的计划。那么，阻止他的办法就是让人们睁眼看到：他硕果累累的表象下，实则无比空虚。

越是为此思索和祈祷，约翰就越是确定自己发觉了需要完成的任

---

1. 在我们这个宇宙分支中，《创制神话》是由英国作家J. R. R. 托尔金创作的诗歌，而“托勒斯”是托尔金的好友C. S. 刘易斯对其的昵称。

务。仅有牧师的谴责不足以成事，教会空口无凭的话并不能让人们拒绝斯通尼从地狱得来的果实。没有经得起推敲的理由，谁会拒绝如此奢华的礼物呢？

约翰曾尝试揭露唯物主义的贫瘠，却在羞辱中完败了。然而，那不也可能是在为此做准备吗？他曾经被安斯康姆痛击，但比起眼下所面对的敌人，她可要温和得多。他曾因她的奚落而痛苦——但痛苦难道不正是上帝的凿子，用来把他的孩子们塑造成真实的自我吗？

约翰感到自己的角色现已明确。他要找到斯通尼智力上的阿喀琉斯之踵，并公之于众。

他要与他辩论。

3

罗伯特盯着黑板足足有一分钟，然后开怀大笑，“那太美了！”

“不是吗？”海伦放下粉笔，和他一起坐在沙发上，“多一点对称，一切都不会发生，宇宙将是一片结晶的空洞；少一点对称，它就会是毫无章法的噪声。”

初次见面时，两人在物理学领域存在一个世纪的差距。经过几个月的一系列指导，海伦带领他弥补了其中的一小部分，深入到时空和物质之下的纯粹代数结构。数学将一切没有自我矛盾之物编入其中，在这宏大的疆域内，物理学是一座由众多结构组成的岛屿，这些结构丰富到足以容纳其自身的观察者。

罗伯特坐着，在心中重温所学的全部内容，尝试用单一画面理解尽可能多的事物。当他这样做时，身体的某一部分畏惧地等待着沮丧来袭，等待着失落的结局。他可能永远看不到世界更深层的本质。至少在这个方向，已经没有什么可以发现了。

但他绝不可能迎来失落的结局，绝不可能厌倦这样的日子。无论描述宇宙的代数对他而言变得多么熟悉，也绝不会有损它的惊艳。

终于，他开口问道："还有其他岛屿吗？"不是有着相同底层基础的其他历史，而是完全不同的其他现实。

"我猜有的。"海伦答道，"人们标出了若干可能性。不过，我不知道该如何证实。"

罗伯特摇摇头，已经心满意足，"不必了。我需要在地球着陆一会儿了。"他伸展胳膊向后靠，笑得合不拢嘴。

海伦说道："卢克今天去哪儿了？通常他这会儿都会出现，把你拉到阳光下。"

这个问题抹去了罗伯特脸上的笑容，"我明显不是好伴侣，对飞镖和足球不够狂热。"

"他离开你了？"海伦凑过来，同情地捏了捏他的手，也带着点戏谑。

罗伯特有些恼火。海伦从没说过什么，但他总觉得她在评判自己。"你觉得我应该成熟点，不是吗？找一个更像我自己的人，某种灵魂伴侣。"他有意让最后这个词带着讽刺意味，可效果却完全不同。

"这是你的人生。"她说道。

一年前，这会是个可笑的说法，但现在，它几乎等同于真相。起诉确实已经被暂停了，而遗传学和神经病学方面的最新证据正由议会的某个小组委员会评估。罗伯特为运动播下了种子，但并未真正参与，其他人接过了这项事业。可能再需几个月的时间，昆特的牢笼就会被彻底粉碎，至少对每一个英国人是如此。

这前景使他感到一阵晕眩。他或许是一有机会就会破坏规范，但规范仍然塑造了他。牢笼虽并没有使他身体致残，但无法否认他的本性已经遭到摧残。

他说道："这就是在你的过去发生过的事情吗？我最终结成了某

种……终身伴侣关系？”说出这些话时，他的嘴唇变得干燥，心里也突然害怕得到肯定的回答。克里斯。他所错过的是和克里斯一起的快乐人生。

“没有。”

“那……发生了什么？”他乞求道，“我做了什么，过得怎么样？”他突然停顿了，有点难为情，但还是补充道：“你不能责怪我对此好奇吧。”

海伦温柔地回答：“你不会想知道改变不了的事情。所有那一切都是你过往因缘的一部分，对我来说也一样。”

“但如果是我自己历史的一部分，”罗伯特反对道，“难道我不该知情吗？那个男人不是我，但他把你送到了我这儿。”

海伦考虑了方才的话，“你同意他是另一个人，对吧？你不为他的行为负责？”

“当然。”

“曾经有一场审判，发生在1952年，罪名是‘构成《1885年刑法修正案》第11条的严重猥亵行为’。他未曾入狱，但法庭令其接受激素治疗。”她说道。

“激素治疗？”罗伯特大笑道，“什么玩意儿——用睾酮让他变得更男人？”

“不，是雌激素。用在男人身上会令其性欲减退，会有副作用，毫无疑问。男性乳房发育症，还有别的。”

罗伯特感到恶心。他们用让他乳房膨大的药，化学阉割了他。在所有他经受过的怪异虐待中，还没有比这更让人恐惧的。

海伦继续说道：“治疗持续了六个月，后果都是短期的。但两年后，他结束了自己的生命。理由至今不明。”

罗伯特在沉默中慢慢消化这一切。他再也不想知道更多了。

半晌后，他开口道：“你怎能忍受这些？深知在某个分支上，有人在被用尽一切办法羞辱。”

海伦说道：“我从不忍受，而是去改变。这就是我来此的原因。”

罗伯特颔首致意，“我知道。我很感激我们的历史产生了交集。可是……有多少历史没能这样？”他努力寻找例子，尽管已痛彻心扉、难以细思。自从他俩第一次交谈以来，这一直是他刻意回避的话题，“我们两人的过去中，无法改变的不仅有奥斯维辛。类似的事件有天文数字那样多——其中还有很多比那更糟糕。”

海伦直截了当地说道：“并非如此。”

“什么？”罗伯特吃了一惊，抬眼看着对方。

她走向黑板，把它擦干净。“奥斯维辛确实发生了，对我们都是，而我不知道有谁曾经阻止过它——但这不意味着在任何地方，都没有人阻止它。”她开始在黑板上绘制一幅细线组成的网络图，“你我正在进行的对话，发生在无数种微历史里——遍布宇宙的亚原子粒子形成了许多不同的事件序列——但对我们来说，那没什么干系。我们不能分辨那一缕缕细线，所以还不如将其都当作同一历史。”她用粉笔重重地划下一条粗带，盖住了之前画的一切，“用量子退相干[1]理论讲，这叫‘制造粗粒’。对这些不可辨识的细节进行汇总，这就是经典物理学的起源。

“你看，‘我们两人’会在很多显然不同的粗粒历史里第一次相遇——而且之后你会因做了不同决定而走上不同道路，还会在那些事件之后体验到不同的外在可能性。”她画了两条粗粒历史的交叉带，然后令两者进一步分叉。

“第二次世界大战和大屠杀在咱俩的过去确实都发生了——但这不能证明事件总量庞大到近乎无限。要记住，干涉行为之所以无法

1. 开放量子系统的量子相干性会因为与外在环境发生量子纠缠而随着时间逐渐丧失，这效应称为量子退相干。量子退相干促使系统的量子行为变迁为经典行为，该过程称为“量子至经典变迁”。

成功，是因为在我们往回追溯的节点上，某些平行的干涉开始自我反噬。因此当我们干涉失败时，失败不会被计算两次，我们只是证实了已知的事情。”

罗伯特反驳道：“但在你我支线之外的那些三十年代的欧洲诸版本呢？虽然没有直接证据证明那些分支里也有大屠杀，但很难讲这种可能性不存在。”

海伦说道：“没有干涉的话，本身也存在一定可能，然而也并非板上钉钉。我们会持续尝试、改进技术，直至能够到达的分支不再与我们自身过去的三十年代重叠。一定存在其他分离的干涉线，发生在我们甚至永远不会知晓的历史中。”

罗伯特感到欣喜。他想象自己正在无边苦海中，紧紧抓住一块代表渺茫希望的好运岩石——为了让自己不失去理智，努力把这块岩石假想为世界的全部。然而，围绕他的东西未必就很糟，仅仅是未知罢了。假以时日，他甚至可以贡献一分力量，让全部数十亿个世界里，都不会有悲剧重演。

他重新核查了图表，“等一下。干涉并不会终结分叉，不是吗？你一年前来到我们这儿，但从那一刻开始发散的历史中，我们仍会在其中一些经受各种灾难，接着做出各种自掘坟墓的反应，不是吗？”

“对，”海伦承认道，“不过大概比你想的少些。如果你仅仅列出所有表面上有非零概率的事件，就会得出一个充斥着荒唐悲剧的巨型目录。然而，如果你把一切算得再仔细些，考虑进普朗克尺度的效应，就会发现情况并没那么糟。这样的粗粒历史是不存在的：什么天上的尘土和水滴聚合成巨石呀，什么伦敦和马德拉斯[1]的所有人都发了疯，宰了自己的孩子呀。大多数宏观系统最终都相当健全——包括人类。纵观所有历史，自然灾害水平、人类的愚蠢行为以及纯粹的坏运气，

1. 现名金奈，印度第四大城市。

与你对这个单一历史所知的相比，其实并没有压倒性的差异。”

罗伯特大笑道：“那还不够糟吗？”

“好吧，我同意。不过，那对我的形态来说就是好事情。”

“你说什么？”

海伦侧过脸，带着失望的表情注视着他，“知道吗？你仍然不如我预期得那么敏锐。”

罗伯特感觉脸烧了起来，但马上意识到自己遗漏了什么，接着怒气就消失了。

“你不参与分叉？你的硬件被设计来终结这个进程？你的环境、你的四周，会将你分离到不同的历史——但在粗粒历史的尺度上，你自身对这个进程没有任何贡献？”

“正是这样。”

罗伯特无言以对。即使过了一年之久，她依然可以向他扔来这样一颗炸弹。

海伦说道：“我不得不生活在许多世界中，这是我无法控制的。但我确实知道，我就是我，始终如一。面临胜负难料的抉择时，我知道自己不会分裂并走遍每一条路。”

罗伯特突然冷得抱住了自己，“就像我这样，就像我已经做过的那样。就像我们所有肉体凡胎的不幸生物一样。”

海伦来到他身边坐下，“连那都不是不可变更的。一旦成为这样的形态——如果那就是你的选择——你可以遇到其他的自己，逆转散落的残片，给予某些自我一个撤回之前做法的机会。”

这一次，罗伯特立刻理解了她的意思，“把自己拼起来，把自己构建成整体？”

海伦耸耸肩，“如果这就是你的愿望。如果你愿意这样理解。”

他心怀困惑，回望着她。有机会触摸物理学的基石是一回事，但这种可能性实在有些让人难以接受。

有人在敲书房门，两人交换了一个警惕的眼神。但这次不是去而复返、找不痛快的昆特，而是带着电报前来的门房。

那男人走后，罗伯特打开了信封。

“坏消息？”海伦问道。

他摇了摇头，“并没有家里人去世，如果你问的是这个。是约翰·汉密尔顿发来的，他要在辩论中挑战我，题目是‘机器能思考吗？’”

“怎么？是在某个大学机构里？”

“不是。在BBC。四个星期之后。”他抬起头，“你认为我该接受吗？”

“广播还是电视？”

罗伯特重读了留言，“电视。”

海伦微笑起来，“当然接受。我会给你一些提示的。”

“在这个论题上？”

“当然不！这可是作弊呀。”她打量着他，“你可以从准备电动剃须刀开始，别让脸上总带着新鲜胡茬。”

罗伯特有些受伤，“有人会觉得它很有魅力。”

海伦语气坚定地回答：“这件事上，请相信我。”

BBC派了辆车接罗伯特去伦敦。海伦同他坐在后座上。

“紧张吗？”她问道。

“没有什么是吐上一小时治不了的。”

汉密尔顿之前建议举办现场直播，“为了让事情有趣一些。”制片人同意了。罗伯特从来没有上过电视节目，不过在马克一号刚刚投入使用时，他曾经参与过若干论述电子计算未来的广播讨论，但那些也都只是录播的而已。

一开始，他惊奇于汉密尔顿选择的题目，但事后看来确实精明。

将题目定为“现代科学是魔鬼之作”定会引起虔诚信徒以外所有人的嘲笑，然而单纯隐喻式地陈述“现代科学是浮士德的契约”会令所有观众睿智地点头赞同，却不带任何暗示。如果你不按字面意思去理解可怕的童话故事，那么其实任何事物都多多少少算得上“浮士德的契约”：任何事物都有潜在的阴暗面，这很容易证明，所以毫无争辩的必要。

罗伯特向记者解释自己的研究将走向何方，却得到了相当不信任的回应。新闻界迄今还把他当作某个古怪的英国版爱迪生，说他大量炮制着无疑有效的发明。而且老实说，他是有那么一点……傻气，但似乎完全没人为整件事感到惊奇或警觉。但汉密尔顿有机会去利用、重塑人们对罗伯特的看法。倘若他坚持捍卫自己制造机械智能的目的——不是被某个公关公司挑选出来，给他塑造憨态形象的兴趣爱好，而是作为唯物科学的最终证明，以及他一生大部分工作的逻辑终点——那么，汉密尔顿可以用今晚的胜利去质疑罗伯特所做的以及所代表的一切。他会毫无雕饰地问出一句：“这一切会止于何处？”，然后邀请罗伯特更进一步解释，从而被自己的回答逼入绝境。

对一个周日的夜晚而言，今天的交通很拥挤。他们在直播开始前十五分钟才到达位于牧人丛[1]的演播室。汉密尔顿是坐另一辆车来的，从他在牛津附近的家中出发。穿过演播室时，罗伯特看到汉密尔顿正跟一个黑发年轻人热烈交谈。

他低声对海伦说道：“你知道跟汉密尔顿一起来的人是谁吗？”

她跟随他的目光望去，接着神秘一笑。罗伯特问道：“怎么？你认出他来了？”

“没错，不过一会儿再跟你说。”

女化妆师来涂脂抹粉时，海伦快速把一连串规则又念了一遍。

---

1. 伦敦西部的一个区域，以林立的小酒馆和小剧场而闻名。

“不要盯着镜头，不然看起来会像推销肥皂粉的。但也不要移开视线，如果你不想显得鬼鬼祟祟的话。”

女化妆师悄悄对罗伯特说：“这年头，谁还不是个专家呀。”

“真烦人，对吧？”他说道。

迈克尔·波兰尼是一名学术型哲学家，在参与了一系列广播访谈后广为公众所知。他同意成为辩论主持人。波兰尼由制片人陪同出现在化妆间，随后和罗伯特聊了几分钟，让他放轻松，并提醒了辩方需要遵循的流程。

他们前脚刚走，舞台总监后脚就到了，“请您现在就去演播室吧，教授。”罗伯特跟着她，海伦也跟着走了一段。“呼吸要慢且深。”她嘱咐道。

“像你知道那是什么感觉似的。”他飞快回了句。

罗伯特跟汉密尔顿握了握手，双方坐在了讲台两侧属于自己的位置上。汉密尔顿的年轻智囊已经退到了阴影里，罗伯特回头瞥到海伦在一个相似的地方观看。辩论有点像决斗，因为都有读秒。舞台总监指示了演播室的显示器，罗伯特看到它在两个镜头的内容间来回切换：一个是全景拍摄的整个场地，另一个是近距离视角下的舞台，包含它旁边底座上的一块黑板。他曾问过海伦，在她分支的未来中，当开拓性的时代都已成为过去，电视是否发展到了相当复杂的程度，但她对此却非同寻常地守口如瓶。

舞台总监撤到了镜头后面，招呼全场安静，接着十秒倒计时，不出声地报出最后几个数。

直播内容首先是波兰尼的开场白，简洁、风趣又不偏不倚。随后汉密尔顿上台。在转播广角画面时，罗伯特直视着他，以防自己显得粗鲁或心烦意乱。他只在屏幕上看不到自己时才转向它。

“机器能思考吗？”汉密尔顿开讲了，“直觉告诉我：不能。内心告诉我：不能。相信你们大多数人的感受与我相同。但那还不够，不是吗？在当下的时代，我们不被允许依赖内心断定任何事。我们需要一些科学的东西。我们需要某种证明。

“几年前，我参加了一场牛津大学的辩论。当时的主题不是机器能否像人类那样行为，而是人类自身是否只是机器而已。唯物主义者宣称我们都不过是漫无目的、随机碰撞的一堆原子的集合。我们所做的一切、所感受的一切、所讲述的一切，都沦落为旋转齿轮和开闭继电器一样的产物。

“对我来说，这谬误是显而易见的。和唯物主义者交谈有意义吗？据其自身观点，从其口中涌出的词句，除了是无意识机械过程的产物之外，什么都不是！因此，他根本没有根据去认为那些词句是真相！只有超验人类灵魂的信仰者才有资格谈真相。”

汉密尔顿以忏悔者的姿势缓缓点头，“然而我错了，被请回了自己的位置。或许真相对我来说不言自明，对你们来说也不言自明，但这无疑算不上哲学家称之为‘必然真理’的东西：相信人类只是机器，实际上并非一个无意义的句子或术语上的矛盾。可能，仅仅是可能，有一些理由能说明为何一个唯物主义者口中出现的词句是正确的，即使它们起源于完全无思维的物质中。

“有可能。”汉密尔顿若有所思地微笑道，“我不得不承认那种可能性，因为我只是在靠自己的直觉、直观感受来支撑不同的看法。

“但我之所以只受到了直觉指引，是因为还未能了解到早在多年之前就已发生的事情。1930年，一项新发现诞生了，出自名叫库尔特·哥德尔的奥地利数学家。”

罗伯特感到一阵兴奋的战栗正沿脊髓奔流而下。他曾担心整场辩论会退化成神学较量，汉密尔顿整晚引用阿奎纳的著述——最好也就是亚里士多德。但看起来，他神秘的智囊将他拖入了二十世纪，他们终于有机会在真正的议题上交锋了。

“就我们所知，斯通尼教授的那些计算机究竟能做什么，善于做什么呢？”汉密尔顿继续道，“算术！它们可以瞬间求出一百万个数字之和。一旦我们极为精确地交代它们所需计算的形式，它们就能在眨眼之间完成——即使同样的计算会耗费你我的毕生时光。

“但这些机器是否理解它们所做的事情？斯通尼教授说：‘还没有。现在不行。给它们点儿时间。罗马并非一日建成。’”汉密尔顿深思熟虑地点点头，“大概那样说很公平。他的计算机只有几岁大，还是婴孩。它们何必要这么早就去理解任何事情呢？

“然而，让我们先停下脚步，更慎重地考虑这件事。一台计算机，正如它今日所处的地位，单纯是一台做算术的机器，且斯通尼教授并不主张它们将会生长出完全属于它们自己的新型大脑。他也不主张给予其任何全新的东西。他已然可以使它们用电视镜头观察世界，将图像转化为一股描述屏幕各点亮度的数据流……如此，计算机便能在屏幕上实施算术。他已然可以使它们用特制的话筒与我们对话，因为计算机将一股描述声音响度的数据流传入其中……一股由更多算术产生的数据流。

“因此，世界能以数字的形式进入到计算机中，而话语亦可以呈现为数字。斯通尼教授所希望增添到他的计算机上的，仅是一种‘更加聪明’的做算术的方法——用第一组数据流水线生产第二组。他告诉我们，正是那种‘更聪明的算术’，会使这些机器能够思考。”

汉密尔顿双臂交叉在胸前，停顿了一会儿，“我们如何去理解这一点呢？除了做算术外，一无是处，这足够使一台机器理解任何事情吗？直觉告诉我当然不能，但我何德何能，可以让你们理应信任我的直觉呢？

“那么，让我们把问题限定在‘理解’上。为了保持审慎的公平，我们把它置于可能对斯通尼教授最有利的领域里。如果有什么事情是计算机理应能够理解的——即便做不到更好，至少同我们一样好——那就是计算本身。如果计算机的确能思考，那它肯定能把握自身最佳天赋的实质。

“此时，问题变成了：你能否仅仅使用算术来描述算术，而不使用其他任何东西？三十年前——远在斯通尼教授和他的计算机出现以前——哥德尔教授问了自己同样的问题。

“现在，你们可能会感到疑惑：竟有人能创造使用纯粹的算术来描述算术法则的方法。”汉密尔顿转向黑板，拿起粉笔，之后写下两行字：

如果$x+z=y+z$，

那么$x=y$。

“这是一条非常重要的法则，不过是用符号而非数字书写的，因为对每个数字，每一个x、y和z的值，都必然正确。然而，哥德尔教授有个精明的想法：为何不像间谍那样使用一种编码，给每一个符号都分配一个数字呢？”汉密尔顿写道：

‘*a*’的编码是1。

‘*b*’的编码是2。

“以此类推。你可以给字母表的每个字母都进行编码，再依此处理所有算术用得上的其他符号：加号，等号，诸如此类。日常的电报正是用这种方式发送的，它所使用的编码被称为博多码，因此这件事上并无真正奇异或险恶之处。

“我们从学校习得的一切算术法则都可被书写为一组仔细选择过的符号，并将其翻译成数字。任何关于‘哪些事物可以从这些法则推出，哪些不能’的问题，都可以被重新解读为关于数字的问题。如果这一行由那一行推出，”汉密尔顿指了指写在最开始的两行字，“那么就可以通过两者编码数的关系发现。我们可以由此来考察每一个推论，并宣布它是否逻辑有效，中间只涉及做算术。

“因此，给定任何与算术相关的命题——例如‘存在无限个质数’的陈述——我们都可以用编码数的形式，重新表述对其的证明。如果x代表陈述的编码数，那么可以说‘存在一个末尾是编码数x的数字p，能通过我们的检测，被确认为一个逻辑有效证明的编码数。’”

汉密尔顿深吸了口气。

“1930年，哥德尔教授使用这一框架做了些精妙的事情。”他在黑板上写道：

> 不存在满足以下条件的数字p：p是这条陈述的逻辑有效证明的编码数。

“这里存在一条关于算术、关于数字的陈述。它必须要么为真、要么为假。因此，我们先从假设其为真开始。那么，不存在数字p为该陈述的逻辑有效证明的编码数。所以这条关于算术的陈述为真，但它不能由单纯的算术证明！”

汉密尔顿微笑起来，“如果你们没有立即理解，不用担心。我第一次从一位年轻的朋友那儿听说这个论点时，也花了些时间才明白。但是请记住：计算机理解任何事情的唯一希望是通过做算术，而我们刚刚找到一条陈述，它不能被纯粹的算术证明。

“尽管如此，这个陈述真的逻辑为真吗？我们绝不能急于跳到结论，绝不能操之过急地宣判机器死刑。假设这个陈述是错的！鉴于命题表示不存在数字p作为命题本身证明的编码数，那么若该命题为假，意思就是无论如何必须存在这样一个数，而这个数字能够编码对假命题的‘证明’！”

汉密尔顿得胜般地摊开手臂，“你们和我，和所有学生一样，都知道从坚实的前提不可能证明错误的结论——而且，如果连算术的前提都不算坚实，还有什么能算呢？因此我们知道，可以肯定的是，这个命题为真。

“哥德尔教授是第一个发现这点的，而凭借一些帮助和不懈的努力，任何受过教育的人都能跟随他的脚步。但机器永远做不到。我们可以向机器泄露我们自身对这一事实的所知，把它作为无须自证的真理，但机器既不能自己意外发现这一真相，也不能在我们作为礼物赠予时真正领会它。

“你们和我理解算术的方式不能被任何电子计算器所复制。那么，一台机器有何希望能超越自身最有利的社会环境，去领悟任何更广阔的真理呢？

“完全没有，女士们，先生们。尽管这场曲折的数学之旅对你们来说似乎晦涩难解，但它却有着非常实际的目标，甚至克服了来自最狂热的唯物主义者或最迂腐的哲学家的反驳，它证明了我们这些平凡人一开始就知道的事情：机器永远不能思考。”

汉密尔顿回到座位上。有那么一会儿，罗伯特仅是感到兴奋：不论是否受到指点，汉密尔顿确实掌握了哥德尔不完全性定理的证明要素，并将其呈现给了一群外行观众。原本可能发生的太极拳之夜——没有拳拳到肉的打斗，没有可供观众品评的内容，只有两人在不同竞技场的独角戏——已变成了真正的思想碰撞。

罗伯特走向讲台。波兰尼介绍他时，罗伯特意识到自己平素的羞涩和不自在都消散了，他体内充盈着多种类型的紧张情绪：他比以往任何时候都更敏锐地发现，此刻已来到命运攸关的时刻。

到达讲台时，他摆出即将开始演讲的姿势，接着突然停下，仿佛遗漏了什么。“请耐心等待片刻。”他绕到黑板背面，迅速在上面写下若干字句，然后回到自己的位置。

“机器能思考吗？汉密尔顿教授想让我们相信，他已经一劳永逸地解决了这个问题，其办法是找到一个我们已知为真的陈述，而这是被编程为使用固定、死板的方法来探索算术定理的特定机器永远也无法做到的。嗯……我们都有自己的局限。”他翻过黑板，露出自己在另一面写下的内容：

罗伯特·斯通尼现在说的这句话并不是真话[1]。

他等待了一段时间，才继续讲。

“然而我所希望探索的，与其说是一个充满局限的问题，不如说是一个充满机遇的问题。我们究竟是如何获得了这一神秘技能，去得知哥德尔的陈述是正确的？这种优势、这种伟大的洞见来自何方？来自我们的灵魂吗？来自某些机器无法拥有的非物质实体吗？那是唯一可能的来源，唯一可信的解释吗？或许，它的来源并不那么缥缈呢？

“正如汉密尔顿教授解释过的：我们相信哥德尔的陈述为真，是因为我们相信算术规则不会把我们引入矛盾和谬误。但是，这种信任从何而来？是怎么出现的？”

罗伯特把黑板翻回汉密尔顿的一面，指向消去律，“如果x加上z等于y加上z，那么x等于y。为何这如此合理？我们成为少年之前，或许都不会学到用这样的方式表达它，但如果你向一个孩童展示两个盒子——但不展示里面有什么——再给每个加入相等数目的贝壳、石头或者水果块，接着让孩童看到每个盒子里面，此时包含同样数目的物件。这样，不需要任何正式教育，他就明白：两个盒子一定从一开始就装了同样数目的物件。

1. 这是经典的说谎者悖论，斯通尼用它表明，人类语义系统和算术系统一样具有不完全性。

“孩童知道，我们也都知道，一种确定的物体会如何行为。我们的生活就沉浸在对整数的直观体验中：数量为整数的硬币、邮票、卵石、鸟、猫、绵羊、公交车。我如果尝试说服一个六岁孩子：放三个石子在盒子里，拿走一个，让里面剩四个……这只会让他嘲笑我。可为什么呢？不仅仅是因为他在之前的许多场合中，确实曾从三个东西里拿走一个，然后剩下两个。就连一个孩子都明白，有些看似可靠的事情最终会失效：一个日复一日、完美运行一个月甚至一年之久的玩具，依然会破损。但算术则不然，三个去掉一个也不然。他甚至无法构想算术失效的情景。只要你在这个世界生活过，见过它如何运行，就无法想象算术失效。

“汉密尔顿教授认为这归因于我们的灵魂。但如果有一个孩子在只有水和雾的世界中长大，从未同时由多于一个人陪伴，从没被教授过数自己的手指和脚趾，那么这个孩子会如何评论算术呢？我不认为那样一个孩子会拥有同你我一样的确定信念：坚信算术绝不可能将自己引入歧途。将全部数字从他的生活中放逐，这需要非常奇特的环境，对其的剥削程度堪称残忍。然而，这是否足以夺去那个孩子的灵魂呢？

“一台被设计来从事计算的计算机——正如汉密尔顿教授刚才描述的那样——所承受的剥削比那孩子还要深得多。如果我在成长的过程中，手脚被束缚着，头被罩着，还被某人的命令呵斥着，我怀疑自己对现实的掌握能有多少——但与这样一台计算机相比，我仍能更好地完成任务。被那样对待的机器没有思维能力，这可真是大慈大悲。如果它能思考，那我们加在它身上的镣铐就是暴虐的罪行。

“但很难说，这是计算机的错误，还是暴露了它本性中一些不可弥补的缺陷。如果我们想要以起码的诚实态度评估手中机器的潜能，就必须公平对待它们，而非令它们背负我们自己做梦都没想过要强加在自己身上的约束。将鹰与扳手，或是将瞪羚与洗衣机进行比较，真的毫无价值：是我们的喷气机在飞行，我们的汽车在奔驰——虽然与任何动物的方式都相当不同。

“思维确实比其他那些技能更难以实现，为此，我们可能需要以更加紧密的方式去模仿自然世界。但我相信，如果机器自诞生起便被赋予了学习能力，就像我们与生俱来就有的权利那样，并被允许像儿童那样，在经验、观察、试错、直觉和失败中自由地学习——而不是被迫去执行一系列无法违背的指令——我们终将达到让两者可比的状态。

“而当那真的发生时，我们就可以与这些机器相会、交谈和争论——不管是算术，还是其他任何主题——而无须引述哥德尔教授、汉密尔顿教授或是我自己的说法。我们会邀请对方到当地酒吧，再面对面单独对话。如果我们保持公平公正，就会使用与任何朋友、顾客或是陌生人在一起时，相同的经验和判断，亲自裁决对方是否可以思考。”

BBC在演播室外的小房间里提供了大量各种品类的酒和奶酪。罗伯特最终和波兰尼进行了一场热烈的讨论，并发现他是坚定的反方。海伦则毫无顾忌地与汉密尔顿的年轻友人调情，原来，那人有剑桥大学代数几何学的博士学位。他肯定是在罗伯特从曼彻斯特返回的前夕就毕业了。罗伯特礼貌地和汉密尔顿客套了几句，感到对方不愿再继续接触，便保持了距离。

一小时后，他从卫生间返回的途中，在迷宫般的走廊上迷了路，而且恰好碰到汉密尔顿坐在演播室里独自啜泣。

他几乎要悄悄退回去，但汉密尔顿抬头看见了他。两人视线相对，撤退是不可能了。

“是因为你的妻子吗？”罗伯特问道。他曾听说她病得很重，但传言还说她奇迹般地痊愈了。一年前，家里的某位朋友曾施以援助，让她的病得到缓解。

汉密尔顿说道："她快死了。"

罗伯特走上前，坐在他旁边，"是什么原因呢？"

"乳腺癌。已经在身体里扩散了，进入她的骨骼，进入她的肺、她的肝。"他又抽噎起来，无助地抽搐，接着愤怒地说道，"痛苦是上帝用来塑造我们的凿子[1]。怎样的白痴才能想出这样一句话？"

罗伯特说道："我会跟朋友聊聊，他是盖伊医院的肿瘤专家，正在试验一种新型的基因治疗法。"

汉密尔顿瞪着他，"你的奇迹治疗之一？"

"不，不是的。我是说，只有很间接的联系。"

"她绝不会服你的毒药。"汉密尔顿愤怒地回绝。

罗伯特几乎想吼回去："是她不会？还是你不让？"但这问题并不公平。在某些婚姻里，界限是很模糊的。自己无权评判他们两人一起面对这件事的方式。

"他们离开，为的是以全新的方式跟我们在一起，甚至比以前更亲密。"汉密尔顿像是念出对抗的咒语般说出这句话，仿佛这是一则能够驱离诱惑的信仰宣言，不论他自己是否完全相信。

罗伯特沉默片刻，然后说道："在我还未成年时，曾失去过一个亲近的人。我当时与你想的一模一样。在之后很长一段时间里，我觉得他仍然和我在一起，指引着我，鼓励着我。"这段话很难说出口，他近三十年没有和任何人提起过这些了，"我设想过一整套理论去解释它：'灵魂'使用量子不确定性来控制生者的身体，以及让死者和生者建立联系。如此不违背任何物理法则。这种东西，任何十七岁受过科学训练的头脑都有可能意外发现，然后严肃对待几周，最终才意识到它

1. 此语化用英国作家C. S. 刘易斯的传记《影子大地》中，刘易斯悼念亡妻的内容。前文也有一处提到了凿子的意象，应为同源。

有多荒唐。可我曾有一个极佳的理由对其中的缺陷视而不见，所以死守着它近两年之久。我如此怀念他，因而需要这么久才能意识到自己在做什么，我在如何欺骗自己。”

汉密尔顿尖锐地说道：“如果你从没尝试寻找解释，可能永远不会失去他。他可能现在依然和你在一起。”

罗伯特思索着这句话，“尽管如此，我还是很高兴没有那样。这对我俩都不公平。”

汉密尔顿颤抖起来，“那你根本就没多爱他，不是吗？”他把头埋在胳膊下，“滚吧，现在就滚，行吗？”

罗伯特问道：“到底怎么做才能向你证明，我没有与恶魔为伍？”

汉密尔顿将血红的眼睛转向他，用得胜的语气宣告：“什么都不可能！我可是看到过昆特的枪发生了什么！”

罗伯特叹了口气，“那只是个魔术把戏。舞台魔术，不是黑魔法。”

“哦，是吗？那就给我瞧瞧是怎么变的。教我怎么做，我好让朋友们也佩服佩服我。”

“那更多是技巧问题，需要花上整晚。”

汉密尔顿皮笑肉不笑地说道：“你骗不了我。我从一开始就看穿你了。”

“你觉得X射线是邪恶的吗？青霉素呢？”

“别把我当傻瓜。这没有可比性。”

“为何没有？我协助开发的一切东西和它们都是相同连续体中的一部分。我读过一些你写的关于中世纪文化的书，你总是指责现代评论者把它看作简单的事物。没有人真的认为地球是平的。没有人真的把所有新事物都看作巫术。那么，为什么不能像十四世纪的人看待二十世纪医学那样，去看待我的每项工作呢？”

汉密尔顿答道：“如果一个十四世纪的人突然面对二十世纪的医学，你认为他无权怀疑它是如何被揭示给自己同代人的吗？”

罗伯特不安地在椅子上挪动。海伦没有要求他发誓保守秘密，但他同意海伦的观点：在透露宇宙分支之间的联系的任何细节之前，最好先等一等，先去传播有助于了解情况的知识。

但这个男人的妻子不必死去。罗伯特已经厌倦了保守秘密。一些战斗需要靠秘密才能取胜，但另一些最好靠诚实。于是他说道："我知道你讨厌H.G. 威尔斯。但如果他在某一件小事上是对的呢？"

罗伯特告诉了他一切，隐去了技术细节，但没有遗漏任何实质内容。汉密尔顿未曾打断地听着，无可奈何地着了迷。他的表情从敌意变成了难以置信，但也有些许不情愿的惊奇，似乎他至少可以领略罗伯特所描绘出的一部分美感和复杂之处。

然而，罗伯特讲完后，汉密尔顿只回应道："你可真是个大骗子，斯通尼。但我从谎话大王那儿还能期望得到什么呢？"

罗伯特心情沮丧地坐车回到剑桥。与汉密尔顿的相遇令他郁闷，而究竟谁在辩论中说服了国人，这个问题相比之下已经变得遥远而抽象了。

海伦在郊区租了间房子，并没有与他同居，以免招惹丑闻。不过话说回来，她频繁的造访其实造成了相差无几的效果。罗伯特跟她一起走到门前。

"我觉得结果不错，你说呢？"她说道。

"我猜也是。"

"今晚我就离开。"她漫不经心地补充道，"这就是告别了。"

"什么？"罗伯特震惊了，"一切都没尘埃落定呢！我仍然需要你！"

她摇摇头，"你已经拥有了所需的全部工具，全部线索，还有充足的本地盟友。现在，我已经没有什么真正紧急的事情能告诉你了，没有什么是你不能独自高效地发现的。"

罗伯特恳求着，但她去意已决。司机鸣响喇叭催促，罗伯特打了个不耐烦的手势。

“你知道，我的呼吸都明显结霜了，”他说道，“而你这儿什么也没有。你真应该更谨慎些。”

她笑起来，“担心这个好像有点儿晚了。”

“你会去哪儿？回家吗？还是出发去扭转另一个分支？”

“另一个分支。但在路上，我还计划做点儿别的事情。”

“什么事？”

“你还记得你写过的关于‘神谕’的东西吗？一台可以解决停机问题的机器。”

“当然。”如果有一台设备，它可以预先告知你某个给定的程序最终是会停摆，还是会永远运行下去，你就能证明或证伪关于整数的任何定理：哥德巴赫猜想、费马大定理，一切的一切。你只需要向这个‘神谕’展示一个可以循环运行所有整数的程序，该程序将测试每一个可能的取值组合，仅当发现某个组合违背了猜想之后才停摆。你将永远不需亲自运行程序，有‘神谕’对它能否停摆进行裁决就足够了。

这样一台设备或许可实现，或许不可实现，但罗伯特在二十多年前就证明了：无论程序设计如何巧妙，没有任何普通的计算机可以胜任。如果程序H总可以在有限时间内告诉你程序X会不会停摆，那么你可以在程序H上附加一些内容，创造出程序Z，每当它检测到一个会停摆的程序，就会反常且故意地进入无限循环。如果Z进行自我检查，那么它要么会最终停摆，要么会永远运行下去。但任何一种情况都与程序H所声称的能力相矛盾：如果Z事实上会永远运行，那么一定是因为程序H断言它不会这样，反之亦然。因此，程序H并不存在。

“时间旅行，”海伦说道，“给了我一个成为‘神谕’的机会。有一种可以利用你无法改变自身的过去这一特性的方法，一种可以将无限多的类时路径压缩进有限的物理系统的方法。这些路径没有一条是封闭的，但其中一些无限接近于封闭。一旦成功了，就可以解决停机问题。”

“怎么做呢？”罗伯特的思维在飞转，“而且，假使做到了……那更高的基数呢？一个测试其他‘神谕’的‘神谕’，能测试关于实数的猜想吗？”

海伦神秘地笑了笑，“第一个问题，你应该只需四五十年就能解决。至于剩下的，”她从他身边离开，进入黑暗的走廊，“你凭什么认为我就知道答案呢？”她给他一个飞吻，然后消失在视线中。

罗伯特向她走了一步，但走廊里已空无一人。

带着伤感和兴奋，他走回汽车，心怦怦直跳。

司机疲倦地问：“先生，现在去哪儿？”

罗伯特回答：“去更高、更远。[1]”

4

葬礼后的第一夜，约翰在房子里踱步到凌晨三点。究竟何时才能让人可以忍受啊？何时？她在死亡面前表现出的力量和勇气，令此刻的他自愧不如。然而，在大限将临的几周里，她曾把这些与他分享。她曾把这些与他们所有人分享。

在床上，在黑暗中，他试图在周围感受她的存在。但这是外力驱使的，是不成熟的。他是可以相信她在看护自己，但期望能免除每一丝悲哀、每一丝痛苦，就不现实了。

---

1. 原文化用自C. S. 刘易斯代表作《纳尼亚传奇》第七部《最终之战》第十五章。

他等着入眠，需要在黎明前略做休息，不然早晨如何面对她的孩子们呢？

渐渐地，他意识到有人站在床脚的黑暗中。他再三察看那片阴影，接着眼前清晰地映出一张幽灵的脸。

那是他自己的脸。更年轻，更快乐，更自信。

约翰坐了起来，“你想要什么？”

“我想要你跟我来。”那人影走近时，约翰在往后退，接着它停了下来。

“跟你来，去哪儿？”约翰问道。

“去她在等待的地方。”

约翰摇了摇头，“不。我不相信你。她说当那一刻来临，她自己会来找我的。她说她会指引我。”

“那时，她还不明白，”幽灵温和地坚持道，“她不知道我能亲自来接你。你觉得我会让她代替我吗？你认为我会逃避这个任务吗？”

约翰仔细打量那张微笑着恳求的脸，“你是谁？”是他自己的灵魂，在天堂里，被重新塑造了吗？是上帝给所有人的礼物吗？在死前，遇见你即将成为的那个存在——如果你如此选择的话？所以说，就连这也是可以自由选择的？

幽灵说道：“斯通尼说服我，让他的朋友给乔伊丝治病，我俩得以继续一起生活。一个多世纪已经过去了。现在，我们邀请你加入我们。”

约翰吓得噎住了，“不！这是骗局！你是恶魔！”

那东西温和地答道：“不存在魔鬼。也没有上帝。只有人。但我保证：拥有神的力量的人类比我们想象中的任何神明都要仁慈。”

约翰捂住脸，“别管我。”他热烈地低声祈祷着，等待着。这是一个考验，是最容易让人脆弱的时刻，但上帝不会让他一直像这样赤膊上阵地直面敌人，不会让它的持续时间超出他的忍耐范围。

他把脸露出来。那东西还在身旁。

它说道："你还记得信仰降临的时候吗？感觉自己周围的盾牌在消融，先前那仿佛阻挡在上帝和你之间的盔甲消失了？"

"是的。"约翰挑衅地承认道，并不害怕这个可憎之物能看透他的过去，看透他的内心。

"承认自己需要上帝，这需要力量。但明白某些需求永远无法得到满足，这同样需要力量。我无法许诺你天堂。我们这儿没有疾病，没有战争，没有贫穷。但我们必须找到自己的爱，自己的善良。不存在所谓最终的安慰。我们只有彼此。"

约翰没有回答。这种亵渎神明的幻想甚至不值得挑战。他说道："我知道你在撒谎。你真认为我会把孩子们孤零零地留在这里吗？"

"他们会回到美国，回到他们的父亲身边。如果你留下来，你认为还会和他们在一起多少年？他们已经失去了母亲。如今，这个机会对他们来说会更轻松些，一次干脆利落的告别。"

约翰愤怒地喊道："滚出我家！"

那东西走近了，坐在床上，把一只手放在他的肩膀上。约翰抽泣着，"救救我！"但他不再知道是在向谁求助了。

"你还记得《橡树之座》上的那一幕[1]吗？哈比女妖把每个人都困在她的地下洞穴，试图说服他们内西亚并不存在。只有这个单调的地下世界才是真实的。她声称，他们自以为看到的其他事物，全都是虚幻的。"年轻约翰的脸上带着怀旧的微笑，"而我们可爱的老史鲁格维特这样回答：他对她所谓的'现实世界'不怎么在乎。即便她是对的，但鉴于那四个小孩可以创造出更好的世界，他宁愿继续假装他们想象的世界是真实的。

"但我们的一切都是颠倒的！现实世界比任何人的想象都更丰富、

1. 内容与《纳尼亚传奇》第四部《银座》第十二章相似。

更奇特、更美丽。弥尔顿、但丁、圣约翰才是把你困在单调、灰暗的地下世界的人。那就是你现在所处的地方。但如果你把手交给我，我能拉你出来。”

约翰的胸膛仿佛要炸开。他不能失去信仰，比这更难熬的他都坚持下来了。上帝对他妻子脆弱的身体施加每一次折磨和侮辱的时候，他都坚持过来了。而现在，没有人能从他手里夺走信仰。他对着自己低声吟唱：“当我蒙难，祂将寻我。”

那只冰冷的手把他的肩膀握得更紧了，“你可以和她在一起，现在就可以。只要说你愿意，就会成为我的一部分。我会带你进入我的内心，而你会透过我的眼睛去看，然后我们会回到她仍然活着的世界。”

约翰哭了出来，“让我静一静！让我去哀悼她吧！”

那东西悲哀地点点头，“如果那是你想要的。”

“那就是！走！”

“我确定了就走。”

突然，约翰想起了斯通尼在演播室里的长篇大论。斯通尼声称，每一个选择都会走遍所有路径，任何决定都不可能是终极的。

“现在我知道你在撒谎了！”他得胜般地喊道，“如果你相信斯通尼告诉你的一切，我的选择怎么还会有意义呢？我总会对你说是，也总会说不！一切还是一样！”

幽灵严肃地回答说：“当我和你在一起，触碰你的时候，你是不可分叉的。你的选择会有意义。”

约翰擦了擦眼睛，凝视着它的脸。它似乎相信自己说的每一句话。这真会是他的超自然孪生兄弟，在尽可能诚实地讲话，而不仅仅是戴着面具的魔鬼吗？大概在斯通尼可怕的幻象中，也有些许真实。或许这真是另一个版本的自己，一个真诚地相信他俩有着共同历史的活生生的人。

那么，它就是上帝派来的使者，来教他谦卑，教他同情斯通尼。它向约翰昭示，如果他少一点信心，多一点骄傲，一样可能会永沦地狱。

约翰伸出一只手，摸了摸这个丧失灵魂的可怜人的面庞。他想：多亏上帝恩典，我才逃过此劫。

他说道："我已做出了选择。现在离开我吧。"

作者按：这个故事里的虚构角色的生平与真实历史形象的事迹有所交集。我借鉴了安德鲁·霍奇斯和A. N. 威尔逊所写的传记[1]。广义相对论的自对偶表述在1986年由阿贝·阿希提卡发现，量子引力研究因而有了突破性发展，但本文所涉及该理论的推论是假想的。

《神谕》，首次发表于美国《阿西莫夫科幻杂志》，2000年7月。

1. 分别为《艾伦·图灵传》（*Alan Turing: The Enigma*）和《C. S. 刘易斯传》（*C. S. Lewis: A Biography*）。

快乐的理由

The Best of Greg Egan

陈　岩 译

快乐的本质，不过是电信号与化学反应。

Awards 所获荣誉

1998 年 提名轨迹奖最佳中短篇小说

1998 年 提名澳大利亚迪特玛奖最佳短篇小说

1998 年 提名澳大利亚奥瑞丽斯奖最佳科幻短篇小说

1998 年 获得英国《中间地带》杂志读者投票奖最佳短篇小说

2002 年 获得日本星云赏最佳翻译类短篇小说

2003 年 提名西班牙伊格诺特斯奖最佳翻译类短篇小说

2006 年 获得读者票选“史上最佳 SF”海外短篇类第一名（早川书房《科幻杂志》600 期）

1

2004年9月，过完十二岁生日后不久，我进入了一种近乎无间断的幸福状态。我从没想过为什么会这样。虽然学校里课业繁重，但我依然可以应对自如，让自己随心所欲地做白日梦；在家里，我可以恣意浏览有关分子生物学、粒子物理学、四元数以及星系进化的书和网页；我还可以自己编写复杂的电脑游戏，制作令人费解的抽象动画。虽然我是个身材瘦小、四肢不怎么协调的孩子，任何规则复杂、没有意义的体育运动都会令我昏昏欲睡，但我对于自己的身体状况倒是非常满意。不管我什么时候跑起步来，也不管我跑到哪儿，那感觉都很棒。我不愁吃住，安全无忧，有爱我的父母和他人的鼓励，生活充满动力。所以为什么不该觉得幸福快乐呢？虽然我既没法把枯燥的功课和让人压抑的校园社交完全抛诸脑后，又很容易就被一些极其琐碎无谓的小问题而浇灭热情，但我并不习惯去给快乐的日子做倒计时。人们总是相信快乐会持续下去。虽然已经无数次地目睹过这种乐观的希冀是如何落空的，可我或许还是不够成熟世故吧，当这希冀看似就快成为现实时，我竟一点也不觉得惊讶。

当我开始出现不断呕吐的症状后，全科医生艾什给我开了一个疗程的抗生素，并准了我一个星期的假。我想我的父母一定觉得挺不可思议，因为这个从天而降的假期带给我的快乐居然远远盖过了任何病菌带来的痛苦。也许他们还奇怪，为什么我都懒得去做做痛苦的样子，可既然我每天都要实实在在地吐个三四次，确实是没有必要再不停地嚷嚷自己的胃有多难受了。抗生素一点作用也没起。我开始逐渐失去平衡感，走路时跌跌撞撞的。在艾什医生的办公室，我得眯着眼才能看到视力表。她把我送到威斯特米德医院的一位神经科医生那儿，那位医生立刻给我做了核磁共振成像扫描。当天晚些时候，我住进了医院。父母当时就知道了诊断结果，但直到三天后，我才从他们嘴里问出实情。

我的脑袋里长了个髓母细胞瘤，堵塞了一个充满脑脊液的脑室，导致颅内压力升高。这种脑瘤有潜在的致命性，但通过手术并伴以高强度的放疗和化疗，三个处在这个阶段的病人中，就有两个能再多活五年。我觉得自己就像站在满是腐烂枕木的铁路桥上，没有其他选择，只能一直往前走，希望这一块块令人忧心的木板可以支撑住自己的重量。我明白面前的危险，一清二楚，可就是没法真正惊慌起来，无法切身地感到害怕。我最接近惊恐的感觉也不过是一阵近乎兴奋的眩晕感，似乎我面临的只是冒险坐一次过山车罢了。

这当然事出有因。

颅内压强升高可以解释我的多数症状。不过，脑脊液的化验结果表明，我的脑中有一种叫亮氨酸脑啡肽的物质也明显增多了。这是一种内啡肽，也是一种神经肽。它的受体与某些镇静剂——如吗啡和海洛因——的受体是一样的。在发展为恶性肿瘤的过程中，一些突变转录因子不仅激活了使癌细胞无限分裂下去的基因，同时也激活了产生亮氨酸脑啡肽的基因。

这种情况很特殊，并非常见的伴随症状。当时我还不太懂什么是内啡肽，但父母把那位神经科医生的原话向我重复了一遍，之后我又去了解了所有与之相关的知识。亮氨酸脑啡肽不是在疼痛对生命形成威胁时分泌出来的止痛剂，它也没有任何麻醉作用，不能使病人的伤口在愈合时变得麻木而失去痛感。相反，它是能让人获得幸福感的最直接的手段。在令人愉悦的行为或环境的刺激下，它就开始发挥作用。数不清的其他大脑活动一起对这个简单的信息进行处理，让人产生许许多多、各种各样的积极情绪。将亮氨酸脑啡肽与目标神经元结合起来，这只是一长串其他神经递质促成的事件链上的第一个环节。

撇开这些比较难以理解的东西，我可以确定一个简单明了的事实：亮氨酸脑啡肽能让人心情愉快。

父母在给我讲这些时，情绪难以自持。我则像是某些赚人眼泪的电视剧中患了绝症的小天使那样，平静地笑着，反过来安抚他们。这与潜在的坚强和成熟无关，我只是真的无法为自己感到难过。因为脑啡肽的作用太特殊，我可以毫不畏缩地面对现实。而如果被药用镇静剂全身麻醉，我是不可能做到这点的。我头脑清晰、毫不气馁、神采奕奕、勇气十足。

我的脑袋里装入了一个脑室分流器。一根纤细的管子深深插进我的颅内，它能在医生进行消除主要肿瘤的操作时，降低我的颅内压力。手术计划在周末实施。肿瘤专家梅特兰医生向我详细讲述了整个手术过程，并告知了未来几个月可能会遇到的危险和不适。一切都已准备就绪。

随着最初的打击逐渐淡去，我那深陷痛苦中的父母决定不能就这么坐以待毙，认命般接受我活到成年的那三分之二的概率。他们满悉尼地打电话，甚至打到其他更远的地方，只希望能找到别的更好的选择。

我的母亲找到了一家黄金海岸的私人医院——那是总部位于美国内华达州的连锁“医疗圣殿”在澳大利亚的唯一分院。那里的肿瘤科提供一种治疗髓母细胞瘤的新方法。他们将经过基因改造的疱疹病毒注入患者的脑脊液，这种改造后的病毒只会感染能自我复制的癌细胞。之后，只能被这种病毒激活的一种强效细胞毒素会杀死这些被感染的癌细胞。不考虑手术的风险，这种疗法有百分之八十的把握能使病人多活五年。在这家医院的网页上，我查到了治疗所需的费用。他们给出的价格包含了所有的开销：三个月的食宿、所有的病理和化疗服务，以及所有药物，总共六万元。

我的父亲是位电气工程师，在建筑工地工作；母亲是百货公司的售货员。我是他们的独子，所以我们的家境远称不上贫困。但要筹得那么多钱，他们还得再次贷款，这又多背了十五到二十年的债务。而且，三分之二与百分之八十相比，其实也没多大不同。我听到梅特兰医生提醒他们说，这两个数字实际上是没法比较的，因为病毒疗法才刚出现没多久。他们本可以听取她的意见，坚持传统疗法。

也许我在脑啡肽作用下的平静反应刺激了他们，也许如果我还是原来那样阴沉、难相处，或者表现出全然的恐惧而非异常的勇敢，他们就不会做出这么大的牺牲了——但我永远没法确定。不过，什么都不会减少我对他们的感激。正因为脑啡肽没有充满他们的脑袋，所以没理由指望他们能像我一样镇定自若。

在前往北部的飞机上，我一直握着父亲的手。我们从前总是有点隔阂，因为对彼此都多少有些失望。我知道他希望自己的儿子可以更壮实一点，更爱运动，性格更外向。而在我看来，他总是不思进取、墨守成规，将自己的世界观建立在不可靠的陈词滥调和口号上。但在那一次旅程中，虽然我们几乎一句话都没说，我却可以感到他对我的失望正转化成一种强烈的、充满保护欲的父爱。我很惭愧自己以前那么不尊重他。脑中的亮氨酸脑啡肽让我相信，这件事过去后，我们之间的关系一定会变得更好。

从马路上看，黄金海岸的“医疗圣殿”很容易被误认为是一栋滨海的酒店高楼。其实从里面看，它也和我在荧幕上看到的饭店没有多大差别。我有一间自己的房间，里面有一台比床还宽的电视，配有网络电脑和电缆调制解调器。如果这些是用来分散我的注意力的，那么目的达到了。经过一个星期的测试后，他们开始把点滴注入我的脑室分流器。最早注入的是病毒，三天之后加入了药物。

他们给我看了扫描图，肿瘤几乎立刻就开始缩小了。父母看起来既开心又茫然，似乎他们从来就没怎么指望这个百万富翁前来做包皮手术的地方真能对我的病情起到什么好处，应该只会收了钱给些安慰，然后在我的病情每况愈下时说些高水准的空话。但肿瘤仍在缩小，当连着两天出现停滞不前的情况后，肿瘤专家立刻把整个治疗过程重复了一遍，之后核磁共振成像屏上显示的卷须状物和黑乎乎的团状物又开始继续变少、变淡了，速度比以前还快。

我现在完全有理由肆无忌惮地开心了，但我却越来越不自在。我把这简单地归咎于亮氨酸脑啡肽的减少。甚至有可能因为肿瘤一直以来释放了太大剂量的亮氨酸脑啡肽，所以理论上来说，已经没什么东西能让我有更好的感觉了——如果我已经被带到了幸福的顶点，那之后的就只能是下坡了。那样的话，我开朗性情中出现的任何阴郁情绪就都印证了扫描图上的好消息。

一天早晨，我几个月来第一次从噩梦中惊醒。我梦到肿瘤如同有爪的寄生体似的，在我的颅内四处敲打。我能听到它的硬壳敲在骨头上的咔嗒声，就像困在果酱瓶里的蝎子发出的那种声音。我很害怕，出了一身冷汗……我解放了。恐惧很快便被熊熊的怒火所取代：我曾经不得不与肿瘤妥协，但我现在自由了，可以勇敢地面对它，在心里骂它个痛快，可以带着理所当然的火气将这恶魔驱逐出去。

对穷途末路的肿瘤穷追猛打，这没有想象中那样激动人心，反而让我觉得有些扫兴。我无法全然无视这么一个事实：我的怒气在驱逐肿瘤，这根本就是颠倒真正因果关系的做法——就好像看着铲车从我胸前移走大石，却假装是自己深吸了一口气将其搬走的一样。不过，在我尽量理解这些迟来的情绪后，就没再去深究了。

住院六个星期后，我所有的扫描图都变干净了，而且我的血液、脑脊液和淋巴液中都没有出现转移癌细胞的蛋白质标记。但仍然有可能存在一些抵抗力强的癌细胞，所以他们给我用了一个疗程截然不同的药物。这些药物的服用疗程很短，但用量很大，而且与疱疹感染无关。他们先给我做了睾丸活体组织检查——在局部麻醉的作用下，我感到的尴尬胜过疼痛——然后又从髂骨部取了骨髓样本。这样一来，如果药物从根源摧毁了我制造精子的潜力和供给新鲜血液细胞的能力，它们都还可以被恢复。我开始掉头发，胃壁出现溃疡，呕吐的次数更多了，远比刚确诊时痛苦。但当我发出哼哼唧唧的声音想博取同情时，一个护士冷冰冰地告诉我，岁数只有我一半大的孩子也要忍受好几个月同样的治疗。

仅用这些传统的药物是永远没法治好我的，但作为一种收尾措施，它们大大降低了复发率。我发现了一个很美的词：细胞凋亡——细胞的自杀，一种程控式的死亡——并一遍又一遍地向自己复述。最后，我几乎是在享受这种恶心疲惫的感觉了。我越觉得凄惨，就越能想见这些肿瘤细胞的命运：在细胞毒素命令细胞自杀时，细胞膜就像气球一样炸开或瘪掉了。在痛苦中死去吧，可恶的渣滓！也许将来我可以编一个与之有关的游戏，甚至是一系列游戏，就以这波澜壮阔的第三阶段化疗作为高潮：大脑保卫战。我将因此名利双收，赚钱回报父母，生活也会真的变得很完美，就像肿瘤曾经使我认为的那样。

十二月上旬我出院了，所有的病症都消失了。父母一会儿神情谨慎，一会儿又面露喜色，好像他们担心高兴得太早会招来恶报，但又在慢慢消除这种想法。化疗的副作用消失了：我的头发都长回来了，只有当初插入分流器的那一小块地方还是秃的，而且也不再呕吐了。现在回到学校去上课也没什么意义，因为还有两个星期就到年底了，所以我的假期便直接开始了。在老师的组织下，班上的同学给我发了一封老套、空洞的慰问电子邮件。几个好哥们儿则都到家里看望我，他们带着一点点的窘迫和无措，欢迎我从死亡边缘回来。

可是，为什么我会觉得这么难过呢？我可以想睡多久就睡多久，老爸老妈每天总有一个人在家把我像皇帝一样伺候着。不仅如此，他们还会给我个人空间，如果我想在电脑前坐上十六个小时，他们也不会说什么。可是，为什么每天早上我睁开眼睛看到窗外湛蓝的天空时，那进入眼帘的第一缕日光会让我想把脸埋到枕头里，咬牙低语“我真应该死掉，真应该死掉”？

任何事情都不能给我带来哪怕一丝乐趣。我喜欢的网络杂志和网站不能，我曾经深深痴迷的津巴布韦音乐不能，甚至那些脂肪超多、糖分和盐分都超高的垃圾食品也不能。无论什么书，我都读不完一整页，程序代码也写不过十行。我无法面对现实世界中的朋友，也没有任何想上网的念头。

我做的每一件事，想到的每一件事，都沾染着一层让人窒息的恐惧与耻辱。我想得到的唯一能与之相提并论的画面，是我在学校看过的一部关于奥斯维辛的纪录片。这部纪录片以一个很长的推拉镜头开始，摄像机缓缓移向集中营的大门。看到这一幕时，我心里一沉，已经很清楚里面发生过什么。我不是在妄想，那时我并不相信自己周围每一种闪亮的表象背后都隐藏着某些难以言表的邪恶。但每当我醒来看到天空时，都会产生一种不祥的预感，就好像我正注视着奥斯维辛集中营的大门。

也许我是在害怕肿瘤会复发，但也没有那么害怕。病毒疗法在第一回合的速战速决还是很让人信赖的，而且从某种程度上说，我确实觉得自己很幸运，也知道感恩。可我现在一点也不觉得死里逃生有什么好开心的，就像当初因为脑啡肽而处在极乐状态时怎么也不会觉得难过一样。

我的父母开始担心了。他们把我拖到心理医生那儿进行“康复咨询”。这个想法和其他事情一样让人讨厌，但我实在懒得去反对。布赖特医生和我讨论说，也许我之所以在潜意识里选择让自己觉得不幸，是因为我已经学会了把幸福和死亡的威胁联系在一起；也许我内心很害怕，如果又表现出得肿瘤时的主要症状，肿瘤就会复发。对这种肤浅的解释，我既有点儿不屑一顾，又有些甘愿相信。我希望自己承认了这种隐忧后，便能将它暴露在阳光之下加以审视。这样一来，这种不合逻辑的想法便会消失。然而，不管是鸟的鸣叫、卫生间瓷砖上的图案、吐司的气味，还是双手的形状，都让我悲伤厌恶的情绪有增无减。

我想知道，是不是因为得肿瘤时产生了太多的亮氨酸脑啡肽，所以我的神经细胞减少了相应受体的数量；或者，是不是我已经对亮氨酸脑啡肽产生了耐受性，就像吸食海洛因上瘾的人那样，制造天然调控分子来阻碍与受体的结合。当我把这些想法告诉父亲之后，他坚持让我去和布赖特医生讨论。布赖特医生装着很感兴趣的样子，但所作所为表明，他并没有真的把我的话当成一回事。他一直告诉我父母，我的所有感觉都是在经历了创伤之后十分正常的反应，我真正需要的只不过是时间、耐心和理解。

新年一开始，我匆匆进入了中学。但我一个星期什么都没干，就坐在那儿盯着课桌发呆。于是学校做出了安排，让我在网上学习。在家里，我确实可以用自己的方式，在那纯粹的、让人无法正常行动的悲伤情绪发作的间隙，以一种行尸走肉般麻木无知的状态去一点点地学习学校的课程。同样，在心情相对明朗的日子里，我会继续思考可能导致我痛苦的原因。我查阅生物医学文献，发现了一篇研究高剂量亮氨酸脑啡肽在猫身上产生的作用的文章，但文章似乎认为任何耐受性都只是短期的。

后来，三月的一天下午，我盯着一张感染了疱疹病毒的肿瘤细胞的电子显微照片——那时我本该在研究那些已故的探险家的——终于想出了一个说得通的解释。病毒需要特殊的蛋白质来与它要感染的细胞结合，从而能有足够的时间穿透细胞膜。但如果病毒从肿瘤自身丰富的RNA转录物上复制了亮氨酸脑啡肽的基因，那它也许就不仅仅是可以附着在自我复制的肿瘤细胞上，而且还可以附着在我大脑里每一个带有亮氨酸脑啡肽受体的神经细胞上。而在受感染的细胞内，细胞毒素被激活并杀死了所有受感染的细胞。因为不再有新的输入，那些由死掉的神经细胞刺激产生的通路正在消亡。我大脑内每一个能感知幸福的部分都在死去。虽然有时候我什么感觉都没有，但心情是各种力量调和的产物。就算只是一点点的抑郁情绪，要是没有东西去压制，它就能轻而易举地赢得每一场心情角力赛。

我什么都没跟父母说，不忍心告诉他们这场仗为我赢来了最大的生存率，却也可能让我变成残废。我试着去联系我在黄金海岸时的主治肿瘤医生，但电话总是被一段自动播放的背景音乐屏蔽掉，邮件也没有回复。我找机会独自去见了艾什医生，她很有礼貌地听了我的推测，但拒绝帮忙引见神经科医生，因为我的症状都是心理方面的：我的血液和尿样检查里并没有发现任何临床抑郁症的标准标记。

我心情明朗的时间变得越来越少了，而每天待在床上盯着昏暗的房间发呆的时间却越来越长。我陷入了单纯的绝望，我的感觉与现实的一切彻底脱节，以至于从某种程度上说，我的绝望显得无比荒谬：我所爱的人没有被屠杀，我的癌症也基本痊愈了，我也仍能分辨出自己的感觉与那种合乎逻辑的真正的悲伤或恐惧是不同的。

可是，我没法摆脱这种忧郁，没法获得自己想要的心情。我唯一能自由选择的，就是到处寻找能解释我抑郁情绪的原因，假装这是自己在遭遇了一连串人为造成的不幸后最自然的反应。或者置身事外，把囚禁我的这具瘫痪的躯体，看成是凭空强加给我的无用而麻木的外壳。

父亲从来没有责怪我软弱、不知感恩，他只是默默地退出了我的生活。母亲一直在尽力跟我沟通，试着安慰或刺激我，但我也只能握握她的手作为回答。我并不是真的瘫痪或者看不见了，也没有失语或是变傻。可是所有我曾待过的、灯火通明的世界，不管是现实还是虚拟、真实还是想象、思想上的或情感上的，对我而言都再也看不见、摸不着了。它们被埋在了迷雾里，埋在了粪便里，埋在了灰烬里。

当我住进一间神经科病房时，大脑中坏死的区域已经能清楚地显示在一张核磁共振成像扫描图上了。但就算可以早点确诊，好像也没什么办法能阻止这一进程。

而且，显然没人能进入我的颅内，把我感受快乐的机制复原。

2

十点的时候，闹钟把我叫醒了，但我又花了三个小时才有足够的力气活动。我掀开被单，坐在床边，心不在焉地咕哝着脏话，试着避开这逃不掉、也本不应该在意的结局。不管今天我取得了多大的成就（逛了商店，还买了些冷冻食物之外的东西），也不管是多大的好运降临到了我头上（保险公司在我必须交房租之前支付了保险金），明天醒来时，我的感觉还是一模一样。

什么都没用，什么都没变。这几个字概括了一切。但我早就接受了这一切，再没什么事情好让我失望的了，而且我也没有理由坐在这儿，第一千次为这一创伤而哀叹。不对吗？他妈的，只要动起来就好。

我吞掉“早上”要吃的药，是六颗我昨晚拿出来放在桌上的胶囊，然后去上厕所。我排出的尿液很黄，都是上一剂药的代谢物。这世界上没有任何一种抗抑郁药能真的把我带入“百忧解天堂”，但这种药至少能让我的多巴胺和血清素维持在足够高的水平，以免紧张症发作——那样的话，我就只有依靠流质食物、便盆和擦浴过活了。

我把水泼在脸上，试图想出一个在冰箱塞满一半的情况下离开公寓的借口。整天这样待着，脸不洗，胡子不刮，确实会让我更难过：

脏兮兮又无精打采，像只可怜的寄生虫。但还是得再过一个星期或更久，这种自我厌恶的力量才会强烈到让我活动起来。

我看着镜子。食欲的不振大大“弥补”了锻炼的缺乏——我感受不到碳水化合物能带来的享受，就像我领会不了跑步者的乐趣——而且还能数数胸前松弛的皮肤下有几根肋骨。我三十岁，但看起来就像一个虚弱的老头。我把前额抵在冰凉的玻璃上，因为一些残留的本能告诉我，这样做也许能让感官榨取出零星的快感。然而，并没有。

在厨房里，我看到电话上的灯亮着：有信息在等我接收。我回到厕所，坐在地上，努力让自己相信那不会是一个坏消息。应该没有人过世，父母也不可能再离一次婚。

我走到电话边，打开显示屏。上面出现了一张表情严肃的中年妇女的脸，只有拇指指甲那么大，不是我认识的人。她叫Z.杜兰尼，是开普敦大学生物医学工程系的博士。这则信息的主题是：“修复性神经再造术的新手段”。这让事情有了点儿变化。大部分人看到我的临床报告时，都只是很随意地扫几眼，认为我大概是有点儿反应迟钝。我一下子来了精神，没有了厌恶的感觉——我对杜兰尼博士的“敬意”也只能表现到这种程度了——在我看来，不管她有多努力，这种疗法也只是海市蜃楼。

“医疗圣殿”的无责任保险协议让我有了一份相当于最低生活保障金的生活津贴，并可以报销经医院认可的医疗费。我没有足够的大笔现金可以使用，但任何有可能使我在经济上获得自给自足能力的治疗，其费用都可以由保险公司酌情全额赔付。对环球保险公司而言，他们需要支付的治疗费用——相当于我死之前要支付给我的所有生活费——正在不断减少，而全球范围内的医疗研究基金也正在减少。有关我的消息已经传开了。

至今为止，我接受的大多数治疗都使用了新的药物。药物使我不再需要慈善机构的照顾，但若指望这些药物能让我变成一个快乐的普通工薪族，就如同指望药膏能让断掉的四肢再长回来一样不切实际。从环球保险公司的角度看，为更先进的治疗手段支付费用意味着要拿更多的钱冒险——这种预期无疑将让负责我案子的经理忙于向精算数据库求助。既然我仍然很有可能在四十几岁自杀，那么就没必要匆忙地做出支付的决定了。便宜的疗法值得一试，但任何激进却有可能成功的提议就一定通不过风险成本分析。

我双手抱头跪在屏幕旁。我可以删除掉这则未读的信息，让自己免于遭受清楚知道即将错过什么的挫败感……可不知道的感觉也同样糟糕。于是，我按下了播放键，然后转开脸——就算对着一张录下来的面孔，我也羞愧难当。我知道为什么：在我脑袋里，传递积极的非语言信息所必需的神经通路早就没有了，但那些对拒绝、敌视等有反应的神经通路不仅仍旧完好，而且变得四通八达、高度灵敏，不管真正的事实是什么，都能在感觉的空白处填上高强度的消极信号。

我极尽所能，认真听杜兰尼博士解释她是如何治疗中风病人的。组织培养神经细胞移植是当前的标准疗法，但她却是把经过精心配置的聚合物泡沫注入受损区域。泡沫释放的生长因子能把轴突和树突从周围的神经细胞上吸引过来，而聚合物本身被设计成一个电化学开关网。借助散布在泡沫中的微处理器，最初无定形的开关网会按计划首先代替死去的神经细胞发挥作用，然后做出适当微调，与具体的接受者相容。杜兰尼博士一一列举了她取得的成功：视力恢复了，语言恢复了，能活动，能自制，有欣赏音乐的能力。而我的缺陷——以我所失去的神经细胞、突触或是大脑原始体积来衡量——并不属于她至今治愈的所有神经损伤中的任何一种。但这只会让事情变得更有挑战性。

我近乎冷静地等着她最终抛出一个价值六位数或七位数的圈套，但屏幕中的声音说道："如果你可以支付自己的旅费和住院三个星期的花销，我的研究经费可以负责治疗本身的费用。"

我把这段话反复听了很多遍，想试着找到一种没那么讨人喜欢的理解——通常我很擅长这样做。但当这种尝试失败后，我下定决心，给杜兰尼博士在开普敦的助手发了封邮件，请他解释清楚。

没有任何误解。我得到了一个机会，能在余下的生命里恢复健康，而花销只相当于购买一整年能让我勉强维持清醒的药。

准备这么一次南非之行当然不是我能做到的，可当环球保险公司意识到这是一个机会，两大洲的分公司就开始一起为我积极行动起来。我需要做的只是克制住取消这一切的冲动。一想到要再度住院，再一次体会那种无力感，就让我很不安，但去预想这种神经假体的潜力，其实就和在世界末日盯着日历瞧一样多此一举。到了2023年的3月7日，我要么将到达一个更广阔、更多彩、更美好的世界……要么就会被证明确实无可救药。从某种程度上说，就算希望最终破灭了，也远没有另外一种结果让我那么害怕。那种结果和我现在的状态差不多，更容易想象得到。我唯一想得出的和快乐有关的场景是，自己仍是个孩子，开心地跑着，最后融入阳光里——一切都那么美好，让人向往，但就是少了点儿有真实感的细节。如果我曾想化为一缕阳光，早就割腕自杀了。我想有一份工作，想有一个家庭，想经历平常人的爱情，也想有适当的抱负——因为我知道这些都是我被剥夺了的东西。但我想象不出，如果自己终于得到了这些，生活会变成什么样，就像我无法描述二十六维空间里每天的生活场景一样。

登上清晨离开悉尼的航班之前，我一夜没睡。我在一位精神科护士的陪同下来到机场，但在前往开普敦的一路上，她都没有坐在旁边看护我，让我保留了一点颜面。在飞机上，我把醒着的时间都用来对抗偏执症了。难过焦虑的情绪折磨着我的大脑，我一边努力克制去找理由的冲动，一边告诉自己：飞机上没人用鄙夷的目光看着我。杜兰尼的方法最终不会是个骗局。我成功地粉碎了这些“解释性的”妄想……但是和以前一样，我仍旧无法改变自己的感觉，甚至无法将自己纯粹的病理性抑郁和冒险做脑部手术前任何人都会有的正常焦虑感清楚地区分开。

不用总是努力去找事物间的区别，这不也是一种幸福吗？忘掉什么是快乐，就算未来充满无助的痛苦，但只要我知道那是事出有因的，也算是一种胜利。

来机场接我的是杜兰尼带的一个研究生吕克·德维希。他看起来大约二十五岁，洋溢着自信，我费了好大的劲儿才没把那误读成轻视。我突然有陷入困境的感觉，很无助：他把什么事情都安排好了，我就像是传送带上的零件一样。但是我知道，如果他们让我自己来做什么的话，那么整个治疗流程绝对进行不下去。

到达位于开普敦市郊的医院时，已经过了午夜。横穿停车场的时候，小虫子的叫声听起来不太对劲，空气的味道闻着有说不出的陌生感，天上的星星看起来就像是高明的仿制品。快到入口时，我膝盖一软，跌倒了。

"小心！"德维希扶我站起来。我在发抖，因为害怕，也为自己的样子而难为情。

"这回我可是违背了自己的回避疗法。"

"回避疗法？"

"就是不惜一切代价避开医院。"

德维希笑了，虽然我分辨不出他是否只是在迎合我。发现自己能让别人真心地开怀一笑，这本应是一种乐趣——但现在看来，我的那些感受快乐的传导通路的确都消失了。

他说道："我们的上一个病人是用担架抬进来的。她离开时大概和你差不多，还有些站不稳。"

"那么糟啊？"

“她的人造髋骨出了问题。不是我们的错。”

我们走上台阶，进入灯火通明的大厅。

第二天早上——3月6日，星期一，做手术的前一天——我见到了手术小组的大部分成员，他们将完成整个手术的第一步，即纯机械部分的操作：干净地刮除死去的神经细胞留下的无用空洞，用小气囊撬开所有因为受挤压而闭合的空隙，然后在整个奇形怪状的空间里注满杜兰尼的那种泡沫。除了十八年前分流器在我脑袋上留下的那个洞，他们可能还要再打两个洞。

一名护士给我剃了头，并在裸露的头皮上贴了五个参照点。然后整整一下午我都在做扫描。最终结果显示，我大脑里所有死去空间的三维图看起来就像山洞探险爱好者的地图，上面画着一系列连在一起的洞穴，并夹杂着岩石、瀑布和坍塌的隧道。

杜兰尼那天晚上亲自来看了我。“在你身处麻醉状态时，”她给我解释道，“泡沫就会开始固化，与周围组织的初次连接也将建立起来，然后在微处理器的指挥下，聚合物会根据我们的选择形成起始开关网。”

我不得不迫使自己说话。我问的每一个问题——虽然措辞礼貌、清楚恰当——都让我觉得痛苦难堪，好像我正赤身裸体地站在她面前，请她帮我清除掉头发上的粪便。“您是如何找到一个能用的开关网的呢？您扫描过志愿者的人脑吗？”我会作为吕克·德维希的一个克隆体——继承他的品位、他的抱负、他的情绪——从而开始我的新生吗？

“不，不用那样做。有一个国际健康神经结构数据库，它的数据来源于两万具死时脑部未受损的尸体。这比断层摄影技术更精确，大脑被冷冻在液氮里，由一个带金刚钻头的切片机进行切片，然后这些切片被着色，并拍下电子显微照片。”

我在她不经意调用的海量数字前愣住了，我对计算已经完全没了感觉。“所以你会用数据库里的某些合成品？会从不同的人身上选取一些典型的结构用在我大脑里？”

杜兰尼看起来想把这个话题就此打住，但她显然是个对细节要求一丝不苟的人，并没有居高临下地敷衍我。“不是的。这更像是多重曝光，而不是单一的合成品。我们使用了数据库里的大约四千份记录，全是年龄在二十几岁或三十几岁的男性；在某一个人那儿，神经细胞A与神经细胞B相连，而在另一个人那儿，神经细胞A与神经细胞C相连……到了你这儿，神经细胞A则会和B、C都相连。理论上来说，起始开关网会逐渐‘消减’成这四千个样本中的任意一种。但实际上，你将把它‘消减’成自己独一无二的版本。”

这听起来比成为一个情绪不稳定的克隆体或者科学怪人般的混合物舒服多了。我会成为一尊已经雕出大概轮廓、只是细节之处还有待进一步加工的塑像。但是“怎么‘消减’它呢？我怎么样才不会变成其他人，而变成……”变成什么呢？让十二岁时的自己重生吗？还是保持现在三十岁应有的样子，作为四千名死去的陌生人的混合体而活着？我的声音越来越弱，仅有的那点儿觉得自己不是在胡言乱语的信心也消失了。

杜兰尼似乎也变得有点儿不自在——不管怎样，我对她的判断还是准确的。她说：“你的大脑应该还是会有一些部分是完好的，那些地方保存了一部分丢掉的记录：和成长经历有关的记忆，和曾给你带来过快乐的事物有关的记忆，以及没有被病毒摧毁的先天结构片段。神经假体会一直自动发挥作用，直到与你大脑中的其他部分相适应——它会和所有其他系统进行互动，而且工作效果最好的连接会在互动环境中被强化。”她想了一会儿，“你可以假想一种假肢，一开始用的时候问题很多，但随着你的使用，它会自我调整：当够不到你要的东西时，它会伸长；意外碰到什么东西时，它会缩短……直到大小、形状都和你活动时存在于幻觉中的肢体相符。而那幻觉本身不过是对失去的血肉的想象。”

这是一个很有说服力的比喻。尽管我很难相信自己褪色的记忆会包含足够多的信息来重建各种细节，很难相信这幅关于我曾经是谁、我又变成了谁的拼图，可以根据些许模糊的提示和四千张掺杂在一起的、描述快乐的碎片拼出来，但我的这个想法可能会让她觉得不舒服，所以我没有说出来。

我问出了最后一个问题：“在这些情况发生之前，会是什么样的呢？当我从麻醉中醒过来时，所有连接都会复原吗？”

杜兰尼坦言：“这个问题的答案，我没有办法知道，除非你自己告诉我。”

有人不断叫着我的名字，那声音让人心安，却很急切。我更清醒了一点。我的脖子、双腿、后背都在痛，胃也恶心得厉害。

但床很暖，被单很软。就这么躺着很舒服。

“现在是星期三的下午，手术进行得很顺利。”

我睁开眼睛，杜兰尼和她的四个学生全站在床边。我看着杜兰尼，惊讶地发现这张我曾认为“严肃”和“难以亲近”的脸其实……很引人注目，很有吸引力。我盯着她看了好久。然后我看到站在她旁边的吕克·德维希。他同样很出众。我把另外三个学生挨个看了遍，每个人都同样有魅力。我都不知道该往哪儿看了。

“你觉得怎么样？”

我说不出话来。这些人的脸上饱含深意和让人着迷的东西，我没法单挑出任何一点来：他们看起来都很聪明、喜气、漂亮、有思想、目光殷切、有同情心、平静祥和、生机勃勃……一堆白噪音般的品质，全是积极的，但相互间毫无关联。

然而，当我强迫自己把目光从一张脸移到另一张脸，试图努力搞明白那些表情时，他们的意图一下子变得清晰了——这感觉就像突然看清了书本上的字词，虽然我的视力一直很不错。

我问杜兰尼："你是在笑吗？"

"算是微笑吧。"她犹豫了一下，"我们有标准测试和标准图像来加以判断。不过……请描述一下我的表情，告诉我，我在想什么。"

我不知不觉地就回答了，好像她是在让我读一张视力表："你在……好奇？你很认真地在倾听。你很感兴趣，而且你在……期待会有好的事情发生。还有，你在笑，因为你觉得好事肯定会发生，或者因为你不怎么敢相信它居然已经发生了。"

她点点头，笑意更深了，"太好了。"

我没有说自己现在觉得她美得惊人，几乎令人窒息。房间里的每个人都给我这种感觉，无论男女。我曾在他们脸上读到的那种矛盾情绪已烟消云散，唯独留下一种摄人心魄的神采。我觉得这有点儿让人害怕——它太随意，太强烈——虽然从某方面来说，这看起来基本上是很正常的反应，就像适应了黑暗的眼睛突然遇光会眼花一样。而且，在过了十八年觉得人人都面目可憎的日子后，我可不准备抱怨将眼前五人看作天使的感觉。

杜兰尼问道："你饿吗？"

我不得不想了想这个问题，"饿。"

一个学生把准备好的食物端过来，和我星期一吃的差不多：沙拉、面包卷、奶酪。我拿起面包卷，咬了一口。很熟悉的口感，味道也没变。两天前，我是带着轻微的恶心来咀嚼吞咽这东西的，通常所有食物都让我有些难以下咽。

此刻，热泪滑下我的脸颊。我没有欣喜若狂。这种体验和嘴唇干裂流血时从喷泉里喝到水的感觉一样，既有点不可思议，也有些疼。

同样很痛，同样难以抑制。我吃光了盘子里的食物后，又要了一盘。吃是好事，吃是正确的，吃是必需的。当我吃完第三盘时，杜兰尼坚定地说道："已经够了。"我摇头，想要更多。她仍然美得超凡，但我却愤怒得想冲她尖叫。

她抓住我的手臂，让我停下来，"这对你来说，将会很难过。你的情绪会经常像这样如波浪般翻腾起伏，涌向四面八方，直到开关网消停下来。你必须尽力保持平静，保持清醒。神经假体让很多你并不习惯的事也变得有可能发生……但你仍然没有失去控制。"

我咬了咬牙，转开脸。她的碰触让我立刻痛苦地勃起了。

"是的，"我说道，"我能控制自己。"

接下来的日子里，神经假体带给我的体验变得越来越不强烈。我几乎可以想象出这个开关网最粗糙、最不契合的边缘部分——用一种比喻的说法——正在因使用而逐渐磨光。吃饭、睡觉、和人相处仍旧很愉快，可这并不像是某人用高压线戳了我脑袋的后果，而更像是童年时一个不可思议的玫瑰色的梦。

当然，神经假体并没有向我的大脑发出信号来让它感到快乐。神经假体本身正是我身体中在感受所有这些乐趣的那个部分——不管它与我的知觉、语言、认知和其他所有的一切是多么紧密地融为一体。一开始，这样的想法让我很不安，不过再一想也就没什么了。不过是像在做认知实验时，把一个正常大脑里所有相应的活动区域着上蓝色，然后宣称"是它们在感受幸福，不是你"罢了。

杜兰尼的小组试图量化他们的成功，于是我接受了一系列的心理测试——大多是我每年在接受保险评估时做过很多次的了。要客观地衡量中风病人曾经瘫痪的手的康复程度，只需观察其能否自如操控；而我必须让每一个数值刻度都从底部升到顶端来表明自己确实产生了正面情感。这些测试不但没把我激怒，还让我第一次有机会在新的场合运用神经假体——这让我很开心，是那种从未有过的开心。一些测试是让我解释家庭环境里日常会发生的一些场景——这个孩子、这个女人以及这个男人之间发生了什么？谁心情好？谁心情不好？还有一些是让我看了很棒的艺术名作的影像，从复杂的寓言性和叙事性的绘画，到精致的极其简单的几何图像。除了让我听日常的语言片段和那种未加修饰的、因为喜悦和痛苦而发出的叫喊声，他们还给我放音乐听，每一支流派、每一个时期、每一种风格都有。

就是在那时，我终于意识到某些地方不太对了。

雅各布·采勒正在播放音频文件并记录我的反应。其间多数时候他都面无表情，小心翼翼地避免泄露自己的看法，以免影响数据的准确度。但在他放完欧洲古典音乐中描述天国的一个片段、看我把它评为满分二十分之后，我捕捉到他脸上一闪而过的沮丧之情。

“怎么？你不喜欢？”

采勒含糊地笑了笑，“我喜欢什么不重要。那不是我们要测量的。”

“我已经打好分数了，你现在不会影响我的看法。”我用请求的目光看着他，渴望有所沟通，“过去十八年，我对这个世界充耳不闻。我甚至不知道这音乐是谁作的曲。”他犹豫了一下，“J. S. 巴赫。其实我同意你的看法，这曲子令人赞叹。”他伸手碰触摸屏，继续进行实验。

那他是在沮丧什么呢？我立刻就知道了答案。我真傻，之前竟然没注意到，可我实在是太沉浸在音乐中了。

我给每一项测试打的分数都不低于十八分。视觉艺术部分的测试也是如此。从我的四千位实际供体那儿，我继承的不是其喜好的平均值，而是其总和——已经十天了，我还是没能产生任何自己的限制和偏好。

对我而言，所有的艺术、所有的音乐都是卓越的；所有的食物都是好吃的；我看到的每一个人都是完美的。

也许我只是因为长期缺乏快乐，所以才会沉浸在任何能得到乐趣的地方。而要感到腻烦，变得和其他人一样挑剔、有突出的兴趣、与众不同，只是时间问题罢了。

“我以后还会像这样吗？什么都喜欢？”我脱口问道，开始时语气是有点好奇的，说完后已经有了明显的慌乱。

采勒停掉他正在播放的音乐——一首也许是阿尔巴尼亚、摩洛哥或者蒙古的颂歌，这我不太清楚，但这曲子就像其他所有事物一样，让我全身兴奋、情绪高涨。

他沉默着权衡了一会儿，然后叹口气对我说：“你最好去和杜兰尼谈。”

杜兰尼给我看了她办公室屏幕墙上的一幅柱状图：在过去的十天里，神经假体内每天发生着变化——新的连接建立了，已有的连接被破坏、削弱或加强——柱状图上记录着状态发生改变的人工神经突触的数量。植入的微处理器一直在跟踪记录这些变化，而且每天早上都会有天线在我脑袋上晃来晃去地接收数据。

第一天的活动很显著，那时神经假体正在适应环境。这四千份供体的开关网在它们主人的脑袋里也许都是十分稳定的，可装进我的脑子之前，这种综合版本从没被连接到任何人的脑袋里过。

到了第二天，活动量大概只有第一天的一半了。第三天大概是十分之一。

但从第四天起，就什么都没有、只剩下背景噪音了。我零碎却开心的记忆显然被存到其他地方去了——既然我肯定没有得健忘症——在一开始的剧烈活动之后，界定快乐的神经回路就不再有其他变化和进一步的调整了。

“如果接下来的几天有任何变化趋势，我们便能将其放大，并进行助推——就像推翻一幢不稳固的、要向某一特定方向倾倒的大楼那样。”杜兰尼的语调听起来并不是很乐观。已经过去太长时间了，而这幢开关网大楼连微微晃动的表现也没有。

我问道："基因方面的因素呢？你能读取我的基因组，从那方面入手吗？"

她摇摇头，"至少有两千种基因在神经发展过程中起作用。那可不像是给一种血型或一种组织型配对，数据库中的每一个人差不多都会有一小部分和你一样的基因。当然，有些人的性格会比其他人和你更相近，但我们无法用基因手段找出来。"

"我明白了。"

杜兰尼谨慎地说道："我们可以把神经假体完全关闭，如果那是你想要的。不需要手术——只要我们把它断开，你就能回到开始时的状态。"我看着她那张神采奕奕的脸。我怎么能回到过去？不论测试和柱状图说明了什么……这怎么会是失败呢？不管我是沉溺在多么无用的美好中，也比曾经满脑袋都是亮氨酸脑啡肽强。我仍能感觉到害怕、忧虑、伤心……测试显示了所有供体都有的消极情绪。我无法讨厌巴赫、查克·贝里、马克·夏卡尔或者保罗·克利的艺术创作，但是对于疾病、饥饿和死亡的场景，我的反应和正常人一样。

而且我不再像当初不在意自己的癌症一般不在乎自己的命运了。

但如果我继续使用神经假体，我的命运又会是什么样的呢？凡事皆快乐，凡事皆痛苦……我的情绪任由他人摆布？这么多年我都生活在黑暗中，如果说我曾经渴望过什么，那不就是想让自己心怀希望——希望有机会可以再做回正常人吗？而这难道不是已经落空了吗？我得到了塑造自我的原料——虽然我全都试过了，也全都很喜欢，但却没能把任何一样变成自己的。这过去的十天里，我体会到的所有快乐都毫无意义。我只是一个死掉的空壳，游荡在他人的阳光下。

我说道："我想你应该那样做。把它关掉。"杜兰尼抬起手，"等一下。如果你愿意，还有一件事我们可以试一下。我已经在和我们的伦理委员会讨论，吕克也已经开始了软件的前期准备工作……但最终还要看你的决定。”

“做什么?”

“开关网可以往任何一个方向发展。我们知道如何进行干涉——只要打破平衡，使某些东西比其他的更能唤起快乐感就好。虽然这种情况没有自然产生，但并不意味着不能用其他方法让它发生。”

我笑了，突然有点儿头晕，“所以如果我同意……你们的伦理委员会就将为我选择我喜欢的音乐、我最爱的食物和我的职业?他们将决定我变成谁?”既然我自己很早以前就死了，为什么不让一个全新的人重生呢?难道不该把我自己——不仅仅是一个肺或一个肾，而是整个身体，包括无关的记忆在内——都捐给一个任意构建、但完全正常的新生的人吗?

杜兰尼很震惊，“不是的!我们从没想过要那样做!我们只是对微处理器进行编程，让你自己控制对开关网的调整。我们能让你有意识地、随意选择让自己开心的东西。”

德维希说道:“试着想象一下控制器。”

我闭上眼睛。他说道:“闭眼不是个好方法。如果养成习惯，会限制你的能力的。”

“好吧。”我看向空中。实验室的音响系统正在播放贝多芬的波澜壮阔的音乐，要集中注意力很难。我努力设想德维希在五分钟前，一点一点构建在我的脑袋里的那个程式化的、樱桃红色的水平滑动控制器。突然间，它不再只是一个模糊的形象，而像是叠加在房间之上，如同实物一般清楚地出现在我视野的底部。

“好了。”数值在19周围徘徊。德维希瞄了一眼背对着我的显示器，“很好。现在试着把等级降低。”我挤出苦笑。这可是贝多芬。“怎么做?要怎么做才能不那么喜欢一样东西?”

“不用那样做。只要试着让指针向左移。想象这样一个过程:软件正在监控你的视觉皮层，跟踪任何一闪而过的想象中的感知。骗自己看到指针在动——这种假想会有帮助。”

确实有用。几分钟内我不断地失去控制，好像很棘手，但在停下来检测效果之前，我还是设法把它降到了10。

“去你的。”

“我看有点用，是吧？”

我傻子似的点了点头。音乐仍令人……愉悦……但魔力全部消失了。就好像是在听一篇蛊惑人心的演讲，然后中途意识到演讲者自己都不相信说出的每一个字——这样一来，虽然先前的文采和说服力还在，但真正的震撼已经消失了。

我感到前额出了好多汗。在杜兰尼解释整个计划时，它听起来太不可思议，不大可能成真。我没能在神经假体上成功烙上自己的痕迹——尽管残存的自我仍有数十亿的直接神经连接和数不清的机会来与神经假体交互，并按我自己的形象来塑造它——可我还是害怕到了做选择的时候，自己会因为犹豫不决而什么都做不了。

但是我清楚地知道，我不会再被一首古典音乐轻易俘获了。不管那曲子是我从没听过的，还是因为太有名、太无处不在而偶然听到过一两次，但自己其实毫无感觉的。

就在现在，在几秒钟之内，我已经摆脱掉了那种虚假的反应。

仍然还有希望。我仍然有机会使自己重生。我只要有意识地去做，一步一步来就好。

德维希一边摆弄着键盘，一边开心地说：“我会把神经假体上所有主要系统的虚拟配件都编上颜色。你练习几天就会习惯成自然了。不过要记得，有些体验需要两个或三个系统一起发挥作用……所以，如果你想让自己喜欢的音乐听起来没那么无趣，一定要注意调低红色的控制器，而不是蓝色的。”他抬起头来看着我的脸，“嘿，别担心。如果你弄错了，或者改变了主意，可以随时再把它升回来。”

3

飞机落地时是悉尼时间晚上九点，正值一个星期六。我坐火车来到市中心，本打算转乘火车回家，但在看到成群的人都在市政厅站下车后，我把行李存在一个储物柜里，也跟着他们来到了马路上。

病了之后，我来过城里几次，但没有一次是在晚上。我感觉自己好像是在另一个国家待了半辈子——经历了国外监狱里孤独的监禁——之后终于回家。每件事情都让人迷惑。在看到那些似乎被很好保留下来、但与我记忆不太相符的建筑物时，我会有一种似曾相识的眩晕感；每当我转过一个拐角，发现某个我从儿时起就记得的私人地标、商店或招牌已经不见了的时候，都会有一种怅然若失的感觉。

我站在一家酒吧外面，离得很近，已经可以感到我的鼓膜在随着音乐的节拍而跳动。我可以看到里面的人，他们又笑又跳，与周围的人开怀畅饮，因为酒精的作用和在场的伙伴而面带兴奋。有些人的脸上透露着暴力，另一些则写着欲望。

现在，我终于有了身临其境之感。曾经埋葬了整个世界的灰烬已经散去，我可以随意到任何想去的地方。而且我几乎能感觉到那些死去的神经细胞——它们现在作为开关网的伴随物而重生，在听到音乐、看到知音后产生了共鸣——正在我脑袋里叫嚷着，求我赶快带它们到有生命的地方去。

我向前走了几步，被余光里的某样东西转移了注意。在酒吧旁边的小巷里，一个十岁或十二岁的男孩靠墙蜷缩着，头埋在一只塑胶袋里。吸了几口气之后，他抬起头，暗淡的眼睛亮了起来，就像管弦乐团的指挥一般幸福地笑了。

我向后退去。

有人碰了碰我的肩膀，我随即转身。一个男人冲我和善地笑着，“基督保佑你，兄弟。不用再苦苦寻觅了。”他把一本小册子塞到我手中。我凝视着他，对他的情况了然于心——他找到了一条能随意制造亮氨酸脑啡肽的路子，但自己对此一无所知，所以他把一切都归结于某种神圣的“幸福源泉”。我因为惊骇和怜悯而心头一紧。至少我还知道我的肿瘤，就连巷子里的那个倒霉孩子也知道自己只是在吸毒。

那酒吧里的人呢？他们知道自己在做什么吗？音乐、伙伴、酒、性……边界在哪儿？无可非议的快乐何时变成了如此空虚病态的东西了呢？

我步履蹒跚地离开，朝车站走去。在我周围，人们笑啊，叫啊，牵手，亲吻……而我就看着他们，好像他们是被解剖的剥了皮的尸体，显露出上千块相互连接的、不费吹灰之力就能精准地在一起工作的肌肉。深埋在我内心的快乐机制正一遍又一遍地进行自我识别。

现在，我完全相信杜兰尼真的已经把人类感知快乐的全部能力都塞到我的脑袋里了。但是要把这种能力纳为己有，我就不得不接受这么一个事实——比当初肿瘤迫使我接受时更加心不甘情不愿——快乐本身没有任何意义。没有快乐的人生是难以忍受的，但快乐也并不足以成为人生的终极目标。我可以自由地选择它的起因——并对自己的选择感到满意——但是不管我感觉如何，当全新的自我被塑造成型，我所有的选择仍然有可能都是错的。

环球保险公司让我年底之前去把所有手续办好。如果我的年度心理评估表明杜兰尼对我的治疗成功了，那么无论我是否真的有工作，都将被抛向更无情的私营社保机构。于是我在灯下徘徊着，想找到自己的方向。

回来后的第一天，我黎明时分便醒了，坐在电话旁边，开始翻找。我原先的网络空间已经被存档了，按照现在的标准，存储费大约

只要每年十澳分，而我户头上仍有36.2澳元。这份载满信息的奇异“化石”，因为运营商的收购或兼并，在几家公司间辗转了四次，却仍完好无损。通过使用各种工具对这些老式的信息格式进行解码，我把过往的生活片段拖到了眼前加以审视，但后来因为太过痛苦而无法继续下去。

第二天，我花了十二个小时来打扫公寓，清理每一处死角，听自己以前下载的津巴布韦音乐。只有吃饭的时候才停下来，狼吞虎咽地进食。虽然我可以让自己像十二岁时那样热爱高盐分的垃圾食品，但我选择——完全是出于非受虐的、实用的考虑，而不是因为道德高尚——让自己不对任何没水果健康的食物产生兴趣。

接下来的几个星期，我以令人满意的速度胖了起来——虽然当看着镜子中的自己，或是在电话上使用形象模拟软件时，我知道基本上什么样的体格都能令我满意。那个神经结构数据库一定是收录于大批自我形象很理想的人，或者他们死时对自己的外表非常满意。

我再次选择了实用主义。我有许多没做的事情要去做，如果能避免，我不想在五十五岁就死于心脏病。于是，我通过形象模拟软件把自己的形象变肥，并将自己对这一形象的满意度降为0。但死盯着或得不到或荒谬的事情是毫无意义的，所以我对施瓦辛格那样的外表也做了同样的设置。我选择了一具瘦长而结实的身体——当然是在软件允许的范围之内——赋值16（最大值是20），然后开始跑步。

一开始，我跑得很慢。虽然我记得自己还是孩子时，可以轻易从一条街飞奔到另一条街，但我还是很小心，绝不把运动的乐趣抬升得过高，以免忽视了伤痛。当我一瘸一拐地来到一家药房想买些药膏时，发现他们在卖一种叫“前列腺素调节剂”的药。这是一种宣称能够在不减少任何关键修复过程的情况下，把伤害降到最低的复方消炎药。我很怀疑，但这药用起来似乎的确有效。第一个月仍会感到疼，但我既没有因为自然的肿胀而跛脚，也没有忘记自己扭伤了肌肉。

当我的心脏、肺和小腿被生拉硬拽地从原先衰退的状态中解脱出来后，我的感觉好多了。每天早上我都要绕着家后面的马路跑一个小时，然后在每个星期天下午绕着城市跑。我并不强迫自己每次都跑得比上一次快。不管怎样，在运动方面我没有任何抱负，只是想行使自由而已。

很快，跑步和我的生活融为一体。我能把心脏怦怦的跳动声和四肢在运动中的感觉当成一种享受，或者把那些细节淹没在满足感里，就像在火车上听着“哐当”“哐当”的车轮声看风景一样。在重新掌控自己的身体后，我开始去郊区挨个探索。从紧挨着莱恩科夫河的几片森林，到帕拉玛塔大道一成不变的丑貌，我像发疯的测绘员一样来回穿越悉尼，把风景用看不见的测量工具测好后收到脑袋里。我重重地踏过格莱兹维尔桥、铁湾大桥、皮尔蒙特桥、梅多班克大桥和海港大桥，一点儿也不担心脚下的桥面会坍塌。

我也曾怀疑过。我没有被内啡肽麻醉——没有把自己逼得那么紧——但感觉仍旧好得不真实。这种感觉像是在吸毒吗？也许我的祖先们在追逐猎物、逃避危险以及为了生存而划分领地的过程中，也得到过相同的乐趣。但对我来说，这种感觉只是愉快的消遣。

尽管如此，我并没有欺骗自己，也没有伤害他人。我恪守着这两条从自己内心那个死掉的孩子身上得来的原则，继续跑步。

在三十岁的年龄经历青春期很有趣。理论上，病毒并没有让我性无能，只是剥夺了我能从性幻想、性刺激和性高潮中得到快感，另外还部分破坏了我丘脑下部调控荷尔蒙的路径，所以也没让我剩下多少有性功能的东西了。我的身体会在偶尔发作的、毫无乐趣可言的痉挛过程中排出精液。由于在勃起时，前列腺没有分泌正常的润滑物质，所以每次讨厌的射精都会让尿道内壁有被撕裂的感觉。

当所有这些都发生变化时，即便相对来说，我处在性衰老的状

态中，可我所受到的撼动依然是极大的。与梦遗相比，自慰的感觉棒得不可思议，而且我发现自己一点都不想让自制力介入去压制它。但我不需要担心这会让自己对真实的互动失去兴趣，我发现自己在马路上、商店里和火车上总是直直地盯着人看。在经历了极度的恐惧之后，我终于靠毅力调整好假体，戒掉了这个习惯。

开关网让我成了双性恋。虽然我迅速降低了自己的欲望，使它远远低于数据库中大多数男性供体的水平，但到了要选择是做异性恋还是同性恋时，一切就变得没那么容易了。开关网并不是所有供体的平均值——如果是的话，只要关键时刻大多数供体投票反对，我自身存活下来的神经结构体系就不可能掌握支配权，而杜兰尼原来的期望也就破灭了。所以，我是同性恋的概率并不仅有百分之十或百分之十五，两种可能性其实是相等的，消除其中任一种都会让我不安，就像被毁容了一样，我感觉自己似乎已经和两者共存了数十年。

但那会不会只是神经假体在保护自己，或者在一定程度上是我自己的反应？我并不知道。甚至在注入病毒前，我也只是一个对性完全没有意识的十二岁小孩儿。我一直认为自己是异性恋，我曾觉得有些女孩子很有吸引力，但那可能只是纯粹的审美意见，我并没有狂热地注视或者尾随过谁。我查看了最新的研究，但各种与基因有关的论断都被推翻了——所以，就算我的性征在出生时已经决定，也没有血检能告诉我，它现在变成什么样了。我甚至找到了自己在接受治疗前的核磁共振成像扫描图，但分辨率不够高，没法直接用来做神经解剖学方面的解读。

我不想成为双性恋。我太老了，不能再像十几岁的孩子那样去尝试了。我要的是确定性，是有坚实基础的东西。我想组建一夫一妻的家庭——就算一夫一妻对任何人来说都不是轻而易举就能做到的，也没有理由让无谓的障碍绊住我。所以，我究竟应该消灭哪一种倾向呢？我知道怎样选择可以让事情变得简单……但如果最后每件事都是根据我对这四千位供体中，最不抗拒的那一个来进行选择，那我究竟是在过谁的生活呢？

也许讨论这一点根本就没意义。我是一个三十岁的处男，有精神病史，没钱，没未来，没社交技能——而且我可以随时升高自己对当下唯一的选择的满意度，让其他一切都在幻想中渐渐淡去。我并没有欺骗自己，也没有伤害他人。我无法再要求更多。

我之前已经注意到这家缩在莱卡特区一条小路上的书店好多次了。六月份的一个星期天，我慢跑着经过那儿，看到橱窗里摆着一本罗伯特·穆齐尔的《没有个性的人》[1]，不由得笑着停下来。

冬日的湿气让我全身是汗，所以我没有进去买下那本书。但我越过展架向柜台瞥了一眼，看到了一张招聘人手的告示。

找到不需要技能的工作曾经是那么不现实。总失业率是百分之十五，年轻人的失业率还要高三倍，所以我原以为每一份工作都会有上千名其他应征者来竞争：更年轻、更便宜、更壮实、精神更健全的人。虽然我重新开始了在线学习，不至于一无所获，但进展很慢。所有我儿时涉猎过的知识领域都扩展了一百倍，虽然神经假体给了我无限的精力和热情，但还是有太多的东西是我一辈子都无法学到的。我知道，如果真想选择一份职业，一定得牺牲掉百分之九十的爱好，可我仍旧无法痛下决心这样做。

星期一的时候，我又来到这家书店，这次是从皮特沙姆站走上来的。为了求职，我已经稍稍调整了自己的自信值。但当我听到没有其他应征者时，信心自然而然又变多了。店主六十几岁，刚刚闪了腰。他想找个人搬搬箱子，并在他忙别的事时负责一下柜台。我跟他说了

1. 罗伯特·穆齐尔（1880—1942），奥地利小说家，其著作《没有个性的人》常被视为最重要的现代主义小说之一。

实话：因为幼时的一场病，我神经受了损害，而且最近才康复。

他当场就雇用了我，试用期一个月。起薪和环球保险公司付给我的保险金正好一样多，如果我过得了试用期，薪水还会高一点儿。

工作并不繁重，老板也不介意我在无事可做时在后面的房间里看书。从某种意义来说，我到了天堂——有一万本书可以看，又不需要付钱——但有时那种害怕崩溃的感觉又回来了。我贪得无厌地读书，而且在某种程度上，我可以做出清楚的判断：可以把拙劣的作者和高明的分开，把诚恳的作者和虚伪的分开，把陈词滥调的作者和才华横溢的分开。但脑袋里的神经假体仍然想让我什么都喜欢，什么都欢迎，让我在布满灰尘的书架间流连徘徊，直到变得任何人都不是，只是巴别图书馆[1]里的一缕游魂。

入春后的第一天，她在书店开始营业的两分钟后走了进来。看着她在随意浏览，我努力思考着自己将要做的事情会带来什么后果。我已经连着好几周每天待在柜台五个小时了，因为与人有了接触，我开始期待……一些事情。不是疯狂的、相互的一见钟情，而是彼此能有那么一丝兴趣，能有那么一点点迹象表明，我真的能对某个人有更多的好感。

这种事情还没发生过。有些顾客会稍显暧昧，但我知道那没什么特别的，只不过是她们特有的表达礼貌的方式——我不会多想，她们偶尔也会用十分正式的方式来表达礼貌，不过我的反应都一样。谁长得是标准意义上的好看，谁看起来很有活力或神秘莫测，谁机智诙谐或魅力十足，谁散发着青春的光彩或透着历练的沉稳……在这些问题上，我也许会和旁观者的意见是一致的，但我根本就不在意。那

1. 出自阿根廷作家博尔赫斯的著名短篇小说《巴别图书馆》，是一个由数目不能确定的、也许是无限的六角形回廊组成的图书馆。

四千名供体爱过的人千差万别，把他们截然不同的特征集合在一起会涵盖整个人类。这种情况永远不会改变，除非我做些什么来打破平衡。

所以在过去的一个星期，我把神经假体里所有相关的系统都拖到了3或者4的位置上。这样一来，人看起来就不比一块块木头有趣多少了。现在，同这个随意挑选的陌生人单独待在店里，我开始慢慢地把按钮往上推。我得抵抗住积极的反馈。设置越高，我就越想再往上升，但我已经提前设好了上限，而且我会遵守这些限制。

等到她挑好两本书向柜台走来时，我既信心十足、带着胜利的喜悦，又因为害羞而有点儿不自在。我终于同开关网有了如出一辙的感受。我看到这个女人时的感觉是那样真实，仿佛那就是我自己的感觉一样。就算为了获得这种效果，我所做的一切显得太工于算计、不自然、奇怪、可恶……我也别无他法。

她付钱买书时，我朝她笑了笑，她也热情地报以微笑。她没有戴结婚或订婚戒指，但我向自己保证，无论如何都不会去尝试做任何事。从人群中注意到一个人，这只是第一步。我可以约第十个或第一百个与她类似的女人出去。

但我张口就问："你愿意什么时候一起喝杯咖啡吗？"

她看起来有点儿惊讶，但并未觉得我有所冒犯。虽然不明显，但她至少还是有点儿高兴会受到别人的邀请。我想我已经准备好听她拒绝我这种说漏嘴的邀请了，但当我看着她做决定时，残存的自我仍感到一阵钻心的痛。如果这种感觉有一丝显露在脸上，她也许能好心地帮我做个了结。

然而，她答："好啊。顺便说一下，我叫朱丽娅。"

"我叫马克。"我们握了握手。

"你什么时候下班？"

"今晚？九点钟。"

“噢。”

我说道：“你午餐怎么安排？一般都什么时候吃午饭？”

“一点钟。”她犹豫了一下，“这条路的尽头……五金店旁边的那家店怎么样？”

“没问题。”

朱丽娅笑了，“那我大概一点十分在那儿等你？”

我点点头。她转身走出去。我看着她的背影，既茫然、惊魂未定，又无比开心。我想，这真简单。世界上任何一个人都能做到，就像呼吸一样。

我开始呼吸急促。她只需五分钟就会发现，我是个情绪反应迟钝的小屁孩儿。或者更糟，她会发现有四千个成熟男人在脑袋里给我出谋划策。

我走进厕所吐了起来。

朱丽娅告诉我，她经营着几个街区外的一家时装店。“你刚来这家书店，对吧？”

“是的。”

“那你之前是做什么的呢？”

“我没有工作。有很长一段时间了。”

“多久？”

“从我不再是学生起。”

她扮了个鬼脸，“不工作真是罪过，不是吗？嗯，我也这样。我是轮班制，只做半天。”

“哦？你觉得这工作怎么样？”

“挺好的。我是说，我很幸运，这份工作报酬很高，虽然只做半天，却也够我生活的了。”她笑道，“人们大都以为我还要回去照顾家庭，好像那是唯一可能的原因。”

“你只是喜欢有充足的业余时间?”

“是的。时间很重要。我讨厌匆忙的感觉。”

两天后，我们又一起吃了午饭。接下来的那个星期仍是见了两次。她谈她的商店，她的南美洲之旅，她的一个姐姐治好了乳腺癌。我几乎要提到自己很早以前战胜的肿瘤了，但是除了害怕后果外，那听起来也太像是在博取同情了。在家的时候，我一动不动地坐在电话旁——不是在等电话，而是在看新闻，好确保除了自己，我还有其他事情对她讲。毕竟对于“谁是你最喜欢的歌手、作家、艺术家或演员?”这样的问题，我还没有答案。

我脑子里全是朱丽娅的影子。我每时每刻都想知道她在做什么。我希望她开心，希望她平安。为什么呢?因为我已经选择了她。但是……为什么我觉得一定要选择某个人呢?因为到头来，这些供体中的大多数一定有一点是相同的，那就是他们都曾经十分渴望、十分在乎过一个人。为什么呢?这就要归咎于进化了。你既不可能帮助、保护见到的每一个人，也不可能和她们中的每一个相爱，而这两条进化规则的巧妙结合显然确保了基因的有效传递。所以，我的情感源泉和其他人一样，这样我还能再要求些什么呢?

但既然我可以在任何时候通过调整脑袋里的一些按钮让那些感觉消失，我怎么能假装对朱丽娅有什么真实的感觉呢?即使我的感觉强烈到使我不想去碰那些按钮……

有几天我想，也许人人都是这样吧。人们决定去认识某个人，一半都是因为偶然，一切都是从偶然开始的。有几天夜里，我连着几个小时睡不着，就坐在那儿，想我是不是正在把自己变成一个可怜的奴隶或者危险的妄想症患者。既然我已经选择了朱丽娅，那我在她身上的发现能让我离开她吗?或者能引起我的一点儿不满吗?如果她突然决定中断关系，我要如何面对呢?

我们出去吃了晚餐，然后乘坐出租车回家。在她家门口，我给了她一个晚安吻。回到公寓，我翻阅了网上的性爱手册，想不出该怎么隐藏自己毫无经验的事实。从解剖学角度来看，我完全不可能做到。我需要六年的身体训练才能做到传教士体位。自从遇到她，我就不再自慰了：在没得到允许的情况下对她进行意淫似乎太无礼，也太不可饶恕了。认命了之后，我一直清醒着躺到早晨，想弄明白自己给自己设下的这个陷阱，以及为什么我不想从这陷阱中挣脱。

朱丽娅弯下身吻我，全身是汗。“真是个不错的主意。”她从我身上下来，睡倒在床上。

在过去的十分钟里，我都控制着蓝色的控制器，尽量避免自己因达到高潮而疲软。我曾听说电脑游戏有和这完全一样的情节。现在我升高靛蓝色的控制器，让自己的神色更显亲密——当我看着她的眼睛时，我知道她看到了控制器的效果。她用手抚过我的脸颊，“你是个温柔的男人，你知道吗？”

我说：“我得跟你说件事。”心想，温柔？我是个木偶，是机器人，是个怪物。

“什么？”

我说不出来。她被逗笑了，然后亲了我，“我知道你是同性恋。没关系，我不介意。”

“我不是同性恋。”不再是了吗？“虽然以前也许是。”

朱丽娅皱了皱眉，“同性恋也好，双性恋也好……我不介意，真的。”

过不了多久，我就不用再操控自己的反应了。神经假体正在定型，再过几星期我就可以让它自行运作了。那时，我就能像其他人一样，自然地、而不是像现在这样必须去选择如何感受一切了。

我说道：“十二岁时，我得了癌症。”

我把一切都告诉了她。我观察着她的脸色，看到惊骇的表情，然后是怀疑。“你不相信我？”

她犹豫了一下，说道：“你的语气听起来好平淡。十八年？你怎么能只说一句‘我失去了十八年’？”

“那你让我怎么说？我不是想让你同情我，只是想让你明白。”当我讲到遇见她的那天时，我的胃因为害怕而抽搐，但我仍坚持讲下去。几秒钟后，我看到她眼中的泪水，觉得自己像被刀割一样。

“对不起。我不是想故意伤害你。”我不知道是该抱住她，还是就这样不动。我一直注视着她，感觉一阵眩晕，似乎房间都开始旋转起来。

她笑了笑，“为什么道歉？你选择了我，我也选择了你。原本我俩之间可能会有不同的发展，但实际上没有。”她握住我的手，“没有不同。”

周六朱丽娅休息，但我八点就要开始上班。当我六点离开时，她睡意蒙眬地给了我一个道别吻。我轻飘飘地一路走回家。

对进到书店的每一个人，我一定都露出了愚蠢的笑容，但我基本没在看他们。我在脑海里描绘着未来。我九年没跟父母说过话了，他们甚至都不知道杜兰尼对我的治疗。但现在看来，任何事情都有了恢复的可能。我现在可以找到他们说：你们的儿子又活过来了。多年前你们确实救了我。

我回到家时，电话上有一条来自朱丽娅的信息。我克制住自己，直到把东西放到炉子上开始煮了才去看。我强迫自己等待，带着期望想象她的脸庞和声音，这能给我带来异常的快乐。

我按下播放键。她的表情和我想的不太一样。

我不断地错过一些话，又不断地停下来，倒回去重播。一个又一个毫无关联的短语出现在我脑子里。太奇怪。太恶心。谁都没错。前一天晚上，她并没有完全想通我的话，但现在她已经花时间思考过了，而她还没准备好和四千个死人展开一段关系。

我坐在地板上，试着决定应该有什么样的感觉：是被痛苦的浪涛淹没，还是通过选择让自己好过点。我知道可以唤起对神经假体的控制，让自己开心——因为我又“自由”了，因为没有她，我会过得更好……因为没有我，朱丽娅会过得更好，或者就只是因为快乐一点意义也没有，要想快乐，只需要让大脑充满亮氨酸脑啡肽就行。

菜煳了的时候，我正坐在那儿擦着脸上的眼泪和鼻涕。那股味道让我想到封闭伤口的烧烙术。

我让事情顺其自然地发展，没有碰那些控制器——但我知道自己原本是可以改变这一切的——然后意识到，即使我走到吕克·德维希面前对他说：“现在我已经痊愈了，把软件拿走吧，我不再需要选择的能力了……”我也永远无法忘记，自己所感觉到的这一切是从哪儿来的。

我的父亲昨天到公寓来了。我们没有谈很多。他还没有再婚，他开玩笑说我们可以一起去夜总会跳舞。

至少我希望那是个玩笑。

看着他，我想：他就在我的脑袋里，母亲也在，还有成千上万的祖先、人类和遥远得难以想象的原始人，再多四千个又会有什么不同呢？每个人都必须利用祖先传下来的同一份遗产来开拓自己的人生——既普通，又特别；既因为残酷的自然选择而变得尖锐，又因为偶然机遇的存在而趋于柔和。我不过是需要更坦然地面对人生的细节罢了。

我可以继续这样做，游走在无意义的快乐和无意义的绝望之间那条蜿蜒的边界上。也许我是幸运的，也许要想死心塌地待在那狭窄的边界上，最好的办法就是看清楚两边都有什么。

要离开时，父亲从阳台上向外看，视线穿过拥挤的市郊住宅区，落到帕拉玛塔河上。那儿的一根污水管赫然入目，正在把缕缕污油、街上的垃圾和花园里的废水排到河里去。

他不确定地问道：“你喜欢这地方吗？”

我回答：“我喜欢这儿。”

《快乐的理由》，首次发表于英国《中间地带》杂志第118期，1997年4月。